JN080182

マイア
エメリア
ミリアム

リタ
リディア
レオン
CHARACTER

ハズレ赤魔道士は

目

第二章　【賢者】はクヴィンの塔を攻略する

《単独》…… 006
《再訪》…… 028
《結成》…… 051
《共闘》…… 058
《理由》…… 079
《攻略》…… 122
《会食》…… 138
《告白》…… 157
《二人》…… 196
《勧誘》…… 232
《決闘》…… 277
《休暇》…… 296
《交渉》…… 307
《出立》…… 317

《あとがき》…… 330

賢者タイムに無双する

ハズレ赤魔道士は
賢者タイムに無双する❷

ほーち

第二章　【賢者】はクヴィンの塔を攻略する

《　単独　》

初級職【赤魔道士】を極めてしまったがために中級職へのクラスチェンジができなくなり、成長の限界を迎えていた俺は、所属していたBランクパーティー『狼牙剣乱』をクビになった。途方に暮れていた俺だったが、周りの反応から自分で思っていたよりも能力は高く、評価も悪くないことを知る。ようは、狼牙剣乱がここクヴィンの塔で活動するには強すぎて、その中に交じっていたせいで、自分を役立たずのお荷物だと思い込んでいたようだった。

それから俺はギルドマスターの奢りで『極楽の階段』という特別なマッサージ店にいき、エメリアという女性と関係を持った。

《条件を満たしました。賢者タイムを開始します》

生まれて初めてのセックスを終えるなり頭の中にメッセージが流れ、俺は【賢者】にクラスチェンジした。とてつもない能力を誇る【賢者】という特殊クラス。

《賢者タイムを終了します。おつかれさまでした》

しかし【賢者】でいられるのは賢者タイムというセックスを終えたあとの一時間だけだった。

それでも、【賢者】にクラスチェンジしたことで覚えたスキルにより、俺は【赤魔道士】としてもかなり強くなった。

そんな自分自身の能力を知るために、俺はソロで塔の探索を始めた。

そのとき、危機に陥った『爆華繚乱(ばっかりょうらん)』と遭遇。自分たちを逃がすためにひとり強敵の前に残ったという【姫騎士】リディアの救出を依頼される。

ゴブリンロードを相手に苦戦していたリディアに加勢し、その場はなんとか切り抜けたが、直後にこの塔最強のレアモンスターであるウェアウルフに遭遇した。

ギリギリのところで安全地帯(セーフエリア)に逃げ込んだ俺とリディアは、生き延びるためにセックスをし、賢者タイムによって危機を脱することができた。

無事帰還を果たしたリディアだったが、そんなタイミングでクヴィンの塔を擁する塔下町(とうかまち)の領主でもある彼女の父、ジム・クヴィンの訃報が伝えられた。

もう二度と会うことはないかも知れないと思いながらリディアと別れ、宿に戻った俺の部屋に、爆華繚乱のリーダーであるリタが訪ねてきた。そしてお礼という名目で彼女と関係を持った。

その翌日、再びソロで塔へ入るためにギルドを訪れた俺は、探索の申請をするのだった。

×××

「探索のスケジュールはどのようにされますか？　現在Cランクのレオンさんはソロで四五階までの探索が

許可されています」

塔の探索にはランクに応じた階層制限が設けられている。俺みたいにソロでCランクの場合は四五階まで。これが同じCランクでもパーティーになら、ひとまず四九階までの探索が許可されるのだ。

パーティーランクについてはまたいろいろと規約があって、パーティー単位の評価が重要になってくる。あと、最上階となる五〇階への挑戦については別途条件が必要なんだが、どちらもいまの俺には関係ないな。

「あ……」

そこでふと俺は気づいた。

「どうかされましたか？」

「俺、このあいだ四五階まで進んじゃったんですけど……」

Cランクとなったいまならともかく、前回はまだDランクだったから、探索が許可されていたのは三五階までだったんだよな。

「ああ、ペナルティですね」

階層制限が設けられている以上、制限を超えての探索にはペナルティが与えられる。たしか三〇階台で一階あたり一〇万ガルバ、四〇階台だと二〇万ガルバの罰金があるので、三六〜四五階までだと……一五〇万ってことになるのか。

払えなくはないけど地味に痛いな。

「それでしたらライアン様の謝礼に含まれていますので、追加のお支払いは不要ですよ」

「え、そうなんですか？」

どうやら階層制限越えにかけられた罰金も、払ってもらえたらしい。

どんな事情があれ、罰金が免除されることはない。ただ、今回のように救出で階層制限を超えた場合、救出された側が罰金を払うという通例があり、その他非常事態でやむを得ず制限を破った場合は、報奨金や手当などで相殺されることもある。

「また、今回は緊急避難的な要素がありましたので、評価に影響はありません」

「それは……助かります」

とりあえず実質ペナルティはないようなので、俺は改めて探索の申請を行うことにした。

「今日は一階から始めようと思います」

✕✕✕

いつもの衛兵さんとちょっとしたやりとりを終え、塔の入り口にたどり着いた。

巨人でもくぐれそうな大きな門は、常に開け放たれている。有事の際には閉じられることもあるが。

見上げるとそこには紋章のようなものが刻まれており、これは古い文字で『クヴィン』と読むらしい。それがなにを意味するのかは、いまのところ解明されていない。

学のない俺には記号か絵にしか見えないけどな。

それぞれの塔に異なる文字が刻まれているため、それがそのまま塔の名前になっている。つまり、『クヴィン』と刻まれたこの塔は、『クヴィンの塔』と呼ばれるわけだ。そしてそれがそのまま塔下町(とうかまち)の名前となり、領主の家名となる。

《行き先の階層を選択してください》

門を抜けてすぐのところにある転移陣に乗ると、レベルアップのときと同じように、頭の中にメッセージが流れる。

「一階へ」

あえて口にする必要はないが、パーティー内での意思疎通のこともあるので、冒険者ギルドでは声に出して宣言することが推奨されている。

一階を選択すると転移は実行されないので、そのまま奥へと進んでいった。かなり長い通路の先に木製の扉があり、その向こうに石造りの迷宮が広がっている。

「よし、いくか」

俺が今回一階から探索を始めたのは、長期間のソロ活動を試すためだ。

収入や評価を考えれば、四一階から始めて四五階までのあいだを何度も往復したほうが効率はいいんだけど、たぶんいまの俺の実力だと、ソロで四〇階台は厳しい。三〇階台なら周回できなくもないけど、それだとなんとなく味気ないので一階から始めてみることにしたのだ。

申請のあと、ギルドの売店で回復薬(ポーション)や食料は購入しているし、寝袋も回復効果の高い少しいいやつを買った。

特製の携行食を用意するヒマはなかったけど、俺の〈収納庫(ストレージ)〉には劣化防止の効果もあるので、保存性よりも味を重視したパンや燻製肉を中心に、ナッツ、ドライフルーツなんかを買っておいた。ひとりなら半月はもつ量だ。

最初の扉を越えると、しばらくはまっすぐな通路が続いていて、灯りが設置されているわけでもないのに、塔の中は明るい。壁自体が発光しているようには見えず、どこにも光源は見当たらないのだが、塔内のほとんどがちょうどいい明るさに保たれているので、松明(たいまつ)やカンテラなどを用意する必要はないのだ。

「ひとりだとやっぱ広く感じるなぁ」

思わず独り言が漏れる。

通路の広さも完全にとまではいかないがほぼ一定で、幅は大人三～四人が並んで歩けるほど、高さは平均的な大人の身長三人分といったところか。それなりに広い通路と高い天井のおかげで、長柄の武器も振り回すことが可能だ。といっても、立ち位置次第ではやはり壁が邪魔になることは多いので、剣やメイスなどの片手武器を使う冒険者の割合が多い。

「ゲギャゲギャ」

最初に遭遇したのは単体のゴブリン。

子供と同じくらいの身長に醜悪で大きな顔、どぶ色の肌、華奢なわりには少し筋肉質な姿をもつ、人型では最弱のモンスター。

ここクヴィンの塔には人型のモンスターしか出現せず、一階に現れるのはゴブリンのみ。こいつらは一般職でもがんばれば倒せる程度の強さしかない。初級戦闘職のレベル一でも、油断さえしなければソロで戦える敵だ。

「《魔矢（マギアロー）》！」

「ゲペッ……！」

最弱の攻撃魔法を受けたゴブリンが、頭を爆散させ、そのまま消滅した。

この《魔矢（マギアロー）》は【黒魔道士】にクラスチェンジした直後に必ず覚える魔法だ。いま俺は一撃で倒せたが、レベル一の【黒魔道士】なら、ゴブリンを倒すのに三発は必要だろう。

「ま、俺の場合最初は四～五発必要だったけど」

ちなみに【赤魔道士】はレベル五前後で《魔矢（マギアロー）》を覚えるが、レベル一【黒魔道士】のそれよりも威力が弱い。そしてレベル五【赤魔道士】ともなれば、よほどなまくらを使わない限り、剣で戦えばゴブリンを一撃で倒せるのだ。

「そういう中途半端なところが、ハズレ職って呼ばれるゆえんなんだろうなぁ」

ゴブリンがドロップした、小指の先ほどの魔石と細い骨を〈収納庫〉に収めつつ、俺はそう独りごちて苦笑を漏らした。

✕✕✕

クヴィンの塔の一階に出現するゴブリンは、基本的に単体で徘徊している。もし二匹以上の群れが出たらそれは二階以上からの階層越えなんだが、そんなことは滅多にない。なのでこの一階は、一般職でも油断しなければひとりで探索できる場所だ。

以前は冒険者として最低となるHランク、かつソロの場合、二階以上に階層制限がかけられていた。つまり、なんの伝手もない者が冒険者になっても、この塔なら一階の探索が可能なわけだ。

俺が最初にここを選んだのは、故郷から最も近い場所にある『Hランクソロで探索ができる塔』だから。単身で訪れても冒険者になれるから、クヴィンの塔を最初の足がかりにしたのだった。

「村を出るときは勇者になるつもりだったんだけどなぁ」

仲のよかった幼馴染みにも、えらそうに宣言したっけ。俺がこの塔でくすぶっているなんて知ったら、あいつはどう思うだろう。

「結局俺はミリアムさんのお勧めで【荷運び】になったんだけどな」

一三歳でこの町に来た俺は、【戦士】あたりを選んでHランク冒険者として二年間を修行に費やすつもりだった。というのも、一五歳で成人するまではGランクに上がれないからだ。

『他の冒険者やギルド職員からの推薦があれば、Gランクから登録できるわよ』

冒険者になりたいと望む俺に、ミリアムさんは親切にそう教えてくれた。もちろんその制度を俺は知っていたけど、推薦してくれるような知り合いはいない。

『サポートメンバーとして真面目に働いていれば、誰かしら推薦してくれるわよ。この町ではHランクで登録する人より、【荷運び】としてサポートを経験したうえで、推薦でGランクから始める人のほうが圧倒的に多いわ』

このあたりの事情は塔によってかなり変わってくるらしいので、故郷にいたころに知るのは難しかった。

「あれ、そういや制度が変更になったのって、いつだったっけ？」

俺が【荷運び】になってしばらくしたころ、Hランク冒険者に対して塔自体への入場制限がかかり、一階の周回もできなくなった。Hランク冒険者が塔に入るためには、ギルドの認定を受けたBランク以上の冒険者が同行しなくてはならないという、よくわからない制度に変わったのだ。【荷運び】はDランク以上のパーティーに加入すればいい、という条件はそのままに。

「ま、俺には関係なかったけどな」

なんにせよ、この塔ではHランクソロでちまちまと一階を周回するより、サポートメンバーとしてベテラン冒険者に随行し、塔内の様子をしっかり把握することのほうが有益だと考えられていた。そして多くの冒険者が通ってきた道だからこそ、新人を育てる土壌ができあがっているので、Hランクで無理をして塔に入る冒険者なんていなかったのだ。

ほとんど全員が【荷運び】としてパーティーに加入し、のちに推薦でGランクになる、という方法をとっていたから、制度の変更に文句を言う人はいなかった。

『ちゃんと真面目に働いているかどうかは職員でもわかるから、もし誰も推薦人がいなくても私が推薦してあげるわ。だから、大きくなったらおねーさんと結婚してね』

……そうか、俺、初対面のときからミリアムさんに結婚を迫られてたんだな。

まぁ幸いというべきかなんというべきか、俺は何人かの冒険者から推薦を受けてGランクからスタートできた。そのタイミングでウォルフやレベッカと出会い、【赤魔道士】になったのが正解だったのかどうか、いまはまだよくわからない。

「まずは自分がどこまでやれるか把握しないとな」

前回はひとりで、三五階までは問題なく探索できた。今回は一階から時間をかけての長丁場で、どこまでいけるかだな。

【賢者】レベルが上がってるから前より強くなっているはずだけど、油断は禁物だ。

✕✕✕

五階に到着。ここまでの探索は、順調だった。

まぁ三〇階台前半をソロで探索できるんだから当たり前といえば当たり前だ。それでも弱い敵を相手に戦うというのも、自分の戦術をじっくり確認できるので無駄じゃないな。

この塔は、五階まではゴブリンしか出現しない。階を上るごとに群れの数が少しずつ増えるので、難易度は当然上がるんだけど。

それでも俺の敵じゃないことに変わりはないんで、戦闘のたびに魔法を使ったり、剣を使ったり、体術を使ったり、忍び寄って気づかれないように倒したりと、いろいろ試しながら戦った。

五階の探索も順調に終え、もうすぐ六階への上り階段にたどり着こうかというとき、コボルト率いるゴブリンの群れが現れた。ゴブリンたちはそれぞれ手に短剣や棍棒を持ち、革のベストを羽織っている。

そしてリーダーのコボルトは、ショートソードにバックラー、革の胸甲という装備を身につけていた。

「お、こんなところで中ボスとは珍しい」

各フロアの上り階段付近には、その階層には本来出現しない強いモンスターが現れることがある。たとえばコボルトだが、彼らは六階から出現するモンスターだ。

なら階層越えかというと、そうじゃない。六階に出るコボルトはこんなにいい装備をしていないからだ。

なので、上り階段付近に現れる身なりのいいモンスターは、『中ボス』と呼ばれるのだ。

ただ、中ボスとはいえモンスターには違いないので、倒されれば再出現にはそこそこ時間がかかる。そのため、探索者の多い下層〜中層階で中ボスに出会う確率はかなり低い。

前回三〇階台を攻略したときは中ボスに一切出会わなかったが、あれはおそらくリディアたちが倒していたからだろう。

「グルル……」

コボルトが歯をむき出し、よだれを垂らしながら威嚇してくる。

「はぁっ！」

俺は群れに駆け寄り、コボルトの前に立っていた三匹のゴブリンを飛び越えて、奥にいたコボルトに跳び蹴りを食らわせた。

「ギャウ……！」

コボルトは咄嗟に盾を構えたが、木製のバックラーは跳び蹴りによってバキバキと音を立てて割れ、その奥にあった腕の骨を砕きつつ、勢いのまま敵の胴体に衝撃を与えた。

「ゲゲッ!?」

「グギグギッ！」

「グギャギャ!!」

着地と同時に身を翻し、大ぶりの拳をゴブリンの頭に叩き込む。

「ゲキョ……」

頭頂部を捉えた右拳は敵の頭蓋を砕いてめり込み、脳を完全に破壊した。そのままの流れで隣にいた個体の、ベストの襟首を掴んで一度引き寄せ、脚を払いながら押し倒す。

「グゲェ……!」

しゃがみながら地面に敵の身体を叩きつけると、襟首を掴んだままの手に、ごしゃりと鎖骨や胸骨の砕ける感触が伝わってきた。

「ゲギゲッ!?」

自分以外の仲間が倒されたことに怯えるゴブリンの声が右後背から聞こえてきたので、俺はうしろに体重をかけつつ勢いよく立ち上がり、背後めがけて右肘を繰り出した。

「ゲピャッ……!」

肘鉄は敵の頬を捉える。

頬骨を砕かれたゴブリンの頭はその衝撃で勢いよく回転し、ゴキゴキと頸椎を鳴らしながら倒れ、三匹のゴブリンは魔石と骨を残して消滅した。

「キュゥ……」

コボルトが情けない声を上げながら、フラフラと立ち上がる。クラスが【喧嘩士】なら、最初の一撃で倒せたかもな。

「そあっ!」

俺は気合いとともに大きく踏み込み、側頭部にハイキックを食らわせてコボルトにとどめを刺した。

クウィンの塔は六階から一気に難易度が増す。

さっきもいったように六階からはコボルトが出現し、七階からはオーク、八階からはリザードマンと一階上るごとに新たなモンスターが現れるからだ。モンスターそれぞれに特性があるから戦い方も考えなくちゃいけないし、さらに九階、一〇階にはその混成部隊も出現するため難易度はさらに増す。

なので六階以上の探索をするには、一〇階までの制限があるGランクパーティーか、一五階まで探索ができるFランクソロになっておく必要があるのだ。

「ま、さすがにひと桁台で苦戦はないけどな……っと！」

オークやリザードマンの群れを剣で倒しながらサクサクと探索を進め、特に中ボスと遭遇することもなく俺は一一階へと続く上り階段にたどり着いた。

「一時間か。まずまずだな」

これはどの塔にも共通しているのだが、下層階ほどフロアが狭い。一階なんて、歩けるところを全部歩いても一時間かからず、最短ルートを小走りに進めば一〇分で攻略可能だ。そこから階をひとつ上がるごとにひと回りほどフロアは広くなっていき、三〇階より上は広さが変わらない。

下層ほど外壁部分が分厚くなっているのだろうといわれているが、塔の強度を保つためなのか、難易度調整なのかは議論が分かれるところだ。なにせ塔というところは災厄の根源といわれながらも、妙に冒険者を育てようという意図が見え隠れしているからな。

「そのあたりの議論は偉い学者さんにでも任せよう」

なんてことを呟きながら、一一階への階段を上る。

ここからはホブゴブリンやハイオークなどの上位種が現れ始める。

「このあたりから結構苦戦し始めたんだよなぁ」

ひと桁台のところに現れる最下位種も、階が上がるごとにそこそこ強くはなっていくのだが、上位種になるとその強さは段違いになる。これは人が初級職から中級職へクラスチェンジするようなものだ。

基礎能力や生命力が飛躍的に増したホブゴブリンやハイオークを相手に、Fランクに上がったばかりの俺とウォルフ、レベッカは、あやうく全滅しかけて、一度一〇階まで逃走したことがあった。下層階でレベルを上げつつ、連携なんかを意識し始めたのもこのあたりだったか。

とはいえいまの俺にとってその程度の敵に苦戦することもなく、一〇階台の探索も順調に終わる。フロアが広くなり、モンスターも強くなっているので、ひと桁台よりは時間がかかった。

「二時間……上々だな」

二〇階に到達したところで、懐中時計を見ながら呟く。リディアが使っているのを見て、ちょっといいなと思い、買ってみたのだ。かなり高かったけど、時間がわかるっていうのは便利だな。

「そろそろ休憩にするか」

ほとんど休みなしで三時間も動き続けているから、かなり疲れてきたし、なにより腹が減った。空腹は探索の敵なので、食事も兼ねて休憩を取るため、俺は安全地帯(セーフエリア)に入った。

「あ、ども」

先客がいたので挨拶をすると、向こうも軽く頭を下げてきた。

五人編成のパーティーで、ひとりが中級職、他の初級職もレベルはそこそこ。Eランクに近いFランクパーティーってところか。

室内に漂う匂いからして、むこうは食事を終えて休んでるのかな。何人かは寝転がっているし。

「さて、と」

先客から少し離れた場所に座り、〈収納庫（ストレージ）〉から《保温》効果のあるサーバーと、スライム材のカップを取り出す。

カップに熱いハーブティーを注ぎ、ズズッとすすった。ハーブは町の【薬師】に調合してもらったもので、疲労回復や魔力回復の効果が少しだけあるものだ。

「ふぅ……」

人心地ついた俺は、宿屋で作ってもらったホットドッグを取り出した。柔らかいパンに切り目を入れ、軽く炒めた野菜とソーセージを挟んだものだ。野菜とソーセージに適度な塩味がついているが、好みのソースをかけてくれるというので、ハニーマスタードにしてもらった。

できたてを収納したものだから、まだ温かい。

「いただきます」

大きく口を開けてホットドッグをかじる。

マスタードの刺激と蜂蜜の甘みがほどよく混じったところに、噛み切ったソーセージの断面から肉の旨みが溢れ、炒め野菜の甘さや塩味が混じってくる。ソースや具を挟むパンからは、ほのかな小麦の香りと、蜂蜜とは異なるかすかな甘みが感じられた。

『はぁっ!?　ホットドッグに蜂蜜とか考えらんないんだけどっ!!』

と、チェルシーが怒鳴っていたのを思い出し、自然と笑みがこぼれた。

……昔を思い出して笑えるんだな、俺。

「ハニーマスタードっすか？」

「ん？　ああ、そうだけど」

向こうのリーダーらしき青年が話しかけてきた。

「美味いっすよねー、それ」

「そうだね。俺は好きだけど」

「うええ、おれぁ無理だわー」

「甘いホットドッグとかあたしも無理ー」

他のメンバーも会話に入ってきたので、適当に雑談しながら食事を進めた。

そういや【荷運び】のころはこうやっていろんな冒険者と話してたけど、狼牙剣乱に入ってからはほとんど他のパーティーとは交流がなくなった。なんか、みんなウォルフを怖がって話しかけてこなかったんだよな。あいつ、新人のころから尖ってたから、同期や後輩はもちろん、先輩も話しづらそうだった。

「あの、それって、ハーブティーっすか？」

俺が食べ終わったあと、リーダーの青年が問いかけてきた。

「そうだよ」

「よかったら分けてくれると嬉しいんっすけど」

見れば他のメンバーも、なにやら期待の眼差しを向けている。

Eランクになるかならないかあたりだと、保温サーバーなんて買う余裕があったら回復薬（ポーション）や装備に回すだろうし、劣化防止効果のある収納庫（ストレージ）を持つメンバーなんていないだろうな。それにDランクにならなければ、一般職の【荷運び】を連れて塔には入れないからサポートを雇うってのも難しいだろう。

「いいよ。カップは？」

「それは自分たちのがあるんで大丈夫っす！」

「じゃあ……一〇〇で」

「おおー！　あざっす!!」

俺は青年から一〇〇ガルバ硬貨を受け取り、サーバーを渡した。

塔の中で他のパーティーとの物のやりとりをする場合、無料というのはよしとされない。たとえ少額でも対価を支払うというのが、暗黙了解となっているのだ。

先日、爆華繚乱に水を譲ったり魔法をかけたりしたときは、非常事態だったのでその場では何も受け取らなかったが、あとで謝礼をもらっている。

……リタとの関係以外に、ちゃんと金銭でもらっているからな。

「全部飲んじゃっていいから」

「まじっすか！　あざっす!!」

再度礼を言ったあと、青年はメンバー各自のカップへハーブティーを注ぎ始めた。

「はぁー……あったけぇ茶を飲めるなんてありがてぇ」

「んー、いい香り！　落ち着くわぁ……」

楽しんでいただけるならなによりだ。

「あざっしたっ!!」

「どういたしまして」

ハーブティーを注ぎ終えてほとんど空になったサーバーを返してもらったあと、俺は水の樽を取り出した。

「よかったら補給しとく？」

「いいんっすか!?　助かります!!」

彼らは口々にお礼を言いながら、自分たちの水筒に水を補給していった。塔では助け合いが大切だからな。

強ければ何をやってもいいと勘違いしている冒険者も多いが、ギルドは高ランク冒険者に低ランク冒険者を援助するよう推奨している。互助会だから当たり前なんだけど、みんな案外忘れがちなんだよな。

「なにからなにまであざっした！　じゃあ、俺らそろそろいきますんで」

「うん、がんばって」

ハーブティーを飲み終えた彼らは、探索を再開するために安全地帯（セーフエリア）から出て行った。

「俺はもう少し休んでいくか……っと、その前に」

彼らが出て行ったあと、自分用にハーブティーを淹れ直すことにした。

「よっ、と」

水の樽とヤカンを〈収納庫（ストレージ）〉から取り出す。ヤカンに水を入れ、生活魔法の《加熱（ヒート）》でお湯を沸かして、乾燥ハーブを入れた。

しばらく待っていい具合にお茶がでたところで、茶こしを使って茶葉を取り除きながら、保温サーバーにハーブティーを注いで完成だ。ヤカンや茶漉しは《浄化（クリーン）》できれいにし、出がらしの茶葉はひとまとめにして〈収納庫（ストレージ）〉に入れておく。ゴミは帰ってから捨てればいい。

「ふぁ……ちょっと、寝よ」

前のときも思ったけど、ソロってかなり疲れるよな。

低階層で雑魚ばっかり相手にしていたけど、それでも相当な運動量になる。それに、ひとりだから常に警戒している必要もあるし。

いくら出現モンスターが弱いからって油断は禁物だし、少しでも疲れたと思ったら休息を取るのも大事なことだ。

そんなわけで、俺は寝袋を取り出し、疲れが取れるまで眠ることにした。

「とはいえ、熟睡はできないんだけどな……」

取り出した寝袋には〈熟睡阻害〉という効果が付与されている。意図的に浅い眠りにしかならないようにしてあるんだが、これと【斥候】の〈気配察知〉スキルを合わせると、安全地帯(セーフエリア)の扉が開くようなちょっとした物音に気づけるのだ。塔の外と似た環境の安全地帯(セーフエリア)だからスキルの効果は十全に発揮されないけど、それでも別の冒険者がここに入ってくれば目を覚ます、くらいのことはできる。

冒険者も人間だし、なかにはろくでもない奴もいるからな。

安全地帯(セーフエリア)で眠った俺は、三時間ほどで自然に目が覚めた。仮眠というには長いが、本格的な睡眠というほどでもない。〈熟睡阻害〉のせいで深い眠りにはつけなかったけど、もともと眠かったわけじゃないから問題はないかな。

「ほぼ全快……【賢者】スキルのおかげかな」

それに加えて、寝袋に付与された〈疲労回復〉効果も少なからず影響しただろうし、なにより体力と魔力に余裕があるうちに休憩したことが大きい。

やっぱり早めの休息は重要だな。

短時間の浅い眠りだったこともあり、目は充分に冴えているので、水を一杯飲んでひと息ついたあと、探索を再開した。

二〇階台になると、ゴブリンキャプテンやコボルトキャプテンといったキャプテン級のモンスターが現れる。個体としてホブゴブリンなんかより段違いに強くなっているのは当然として、それ以上にキャプテン級のやっかいなところは統率力だ。

ここまでの敵は群れといっても、個々に襲いかかってくるだけなんだが、キャプテンに統率される群れはきっちり連携を取ってくるので、脅威度が一気に増す。

階を上るごとに個体のレベルも上がるし、連携もうまくなってくるので、少しの油断が命取りになるのだ。実際二〇階台で命を落とす冒険者は多い。

「そろそろしんどくなってきたな」

二時間ほどで二五階までの攻略を終え、一時間の小休止をとった俺は、二六階以降では支援魔法を使うことにした。ここまでは素の力だけでなんとかなったし、まだしばらく先まで苦戦するようなこともないだろうけど、ある程度安全マージンはとっておかないとな。

「ってなわけで《身体強化(フィジカルブースト)》！」

とはいえ前回ギルマスと二〇階台を回ったときより強くなっているわけだから、前と同じというのも芸がない。なので、階ごとに使う支援魔法はひとつに絞ることにした。

それから三時間ほどかけて二六～三〇階を攻略した俺は、初日の探索を終えた。

✕✕✕

睡眠中に別の冒険者が入ってくることはなかったけど、眠りが浅いこともあってか途中何度も目を覚ました。探索中はできるだけ長時間の睡眠を取ったほうがいいので一〇時間ほど眠ったが、眠気が完全に取れず少し頭がぼんやりしている。

「寝覚めの一杯はコーヒーかな」

ハーブティーを淹れたのとは別の保温サーバーを取り出し、カップに黒い液体を注いだ俺は、さらに蜂蜜のボトルを取り出してティースプーンですくう。そして湯気の立つカップにスプーンごと入れてかき混ぜた。

「んー、甘い」

ひと口すすって甘さを確認したあと、保冷効果のある食品用コンテナを取り出す。中にはバターが入っているので、さっきのスプーンを《浄化》してひとすくいし、ふたたびカップに突っ込んだ。

「んく……ふぅ……」

蜂蜜とバターを混ぜたコーヒーをすする。深煎り粗挽き豆で濃く淹れたコーヒーに、結構な量の蜂蜜とバターを投入したのでいろんな意味で濃厚だが、これを飲むと目が覚めるし、そこそこ元気も出る。腹に溜まるけど重くはないので、このハニーバターコーヒーを探索中に愛飲する冒険者は結構いるのだ。

「よし、いくか」

朝食代わりのハニーバターコーヒーを飲み干した俺は、軽くストレッチをしたあと、装備を調えた。

結構しっかりと睡眠をとったおかげで、眠気はともかく疲労はほとんど抜けたが、魔力は回復しきっていなかった。

「無駄に戦闘しすぎたよなぁ」

【賢者】レベルが上がって覚えた《魔法強化(マギブースト)》の効果が思いのほか高くて、調子に乗ったせいもあるかな。もう少し効率を重視していれば一時間は探索を短縮できただろうけど、魔法の威力があがることにテンションが上がってしまったんだ……。三〇階では《感覚強化(センスブースト)》を併用しつつ敵をわざわざ探したりしたもんだから、安全地帯(セーフエリア)に着くころには魔力が空っぽになっていたんだよな。

ハーブティーでも飲みながらあと二〜三時間休めば完全に回復するんだろうけど、これ以上は寝るのもしんどいので、俺はさっさと安全地帯(セーフエリア)を出て魔力回復薬(マギポーション)を飲んだ。

「……けふっ」

甘いような苦いような、なんともいえない味の液体を飲み干すと、数秒で魔力が回復した。

この回復薬類（ポーション）も、戦闘職の魔法と同様に塔の中でしか効果がなく、塔の外と似た環境の安全地帯（セーフエリア）で飲んでもほとんど意味はない。なので、こうやって安全地帯（セーフエリア）から出てモンスターを警戒しながら使う必要があるのだ。

「よし、ここからは全力でいくか」

三一階に上った俺は、《身体強化（フィジカルブースト）》、《魔法強化（マギブースト）》、《感覚強化（センスブースト）》《物理防御強化（プロテクション）》を自身にかけ、探索を始めた。前回は無駄な戦闘を避けつつ最短ルートで三五階までを探索したが、今回はこの状態での戦闘に慣れるため、適度に敵を求めながら探索を進めていく。

一階あたり一時間をめどに攻略し、こまめに小休止を取る。安全地帯（セーフエリア）でも効果のあるハーブティーを飲んでちびちびと回復しつつ、少しでもしんどいと思ったら各種回復薬（ポーション）を惜しまず使った。

「ソルジャー級が混じるとやっぱしんどいな」

三〇階台にはオークソルジャーやリザードマンソルジャーといったソルジャー級のモンスターが出現する。こいつらはキャプテンと違って統率力はないものの、〈剣術〉や〈槍術〉といった各種戦闘スキルを持っているので、個体の強さが桁違いに上がるのだ。魔法を使ってくるやつもいたりして、そういう連中はメイジ級に分類される。

ひとつ救いがあるとすれば、キャプテンの指揮下には入らないってところかな。

二日目に三五階まで、三日目に四〇階までの探索を終えた俺は、四一階の転移陣で帰ることにした。

一応四五階までは探索できるんだけど、四〇階台はジェネラル級が出現する。こいつらはソルジャーやメイジを指揮するるのでかなり厄介だし、もちろん個体としても強い。

Cランクとして認められた以上、そいつらとも充分に戦えると冒険者ギルドから認定されたわけだし、実際戦って勝つ自信はあるんだけど……。

「ふぁ……」

あくびが出る。

熟睡できていないから、頭の奥のほうに眠気がズシンと溜まっている感じだ。手持ちの回復薬（ポーション）も少なくなってきたし、一度塔の外でしっかりと休んで体調を整えておいたほうがいいだろう。

✕✕✕

「おつかれさまでした」

帰還後に対応してくれたのは、このあいだの後輩さんとは別の受付嬢だった。たしか、あのときにいた先輩さんかな。

「二泊三日で一階から四〇階まで攻略するなんて、すごいですね」

ミリアムさんより年上と思われる先輩さんだが、応対は丁寧だ。というかこれが普通で、ミリアムさんがフランク過ぎるんだよな。まぁ、それがあの人のいいところではあるんだけど。

もう復帰したのかな、ミリアムさん。見回しても姿は見えないけど、よく考えればいつもなら退勤している時間だ。

「ミリアムでしたらまだお休みをいただいてますよ」

「そ、そうですか……」

いかんいかん、顔に出てたか。

「ではこちらが今回の報酬となります」

報酬はおよそ八〇万ガルバだった。低層階からまわったから、こんなもんかな。

「次はいつごろ来られますか？」

「二日くらい休んでからですかね」

「四一階から再開されます？」

「そのつもりです」

「ではお待ちしております」

これはただの世間話というわけじゃない。こうやって先の予定をなんとなく伝えておくと、なにかと便利なのだ。

とはいえ正式な申請というわけでもないので、予定を変えても問題はないんだけどね。

「すっかり日が暮れたな」

報告を終えたあと、ギルドの食堂で食事をして外に出てみれば日は完全に落ち、街灯が町を照らしていた。

故郷の村には街灯なんかなくて、夜になれば真っ暗になっていたことをふと思い出す。

最初は夜でも明るい町に興奮したものだが、慣れてみるとやっぱり日が暮れればあたりは暗い。当たり前だけどね。

ほの暗い夜道を歩いて宿に帰り、ひとりで寝るんだと思うと、少しだけ気分が沈んだ。

「……エメリアのところにいこう」

≪ 再訪 ≫

大通りから少し外れて歓楽街へ入ると、街灯の数は少し減るもののそれとは別に店頭の看板などが放つ光が増え、街並みが怪しげな光に包まれる。夜になると、大通りよりも歓楽街のほうが明るく感じられるほどだ。といっても、夜になったばかりのこの時間だと人の数はまだ大通りのほうが多いので、妙なさみしさは漂っているんだけどな。もう少し時間が進めば、このあたりも賑やかになってくるだろう。

「このへんだったような……あった！」

先日の記憶を頼りに、まだ人の少ない歓楽街を歩いて『極楽への階段』にたどり着いた俺は、さっそく店に入った。

「いらっしゃいませぇ」

亜麻色の髪の、兎獣人の女性がお辞儀をして迎え入れてくれた。このあいだのエメリアと同じようなガウンを着ているが、彼女と違って受付さんはキュロットを穿いていた。ただ、ガウンの下にブラジャーなどは着けていないようで、先ほど頭を下げたとき、たわんだ衿(えり)から形のいい乳房がチラリと見えた。

「エメリアを指名したいんだけど」

「はぁい。お時間はどうされますかぁ？」

「朝まで」

「あー、えっとぉ……」

「ん？　もしかして、ほかの人が予約してるとか？」

「いいえ、それはないんですけどぉ、そのぉ……いまから朝までだとぉ、結構な時間になるんですけどぉ……」

「あ、別に長時間だからって、無理をさせるつもりはないよ？」

……まぁ向こうが乗ってきたら、前みたいなことになるかもしれないけど、少なくとも彼女が望まないことはしないつもりだ。

「あぁ、いえ……そういうわけではなくてぇ、そのぉ、お代のほうがぁ……」

もしかして、俺の懐事情を心配してくれてるのかな？

「いくらかな？」

「えっとぉ、この時間から朝まででですとぉ、三〇万ガルバになりますぅ」

前はギルマスに奢ってもらったからいくらだったか正確な額は聞いてないけど、ひと晩二〇万とかって話だったんだよな。今夜は前よりも早い時間から始めるわけだし、高くなるのは当たり前か。額としても妥当だと思う。

「じゃあこれで」

ここはギルドカードでの決済ができるので、俺は〈収納庫(ストレージ)〉から取り出したカードを彼女に差し出した。

躊躇なくカードを出したことに、受付さんは少し驚いたようだけど、すぐにカードを受け取って決済を済ませてくれた。

「ではぁ、ご案内しますねぇ」

どうやら受付さんが部屋まで案内してくれるみたいだ。まだ俺以外に客はいないし、少しのあいだ受付台を空けるくらいは問題ないんだろう。

薄暗い廊下を、うさ耳受付嬢の先導で歩く。

視線を落とすと、彼女が歩くたびにふるふると揺れる白くて丸い尻尾が見えた。その尻尾にガウンの裾が引っかかっているせいで、キュロット越しの尻も目に入ってくる。ゆったりしたデザインだけど、生地が薄いせいか、丸い尻の形がうっすらと見えた。

この娘もマッサージ師なんだろうか？　それとも、雑用だけをやっているのかな？

ぽわぽわした雰囲気の娘だから、男性客を相手にしている姿が想像つかないんだけど……営業キャラを作っているって可能性もあるな。しゃべり方が不自然に間延びしてるし。

「こちらへどうぞぉ」

なんてことを考えていたら、部屋に着いた。

あれ、なんか前よりかなり広いような……。

「シャワーはぁ、どぉされますかぁ？」

「先に浴びておくんじゃないの？」

前回はそう言われたから、先に浴びて待ってたんだけどな。

「えっとぉ、ご希望でしたらぁ、マッサージ師と一緒にぃ、お風呂に入れますよぉ」

「え、そうなの？」

「本来はぁ、オプションなんですけどぉ、長時間利用のお客様にはぁ、サービスでついてるんですぅ」

エメリアとお風呂……うん、いいな。

「じゃあ、あとで一緒に」

「はぁい、わかりましたぁ」

余談だが、前回長時間利用にもかかわらずお風呂オプションがなかったのは、ギルマスのツケで後払いだったからなんだとか。今回のように、最初から長時間コースを選んで先払いにすると、部屋のグレードも上がるのだ。

「ではぁ、ごゆっくりぃ」

「うん、ありがとう」

受付さんを見送ったあと、俺は備え付けられたソファに腰掛けてエメリアを待った。

「おまたせ」

五分としないうちに、エメリアが部屋に入ってきた。

「うふ、また来てくれたのね」

「ああ。約束しただろ？」

「そうね。うれしいわ、レオン」

ソファから立ち上がって彼女を迎えると、前回同様ガウンだけを羽織ったエメリアは、ふわりと抱きついてきた。

シャツ越しに、柔肌の感触が伝わってくる。俺の胸に顔をうずめたエメリアの鼻が、スンっと鳴ってしまった。

どうせシャワーを先に浴びるからと、《浄化》もなにもしていない。待っているあいだにしておけばよかった。

「あぁ、その、お風呂、入ろっか」

「うふふ、そうね。でも、そのまえに服を脱がなきゃ」

そういって彼女は、口元に笑みをたたえて上目遣いに俺を見ながら、シャツのボタンをひとつひとつ外していく。

「ほら……脱いで……」

俺は彼女に促されるまま、ボタンをすべて外されたシャツを脱いだ。

「次は、こっちね」

シャツを脱がせたあと、エメリアは膝立ちになり、俺のウェストに手をかけた。かちゃかちゃと器用にベルトを外し、ズボンの前を開ける。

「あ、ちょ……」

止める間もなく、エメリアはトランクスごとズボンを下ろした。股間が露出され、こもっていた体臭がむわっと広がる。

「あら、だめよぉ」

「ごめん、すぐ《浄化(クリーン)》を――」

クスリと微笑んでそう言ったあと、彼女は俺の股間に顔を近づけ、すぅっと大きく息を吸った。

「んはぁ……いい匂い」

「いや、いい匂いって……」

今日は朝から一度も《浄化(クリーン)》をかけてないことを思い出す。つまり、丸一日探索を続けた汗やらなんやらの匂いがこもっていたわけなんだけど。

「あらぁ、一生懸命働いたあとの、男の人の匂いって、結構好きよ？　それに……」

そういって彼女は股間に視線を向ける。

「ここ、こんなにしちゃって」

彼女の視線の先には、ヘソまで反り返るほど屹立したイチモツがあった。先端からはすでに腺液が溢れている。

ふた晩熟睡できず、変に眠気が残っているせいか、食事を終えたあたりからずっと半勃ちの状態だった。

そのあと、受付さんのおっぱいをチラ見したり、キュロット越しのお尻を見たりしたことで八割ほど勃起し、エメリアを迎えてフル勃起となっていたのだ。

「こんなにパンパンに腫らしちゃって。一回だしておきましょうねぇ」

「いや、ちょっと、エメリア――」

「……はむ」

俺が止めるのも聞かず、エメリアは汗の臭いを漂わせる肉棒を咥え込んだ。

「あむ……じゅぶ……んはぁ……」

一度根本まで咥えたあと、彼女はすぐに口を開いて肉棒を解放した。半開きの口から出した舌に陰茎を軽く乗せたまま、彼女は上目遣いに俺を見る。視線が交錯すると、目元に微笑みが浮かんだように見えた。

「あはぁ……れろれろぉ……」

「くぉ……」

舌先でカリをこそぐように舐められ、思わず声が漏れる。ねちょ……にちょ……と、粘膜が触れあう音が、耳を刺激した。

「れろぉ……あむぅ……んちゅ……じゅぼぼ……」

ひとしきりカリや亀頭を舐め回したあと、エメリアはしっかりと肉棒を咥えた。口をすぼめて頭を前後に動かし、肉茎をこすりながら、舌をうねらせて全体を刺激する。

「ぐぶぅ……んぉぐ……じゅぶ……」

根本まで咥え込まれると、亀頭が喉の奥にあたり、みっちりと粘膜に包まれる。そうやって執拗に攻め続けられ、俺はほどなく限界を迎えた。

「エメリア……もう……」

「んふ……じゅぼぼぼ、ちゅる、んぐぶぅ……!」

限界を察したエメリアの攻めが激しくなる。

「うぁ……！」

「んぐぅーっ！」

射精の直前、俺は彼女の頭を押さえ、腰を突き出した。


――ドビュルルルーッ！　ドブブッ！　ブプッ……！


喉の奥に亀頭をみっちりと包まれたまま、俺は思いきり射精した。

「ぐぶぶ……んぐ……こく……こく……」

目尻に涙を溜め、苦しそうにうめいていたエメリアの喉が、すぐにこくこくと鳴り始める。彼女が精液を嚥下するたびに、大きく動く喉に亀頭が刺激され、ガクガクと腰が揺れた。

「んぐ……こくん……じゅぼぼ……んぢゅぅー……」

「くぅぉ……！」

射精が治まったあともしばらく喉を鳴らしていたエメリアだったが、口内の粘液を飲み干したあと、最後に尿道に残った精液を吸い出した。その刺激が強く、思わず声が漏れる。

「んはぁ……はぁ……はぁ……んふ」

そして肉棒を解放し、少し荒い呼吸を繰り返したあと、彼女は俺を見上げて笑みを浮かべた。口の端から漏れた精液をペロリと舐める舌も、なんだか白くてかっているように見える。

「いっぱい、出たわねぇ」

「えっと、その、ごめんなさい」

最後に頭を押さえつけてしまったことを謝ると、エメリアは微笑んだまま頭を軽く振った。

「慣れてない娘にするのはダメだけど、私のことは好きにしていいのよ」

そのセリフに、しなびかけていた肉棒は少し元気を取り戻した。

「それじゃあ……」

彼女は立ち上がると、しゅるりと腰紐をほどいてガウンを脱いだ。

きれいな裸体が露わになる。

「お風呂、入りましょうか」

「ああ」

夜はまだ、始まったばかりだ。

XXX

「どう、レオン？」

「ん、気持ち、いいよ」

浴室に入った俺たちは、互いの身体にせっけんをつけ合い、泡まみれになっていた。そのあと椅子に座らされた俺は、いま後ろからエメリアに身体を洗われている。せっけんの泡で滑りのよくなった身体を背中に密着させたエメリアが、ゆっくりと上下に動いてくれた。背中に当たる乳房の感触が心地いい。

俺の胸板を優しく撫でていた手が、やがて股間に伸びる。

「んふふ、じゃあ、匂いがなくなるのはもったいないけど、ここは念入りに洗っておきましょうか」

にゅるにゅると泡まみれの手にこすられていくうち、肉棒はどんどん大きくなっていった。

「ふふ。またおっきくしちゃって。もう一回くらい出しとく？」

「ああ、いや」

このままだと手コキで出されそうなので、俺は慌てて立ち上がり、彼女の背後をとった。

「あらあら、いつのまに？　さすが冒険者ねぇ」

後ろからエメリアに密着した俺は、後ろから彼女の乳房に手を伸ばした。

「今度は、俺が洗ってあげるよ」

「あらそう？　じゃあお願いね」

泡に覆われた乳房に手をかぶせ、少し力を入れると、乳房はぬるんと逃げていった。

「はぁん……」

エメリアの口から艶めかしい声が漏れる。

少し強めに乳房を押さえながら、表面を撫で回してやる。手のひらに返ってくる体温とぬめりが、妙に心地いい。

「んふぅ……はぁ……おっぱいばっかり、だめよぉ」

彼女がそう言うので、俺は手を少しずつ下へと進めていくことにした。下乳から胸郭を撫で回し、続けて腹、下腹を、にゅるにゅるとこする。

「んぁ……はぁ……」

やがて恥毛へ到達した手は、さらに下へと進み、秘裂に触れた。

「あぅんっ……！」

エメリアの脚からかくんと力が抜けたので、胸郭に左腕を回して彼女の身体を支えてやった。右手は股間に伸ばしたまま、中指を割れ目にそって動かしていく。

「エメリア……すごい、ぬるぬるしてるよ」

「泡まみれなんだから、あたりまえよぉ」

「でも、泡とは違うぬめりかただけど？」

「んもぅ……んぁあっ！」

中指を軽く曲げると、粘度の高いぬめりに覆われた粘膜に、指先がぬぷりと包まれる。

「はぁ……あんっ……！」

指先を割れ目に突っ込んだまま、膣口の浅い部分をくちゅくちゅと刺激してやる。

「ひぃん……はぁ……レオン……もっとぉ……」

ねだるエメリアの言葉を無視し、俺は同じペースで指を動かし続けた。やがて、彼女はもじもじと腰をくねらせ始める。

「んぅ……レオン……もう、挿れてぇ……！」

俺のほうもそろそろ我慢の限界なので、膣口から指を抜き、少し腰を引いて肉茎に手を添えた。

「んぁ……」

位置を調整し、割れ目に先端が触れた。

「じゃあ、挿れるぞ？」

「うん、きてぇ」

腰を押し出し、ぬぷぷ……と肉棒を埋めていく。

「はぁあんっ……！」

陰茎は抵抗なく肉壺に包まれていった。

少し無理な体勢なため、根本までは入らなかったが、俺は彼女の身体を抱えたまま、腰を動かした。

「あっあっあっ！」

浅いところをこすっているせいか、じゅぷじゅぷと少し大きな音が浴室に響き渡る。亀頭に絡みつく粘膜の感触は心地いいが、少し物足りない。

「はっあっ……レオンっ！　もっと、奥ぅ……突いてぇえっ！」

どうやらエメリアのほうも浅いところばかりを攻められて、もどかしく思っていたらしい。

彼女の身体に回した腕の力を少し弱め、軽く腰を落とすと、エメリアは俺の意図を察したのか、床に膝と手をつき、四つん這いになって尻を突きだした。突き出された尻に手を置き、思い切り腰を押し出す。

「はぁん……！　奥……あたってるぅ！」

肉棒が根本まで挿入され、先端が子宮口をこじ開ける。その感触を楽しみながら、俺は激しく腰を前後に動かし始めた。

「んっんぁっ！　あんっあんっ!!」

体位が変わったことで、肉棒を包み込む刺激が強くなる。きつく締め上げられるような感覚に、少しずつ限界が近づいてくるのを感じた。

「ああっ、レオンっ！　二回目なのに、すごいぃっ!!」

二回目……？

エメリアのその言葉に、ひっかかるものがあった。

「……レオン？」

いかんいかん、動きが止まってしまった。

「ラストスパート、いくよ？」

「んふぅ、きてぇっ！」

俺はごまかすように声を出し、抽挿を再開した。

激しく、大きく、腰を前後に動かせば、エメリアも俺に合わせて尻を揺らした。そのうねるような刺激に、ほどなく限界が近づいてくる。

「エメリア、もう……！」

「いいわよっ！　そのまま、だしてぇっ!!」

だが射精の瞬間、俺は腰を大きく引き、肉棒を完全に引き抜いた。

そして……。


——ビュルルッ！　ドビュッ！　ビュルルッ……！


「はぁっ……んぅ……おしり、あつぅい……」

膣から引き抜かれた肉棒から放出される精液が、エメリアの尻や背中を汚していく。

「はぁ……はぁ……どう、したの？　膣内で、よかったのにぃ」

尻と背中をべっとりと汚されたエメリアが、床にへたり込みながら身体をよじり、こちらを見てそう告げた。

「ははは……ごめん。ちょっと勢いで抜けちゃって……」

「んふふ、ドジな子ねぇ」

勢いで、とはいったが、実際はわざと抜いて膣外射精に切り替えた。

気になることがあったからだ。

「あら、今日はずいぶん元気がないのね」

エメリアの視線の先には、射精を終えてしなびたイチモツがあった。

セックスをし、射精を終え、まだ少し眠気は残っているものの、思考はかなりクリアになっている。にもかかわらず、いつものメッセージが流れなかった。

「お風呂に浸かって、少し休憩しましょうか」

「そうだな」

シャワーで泡や粘液を洗い流した俺たちは、湯船に浸かった。

バスタブにもたれかかる俺の上にエメリアは乗り、身を預けている。湯に浸かって少し軽くなっているおかげで、心地いい重さになっていた。

触れたところから伝わる柔肌の感触はとても気持ちよくて、でもイチモツはまだ小さいままだった。

「そう、三日で四〇階までいったの。レオンって強いのね」

「いや、まぁ、それほどでも」

風呂に浸かってからは、休憩を兼ねて雑談をしていた。おもに俺の探索ばなしで、大して面白くもないんだろうけど、エメリアは興味深げに聞いてくれた。

「ふふ、でもそんなにがんばったあとじゃ、元気がなくても仕方ないのかな？」

「いや、はは……面目ない」

結局二〇分ほどお湯に浸かったままダラダラと話した。湯の温度をかなりぬるめにしていたおかげで、のぼせることはなかった。

「ふぅー……」

風呂からあがり、軽く身体を拭いた俺たちは、裸のままベッドに寝転がった。

部屋もそうだけど、ベッドも前回より広い。適度な弾力のベッドに身体を沈めると、急激に眠気が襲ってきた。

「レオン、寝ちゃうの？」

「……うん、ごめん」

ついさっきまで〝夜はまだこれからだ〟なんて思ってたんだけどなぁ……。

「私はいいのよ。でも、いいの？　まだ二回しかしてないわよ？」

「……でも、眠くて……」

「お金、返せないけど……」

「いいよ……。エメリアと、一緒に、寝られるだけで……」

「……うふふ、嬉しいこと、言ってくれるのね」

そう言いながら、エメリアの身体が絡みついてきた。温かくて、柔らかくて、そのうえ風呂上がりでしっとりとした柔肌の感触がとても心地よくて……。

「おやすみなさい、レオン。寝ているあいだも、気持ちよくしてあげるね」

耳元でエメリアが囁く。

鼓膜を震わせる声や、耳にかかる息が気持ちいい。そんな幸せな感触に包まれながら、俺はゆっくりと意識を手放していった。


どれくらい時間が経ったんだろう。

眠っているのか起きているのかよくわからないなか、股間になにかが絡みついているのを感じた。ねっとりとした感触が陰茎にまとわりつき、ぼんやりとした意識の中でも、ほのかな快感が全身を包み込んでいるようだった。

そんなとても幸せな時間がしばらく続いたあと、陰嚢からぞわぞわとなにかがせりあがってきた。それはやがて股間に溜まり、肉茎を経て爆発する。

——ドップン！　ドビュビュッ！　ビュルルッ!!


ねっとりとしたものに包まれた股間を中心に、奔流のような刺激が全身を駆け巡り、脳をかき乱した。ビュグンッビュグンッと股間が脈打つたび、暗く沈んでいた意識が引き上げられる。

やがてその脈動も治まり、思考がはっきりとかたちを持ち始めたころ——、

《条件を満たしました。賢者タイムを開始します》

——聞き慣れたメッセージが頭の中に流れるのだった。

✕✕✕

賢者タイム開始のメッセージが流れた直後から、力が湧き上がり、意識が完全に覚醒した。

「んぁ……膣内で、またおっきくなってる」

その声に目を開くと、エメリアが俺に腕や脚を絡めているのがわかった。

そして、挿入されていることも。

「エメリア？」

「あは、起きたぁ」

「なにやってんの？」

俺の問いかけに、エメリアは軽く眉を下げながら、クスリと微笑んだ。

「ごめんなさいね。このあいだのこと、思い出しちゃったら、おま○ことろとろになっちゃって」

俺がさっさと寝てしまったものだから、エメリアを悶々とさせてしまったらしい。これはちょっと申し訳ないことをしたな。

「それでね、レオンのお○んちんにおま○こをこすりつけてたら、おっきくなったからぁ……挿れちゃった」

それから俺を起こさないよう、ゆっくりと動いてくれていたらしい。

「俺、どれくらい寝てた？」

「三時間くらいかな」

「……そのあいだ、ずっとしてくれてたの？」

「最初におっきくなるまで、一時間くらいかかったかな」

つまり、二時間も挿れっぱなしだったのか。それに、大きくなるまでのあいだも、ずっとこすってくれてたみたいだし。

「エメリア、ありがとう」

言いながら俺は、エメリアを抱きしめた。

「いいのよ、私がしたかったんだもの」

そうは言うが、たしか彼女は寝る前に〝寝てるあいだも気持ちよくしてあげる〟と言ってくれていたからな。彼女なりのサービスなんだろう。

「それより、起こしちゃってごめんね」

「いや、大丈夫」

「あのね、レオン」

「なに？」

「まだ、眠い？」

そんなに長く寝たわけじゃないけど、眠気は完全になくなっている。それどころか、探索の疲れも吹っ飛んで、いまは万全の状態といっていいだろう。

「エメリアのおかげで、元気になったよ」

俺がそう言うと、エメリアは少し身体を離し、俺の顔をのぞき込むように見た。

「ねぇ……魔法、使える？」

「ああ、もちろん」

「じゃあさ、セックスしよ？」

その言葉に、股間が脈打つ。

「あん、いま膣内(なか)でドクンって――」

「《感覚強化(センスブースト)》」

彼女の言葉を遮るように、支援魔法をかける。

「んひぃっ！」

感覚が鋭敏になったエメリアが、膣内の肉棒を感じて喘ぐ。

「あはぁ！　きたぁ！　これよぉ――ひぁあぁぁっ‼」

抱き合い、挿入したままの状態だった俺は、支援魔法の効果⁉　を確認したうえで腰を動かし始めた。

「あっあっあっ！　イクっ！　もうイッちゃうぅー！」

「まだ、はじめたばっかりだよ？」

「ちがうのぉ！　ゆっくりして、昂ぶってたからぁ！」

「そっか。だったらそのままイッちゃえっ！」

さらに腰の動きを激しくする。

寝転がったまま抱き合うという体勢で満足に動けないため、【賢者】タイムによって向上した身体能力に任せて彼女を抱え、軽く寝返りを打って仰向けになった。

抱きついたままの彼女が上に覆い被さり、俺はそのまま腰を突き上げてエメリアの膣奥をずっぷずっぷと攻め立てる。

「ひぃあぁあっ！　イクイクイクイクイクぅーーー！！！」

エメリアは俺にしがみついたまま絶頂に達し、全身を硬直させた。

「ああああああ！　まってぇ！　イッてるのぉ！　イッてるからぁ……とまってぇっ……!!」

俺にしがみついて痙攣しながら喘ぐエメリアの言葉を無視し、ひたすら動き続けた。

都合四発目だというのに、すぐに限界が訪れた。

「エメリアぁ！　出すぞっ！」

「だめぇっ！　いまだされたらぁ……おかしくなっちゃうぅーー!!」

「うぁっ……！」

——どぼぼぼぼっ！　どぶっ！　びゅるるっ!!　びゅぐっ！　びゅるるー!!

さっき射精してからまだ何分も経ってないというのに、まるで数日ぶりの射精のように、大量の精液が放出された。

「あはっ！　んんっ……だめぇ……おま○こぉ……どぷどぷ、あつぅいのぉ……！」

エメリアは身体を軽く反らし、射精の脈動に合わせて震えながら、膣内で精液を受け止めている。膣内射精が二回目だからか、いまの放出量が多かったせいか、肉棒の埋まった膣口の隙間から、びゅぷぷ……と音を立てながら粘液が漏れた。

朝までひたすらやりまくった。

明け方ごろ、力尽きたエメリアは半ば気絶するように、眠りについた。

俺も寝ようとしたところで、ドアがノックされ、時間が来たことを告げられる。前回のように昼ごろまで延長できないか確認すると、別室での休憩なら五万ガルバ、エメリアと過ごすなら二〇万ガルバと言われたので、このまま彼女と一緒に寝ることにした。

昼に目を覚ますと、エメリアはまだ寝息を立てていた。軽くシャワーを浴びて浴室から出ると、ちょうどエメリアも目を覚ました。

「あら、もうお昼じゃない」

「うん。延長した」

「よかったの？」

「エメリアと一緒に寝たかったから」

そう答えながら、俺はガウンを羽織ってベッドに腰掛ける。

「うふ、レオンったら昨日から嬉しいことばっかり言ってくれるのね」

起き上がったエメリアが、抱きついてきた。抱きつく、というよりぐったりともたれかかってくるような感じだけど。

「はぁ……また二～三日休まないとね」

「え？」

その言葉に驚いて彼女を見た。彼女は疲れたような表情のまま、口元に笑みをたたえた。

「魔法を使って楽しんだ反動かしらね？　前のときもしばらく動けなくて、今日はあの日以来の出勤なのよ？」

「それは……ごめん」

俺がそう言うと、エメリアは小さく頭を振った。

「いいのよ、気持ちよかったから。それに……」

そこで、エメリアの表情が少し艶めかしくなった。

「私、もうレオンじゃないとダメかも」

ドクン、と胸が跳ねる。

「あ、あはは……嬉しいこと、言ってくれるね」

なんとかそう言って受け流せた。彼女はプロなんだから、本気にしちゃダメだろう。

「じゃあ、そろそろ帰るよ」

「そう。またきてね？」

「もちろん。じゃあ」

もう少しエメリアと過ごしたかったけど、これ以上ここにいるとまたしたくなってきそうだからな。さすがに疲れ切った彼女に相手をしてもらうのは申し訳ない。

×××

宿に帰った俺は二日間ゆっくり休んだあと、冒険者ギルドを訪れた。

今日から難易度の高い上層階の攻略を始めるということで、体調は万全に整えている。回復薬（ポーション）類もすでに購入し、携行食も多めに作っておいた。

「いらっしゃいませ」

受付担当は今日も後輩さんだった。ギルド内を見回したが、ミリアムさんの姿はない。まだ休んでるのかな。

「あの、探索の申請を――」

「レオン」

不意に、背後から声をかけられた。

「――はい？」

振り返ると、そこにはひとりの女性が立っていた。

「……リディア？」

「ごきげんよう。ご無沙汰しておりますわね」

【姫騎士】リディア。

艶のあるローズゴールドの縦ロールと、高貴な笑顔がまばゆく感じられる。

「あ、ああ。ごきげんよう」

いや、なんだよ〝ごきげんよう〟って。生まれて初めて口にしたよ。

「お元気そうですわね」

「ああ、うん。それなりに」

数日ぶりに見るリディアは相変わらず美人で、そんな美人に声をかけられたことに俺は少し舞い上がってしまった。

しかも彼女と俺は……っていかんいかん。朝っぱらから股間を硬くしてる場合じゃないな。

というか、彼女はなぜここに？

いや、冒険者だからいてもおかしくはないか。

「えっと、リディアもいまから探索？」

「ええ。でもその前に、レオンにお話がありますの」

「お、俺に？」

もしかしたらあれっきり会えないんじゃないかと思っていた彼女が、俺を訪ねてくれたと知って、少し嬉しくなってしまう。

「単刀直入におうかがいしますわ」

リディアは口元に柔らかな笑みを浮かべたまま、それでいて鋭い視線を俺に向けた。

「わたくしとパーティーを組んでくださらない？」

≪ 結成 ≫

詳しい話は食事をしながらということで、俺とリディアは食堂へ移動した。

ランチタイムやディナータイムはかなりの冒険者でごった返す食堂だが、朝はそうでもない。朝食を食べない人はそれなりにいるし、食べるにしても塔に入って携行食で済ませる冒険者も多いからだ。

隅のほうのテーブルに、向かい合って座った俺たちは、コーヒーを飲みながら話を続けることにした。

「誘ってくれるのは嬉しいけど、いいのか、俺で？」

「レオンが、いいのですわ」

リディアはまっすぐと俺を見据えたまま、真剣な表情でそう答えた。

「そ、そう。ありがとう」

驚き、うろたえたあと、嬉しさがこみ上げてくる。彼女は俺を必要としてくれているんだよな……？

出会いはあんまりよくなかったけど、一緒に戦ったことで俺に対する評価を改めてくれたんだろう。俺だって、最初彼女を見たとき、口にはしなかったけど貴族がお遊びでやっているもんだと思っていたからな。

でも彼女は危機に直面して、自分を犠牲に仲間を助けようとした。

そのあとちょっとだけ調子に乗った部分もあるけど、探索を進めることや強くなることに貪欲だということもわかった。

だから、評価を改めるという意味では、お互い様かな。

「わたくしとしては、ぜひ受けていただきたいのですけれど」

「俺以外にはだれを誘ったの？」

「あなた以外にだれも誘っておりませんわ」

「デュオってこと？」

「レオンさえよければ、ですが」

そう言ったリディアの目が、少し泳ぐ。それって……。

「【賢者】の力をアテにしてる？」

「そ、それも含めて……ですわ」

答えたあと、リディアは頬を染め、顔を逸らした。つまり、そういうことなんだろう。

彼女の態度に、股間が熱くなる。

「えっと、でも、大丈夫なの？」

朝っぱらから食堂で盛るわけにもいかないので、強引に話題を変えることにした。

「なにが、ですの？」

「ほら、領主さまのこととか」

領主、と聞いたリディアはわずかに眉を下げたが、すぐに表情を改めた。

「問題ありませんわ。お父さまが冒険者である以上、還ってこなくなることも、覚悟しておりましたから」

「そっか。町の運営とかは？」

「そちらはそもそも、お兄さまにおまかせしておりますので。それに、下のお兄さまも帰ってくるとのことですし、問題ありませんわ」

下のお兄さま、というのは冒険者になったもうひとりの兄のことだ。彼も父親同様冒険者として各地を転々としていたが、ここのところ伸び悩んでいたらしい。そして、目標としていた父のパーティーが全滅したと知り、クヴィンの塔への帰還を決めたのだとか。

「以前はお父さまを超えると意気込んでおりましたが、ここ数年は帰ってきてもそんなことを口にしなくなっておりましたの。クラスとメンバーに恵まれていたら自分も……と悔しそうにされていたのを覚えておりますわ」

そうは言いながらも、リディアに悲壮感がないのは、帰還を告げる通信文から前向きな感情が読み取れたからだそうだ。運と縁に恵まれていない時点で、冒険者として身を立てるのはともかく、勇者になるのが難しいことは薄々感じていたんだろう。

「兄が諦めた以上、わたくしが父の意志を継ぐつもりですわ」

「つまり、勇者を目指すと?」

「ええ、もちろん」

自信ありげな表情で答えるリディアを、少しまぶしく感じた。

村を出てこの町に来たころ、俺も勇者を目指していた。そのころの俺も、こんな顔をしていたんだろうか。

ウォルフたちと出会い、ともに冒険を始めたころは、希望に満ち溢れていた。このままどんどん強くなって、自分たちは勇者になるのだと信じて疑わなかった。でも強くなるのは他のメンバーばかりで、俺は取り残されてしまった。


ひとりになった。


パーティーのみんながいなけりゃなにもできない、足手まといだと、自分でもそう思っていた。

でも、ひとりになったお陰で自分がそれなりに戦えることを知った。この町で、そこそこの暮らしをするのも悪くない。

そう思っていたんだけどなぁ。

「勇者か……。なれると思う?」

「ええ、わたくしたちなら、きっと」

「俺たちなら、か」

俺ひとりじゃあ器用貧乏な【赤魔道士】だが、彼女がいれば【賢者】になれる。だったらもう一度、夢を見てもいいんじゃないだろうか。

もちろん、ウォルフたちを見返してやりたいという思いもある。

【赤魔道士】になったのも、狼牙剣乱に縋り付いたのも、俺が自分で選んだことだ。ついていけなくなって、クビにされたのを恨むってのも身勝手な話だろう。完全な逆恨みだ。

連中は俺を利用していたかもしれないけど、俺だって分不相応なBランク冒険者の肩書きを得ていたんだからな。あいつらにどんな思惑があれ、二年も余分にレベリングに付き合ってもらったことも、感謝すべきなのだろう。

でも、やっぱり悔しいものは悔しい。理屈じゃないんだ。だからいつか、ウォルフたちに追いついて、そして追い越したい。

大きな夢とは別に、そんな小さな動機があってもいいだろう？

「それで、受けてくださいますの？」

そう問いかけるリディアの表情は、自信に満ち溢れていた。

俺が断るなんて、考えてもいないみたいだ。いや、ここで断るような男には興味がない、ということかもな。

彼女は強い。

いまは未熟だけど、成長すれば引く手あまたの冒険者になるだろう。彼女のそばにいるのは、俺じゃなくてもいいんだ。

俺にしたってそうだ。【賢者】としてのレベルが上がれば、相当な強さを手に入れられる。そして【賢者】

の力を使いこなせば、リディアがいなくても勇者を目指せるだろう。

でも……。

『レオンがいいのですわ』

彼女がそう言ってくれたように、俺だって——。

「俺も、リディアと冒険がしたい。君と一緒に勇者を目指したい」

「つまり、お受けいただけるのですわね？」

「ああ、喜んで」

リディアはふっと表情を和らげると、手を差し出した。

「よろしくお願いしますわ、レオン」

「こちらこそよろしく、リディア」

俺は彼女の出した手を握り、そう答えた。

「ところで、パーティー名は考えてるの？」

デュオとはいえ、パーティーを組む以上パーティー名を決めておいたほうがいい。まぁ仮名(かめい)なんかも使えるし、そこまで急がなくてもいいんだけど。

「実は、昔から温めていた名前がありますの」

どうやらリディアには案があるらしい。その名前に自信があるのか、言いたくてうずうずしているみたいだ。

「じゃあ、聞かせてもらえる？」

「ええ、もちろん！」

コホンと咳払いをしたあと、リディアは立ち上がった。

「わたくしたちは、究極の志を携え、他に双ぶもの無き最高の冒険者を目指しますわ！」

なんか、妙に芝居がかった口調だな。

でも、それが絵になるんだよなぁ。

「そんなわたくしたちの背負うべき名は――」

ここでリディアはわざとらしく間をとった。

すぅっと息を吸い込み、再び口を開く。

「極志無双！」

ドヤ顔で胸を張るリディア。

「おー！」

なんとなく拍手したけど、これってカッコいいのか？　なんか仰々しいような、ちょっと間が抜けたような……ああ、でも、リディアらしいといえばらしいかも。

「いかがです？」

「うん、いいと思うよ、すごく」

俺がそう言うと、リディアはフフンと鼻を鳴らした。

「究極の志か……」

リディアの言ったその言葉に、ふと新たな目標が芽生えた。

「ええ、そうですわ。わたくしたちは、いつか勇者になりますの！」

「それが究極の志？」

「もちろん！」

自信ありげに答えたリディアに、思わず笑みが漏れる。そんな俺を訝しむように、彼女は眉を寄せた。

「あら、なにかおかしなことがありまして？」

「ああ。究極ってわりには、少しばかり志が低いんじゃないかってね」

「なんですって？」

俺の言葉に、リディアは少し不満げな表情を浮かべつつ首を傾げた。まぁ、言ってる俺自身ちょっとおかしいんじゃないかって思ってるんだけどね。ついさっきまで、ここで適当に稼ぎながらのんびり暮らそう、なんて考えてたのにさ。

でも、彼女とならどこまでも高みに上れそうなんだ。

「究極って言うなら、目指すべきはてっぺんだろう？」

「てっぺん……？　それって、まさか……！」

なんの根拠もない、単なる気の迷いかもしれないけど、俺はこの思いを、ここでちゃんと言葉にしなくちゃいけない。

そう思ったんだ。

「ウヌの塔を完全攻略する」

大陸中央にそびえ立つ最後の塔、その最上階。

極志無双なんて大層な名を名乗るなら、目指すべきはそこしかない。

≪　共闘　≫

あのあとリディアに抱きつかれたりして、ちょっと大変だった。上昇志向の強い娘だし、俺の宣言を気に入ってくれたんだろう。

――ウヌの塔を完全攻略する。


我ながら大それた目標をぶち上げたわけだが、それを実現するにはいろいろとクリアしなくちゃいけない問題がある。

「パーティー申請を受け付けました。リディアさま、レオンさんともにCランクですが、構成員が三名以下のため『極志無双』のパーティーランクはDからのスタートとなります」

まずはパーティーランクの問題だ。

俺たちはこれから、勇者を目指して各地の塔を攻略する。ただ、そのためにはここクヴィンの塔を完全攻略しなくてはならない。なぜなら、それがこの町を出るために、ライアンさんからリディアに与えられた課題だからだ。冒険者になるための条件その……四だか五だか、そんな感じだな。

もちろんライアンさんの言葉を無視して、次の塔に進むこともできなくはない。でも、リディアはそれをよしとしないだろう。

ここを完全攻略して初めて、リディアは一人前の冒険者として兄に認められるわけだ。そしてそれを成し得ないようじゃあ、勇者なんて夢のまた夢、なんていうふうに、彼女なら考えるだろうな。俺としても、自分たちの力だけでここクヴィンの塔を攻略したいという思いもあるし、そのあたりの考えは一致していると言っていい。

「今後の方針を少し話し合おうか」

待合室の空いた席に座り、活動方針を検討する。

「いまのままですと、わたくしたちは四五階までの探索しか許可されていないのですわよね」

Cランク冒険者への階層制限は四五階、そしてDランクパーティーへの階層制限は四〇階。メンバーにDランク冒険者がいれば四〇階までしか探索できないが、幸い俺たちはふたりともCランク冒険者なので、四五階までの探索が可能だ。

ただし、完全攻略――すなわち五〇階へ挑戦するには、まず四九階までの探索を許可されるCランクパーティーになる必要がある。そこから五〇階へ挑戦するためには他にも条件が必要だが、俺たちが最初に目指すべきはパーティーランクをひとつあげることだ。

「そのための方法としてまず考えられるのが、ふたりで地道に探索を続けて評価を上げることだな」

塔でモンスターを倒し、ドロップアイテムや魔石を納品することで、報酬だけでなく評価を得られる。ふたりで四五階までを探索し、多くのモンスターを倒せば、いずれCランクにはなれるのだが……。

「問題は人数と……クラスですわね」

リディアはそう言いながら少し申し訳なさそうにこちらを見たので、俺は気にした様子を見せずに軽く頷いた。

パーティーランクの評価基準について、冒険者ギルドは詳細を明らかにしていない。だが過去の傾向から、所属メンバーの人数とクラスが重視されることはわかっている。

パーティーランクとは、当たり前だがパーティーの強さを表すものであり、シンプルな話、数は力だ。人数が少ないよりは、多いほうがいい。ちなみにギルドが認めるパーティーの最大人数は八人だ。

次にメンバーのクラスだが、まず評価の基準となるのは等級だ。初級職よりも中級職のほうが、評価は高くなる。あたりまえだ。

「ごめんな、俺が【赤魔道士】だから……」

「い、いいえ！　そんなことはぜんぜんまったくこれっぽちも気にしなくていいのですわ！　それに、バランスは決して悪くありませんもの!!」

構成員のクラスに偏りがあると、評価が低くなる場合もある。極端な例を出すと、中級の【密偵】のみ八人で構成されたパーティーよりも、【戦士】【喧嘩士】【斥候】【弓士】【黒魔道士】【白魔道士】と、初級職のみでバランスよく編成された六人パーティーのほうが高く評価される、といった具合に。

とはいえ初級職の【赤魔道士】が評価に与える影響は大きいだろうな。もちろん悪い意味で、だ。

ソロ、パーティーを問わず、本来初級職の適性ランクはE、限界はDといわれているから、ソロでCランクになっている時点でかなり異常なんだ。

全初級職を極めているという俺の能力もそこそこ評価されたんだろうけど、それ以上にBランクパーティーに所属していたことと、そのメンバーとしてこの塔を完全攻略した実績なんかが合わさってのことだと思う。

「わたくしがクラスチェンジすれば早いのかもしれませんが……」

現在レベル三九のリディアは、上級職へのクラスチェンジ条件であるレベル三五（中級マスターレベル）を超えている。彼女が上級職になれば、パーティーの評価にも大きな影響を与えるだろう。

「いや、それはやめておこう」

だが俺は、それを許可するつもりはない。

クラスチェンジによって等級を上げる場合、リミットレベルまで上げておいたほうが、今後の成長を見込めるからだ。まぁこれも確定情報じゃなく、過去の傾向からなんとなく導き出された都市伝説に近いものだけど、勇者を目指す以上、より成長できる可能性があることを常に選んでいくべきだ。

「一度上げた等級はもどせないからな」

「そうですわね……」

たとえば中級職にクラスチェンジした者は、原則として初級職からやり直すことができない。いまの時点でリディアが上級職にクラスチェンジすると、【姫騎士】に戻ってレベルを上げ直すことができなくなるのだ。

「俺の場合は初級職のなかでクラスチェンジを繰り返したけど、リディアはそうもいかないんだよな?」

「ええ。【姫騎士】にクラスチェンジした時点で、それ以外の候補はなくなってしまいましたわね」

このように特殊職の中には、一度クラスチェンジしてしまうと、それとは別系統のクラスに進めなくなるものもあった。人によっては『専門職』なんて言い方もするみたいだ。

「だとしたら、今後のためにもリディアはレベル五〇(中級リミットレベル)まで上げておくべきだね」

「そう、ですわね」

——マスターレベルでクラスチェンジしてもリミットレベルでクラスチェンジしても変わらない。

そんな主張もあるけど、成長にはその人の才能や個性がかなり反映されるから、なんとも言えないんだよな。

「一応聞いておくけど、【戦士】レベルは……?」

「そのときは……その情報を知りませんでしたので……」

どうやら彼女は早く一人前になりたくて、レベル一五(初級マスターレベル)でクラスチェンジしたようだ。ならばなおのこと、次はリミットレベルまで上げておきたいよな。

初級職と中級職でしかもデュオとなれば、パーティーランクを上げるのにかなりの時間がかかりそうだ。

それを覆す手があるとすれば……。

「メンバーを増やすか」

「そうですわね。Cランク冒険者をあとふたりほど加えれば……」

彼女の言うとおり、Cランク冒険者をふたり加えて四人パーティーにすれば、パーティーランクもCになる可能性は高い。そうすればその時点で四九階までの探索ができるようになり、そこで少し評価を上げれば五〇階への挑戦権も得られるだろう。

ただ、それには少し問題がある。

「メンバーを加えるとなりますと、その……」

リディアは軽く頬を染め、遠慮がちに俺を見た。

そうだよな。

他のメンバーがいるときに、賢者タイムは使えないよな。

「まぁ、でもそれなりのメンバーが入れば、俺が【赤魔道士】のままでも完全攻略は可能だと思うよ」

「では、今後、その【賢者】は……？」

「そうだな……一度完全攻略してしまえば、そのあとデュオに戻ってもパーティーランクを維持できるはずだ」

「ふたりに戻れるわけですわね!?」

少し前のめりにそう言ったあと、リディアは慌てて口元を押さえて姿勢を正し、コホンと可愛らしい咳払いをした。

「べ、別にレオンとふたりっきりでなければダメ、というわけではありませんのよ？　いずれメンバーを増やさなくてはいけないでしょうし、信頼できる人ならぜひ加入していただきたいですし……」

「あー、うん。まぁ今後のメンバーについては後で考えるとしよう」

賢者タイムさえあれば、いまの俺とリディアのふたりだけでも完全攻略は可能だ。これは驕りでもなんでもない。これでも俺は、何度か五〇階のボスと戦ったことがあるからな。

……まぁほとんど戦力にはなってなかったけど、観察だけはしっかりしていたんだよ。

「とりあえず助っ人だよなぁ。Cランク冒険者で、できればひとりは上級職がいいんだけど、そんな都合のいい人がこの町に――」

「よぉ、さっきから面白い話してるじゃないかい」

――いた、かも。

「あら、あなた方は……」

「リタ？」

声のほうを見ると、そこには虎獣人の女性と、ドワーフの女性が立っていた。

爆華繚乱の【装甲戦士】リタと、【密偵】さんだ。

「助っ人を探してるんだって？　詳しく話を聞こうじゃないか」

うん、その申し出はありがたいけど、いつからいたの？

×××

とりあえずリタと【密偵】さんに座ってもらい、話を続けることにした。

「言っとくけど、別に盗み聞きしてたわけじゃないからね？　ふたりで中層あたりを流そうと思ってギルドに来てみたらアンタたちの姿が見えたからさ」

席に着くなりリタは言い訳を始めた。別に咎めようとは思ってないけど、ついでに事情を聞いておこうか。

「声をかけようかと思ったら、なんか真剣な話し合いをしてるみたいだから、ちょっと待ってようと思ったんだけど、ほら、アタイ耳がいいから」

リタはそういうと自分の頭に生えた虎耳をちょんちょんと触った。

「獣人の方は感覚が鋭いといいますものね。自然と耳に入ってしまったのなら、仕方がありませんわ」

いや、狼獣人のウォルフと長いこと一緒にいたから知ってるけど、この人たちは耳の向きを変えてそのあたりは調整できるからね？　やっぱり盗み聞きする気満々じゃないか。

「それに、聞かれて困る話でもございませんし」

まぁ、リディアも気にしていないようだし、食堂での話を聞かれてなかったんなら別にいいけどさ。あれは聞かれて困るというより、ちょっと恥ずかしいから……。

「ところで、おふたりでということですが、ほかのみなさまは？」

「治療院で回復中だね」

「そんなにひどいんですの？」

「たいしたことはないよ。魔力切れをおこした【神官】と【魔導師】はちょっと回復に時間がかかっててね。【武闘家】と【狙撃手】もかなり回復はしてるんだけど、【医師】が許可出してくんなくてさ」

塔の中なら回復薬(ポーション)や魔法を使ってすぐに回復できるような症状でも、外に出るとそうはいかない。一般職の【医師】や【薬師】からの適切な治療をうけ、時間をかけて回復する必要があるのだ。

魔力の回復にしても、塔の内外で回復速度がかなり違ってくる。じゃあ塔に入って回復すればいいじゃないかという話なんだけど、ことはそう簡単じゃない。

「ギルド協定とかなければ、塔でサクッと回復するんだけどねぇ」

探索中の回復については冒険者の裁量に任されるが、塔を出たあとの回復や治療は治療士ギルドの管轄となる。

大昔は塔を治療院がわりに、魔法やポーションを使った治療なども行われていたようだが、塔に入れなければ治療を受けられないという問題があった。

「わたくしとしては、強者が過剰に優遇される社会を認めるわけには参りませんわね」

難易度の高い塔下町やその周辺に生まれた者にしてみれば、戦闘力がそのまま生存力に繋がるような状況だったからな。リディアの言いたいことはわかる。

また、探索の意思もなくただ生きるために戦闘職を選ぶエセ冒険者も多かったみたいだし、塔の外で活動する【医師】や【薬師】などの地位が下がるという問題もあった。

「リタさんはギルドの成り立ちを学び直してはいかが？」

「ええー、講習はもう勘弁ねがいたいよぅ……」

昔は塔ごとに冒険者の管理が行われていたんだが、治療のことも含めていろいろな問題があったため、やがて塔をまたいで大陸中の冒険者を管理する冒険者ギルドが設立された。そのときに治療士ギルドも創設され、両ギルドが連携を取るようになった。それ以降、ごく一部の例外を除き、探索を伴わない塔内での治療は厳しく禁じられることになる。

治療院でドクターストップがかかると塔内へは入れなくなるし、ギルドカードに健康状態をざっくりと測る機能があるので、冒険者ギルドが探索の許可を出さないこともある。探索の申請にはそういう意図もあるのだ。

このあたりのことは冒険者ギルドへ登録する際、講習でみっちり教え込まれるんだよな。

「あー、回復薬（ポーション）をもっと用意しときゃよかったよ」

あのとき、爆華繚乱は持っていた回復薬（ポーション）をすべて使い切っていた。

救出にきた防衛軍はもちろん持っていただろうけど、彼らは緊急時以外回復薬（ポーション）も魔法も使ってくれないからな。

「私はレオンくんがくれた回復薬（ポーション）のおかげで、怪我も全部治ったよ。だから疲れを取るだけですぐに復帰できたわ。ありがとう」

そう言って【密偵】さんは頭を下げてくれた。彼女はライトブラウンの髪をポニーテールにした小柄な人で、いかにもドワーフの女性って感じの人だ。

ドワーフという種族は男女差が大きい。

男女とも背が低いのと酒好きってところは共通しているが、男性は筋骨隆々で、戦闘職だと【重戦士】に進むタイプの【戦士】になる人がほとんどだ。対して女性は華奢で身軽だから、【斥候】か【弓士】が多いな。どちらも手先が器用なんだけど微妙に差があって、一般職だと男性は【鍛冶師】、女性は【細工師】や【針子】が多いイメージだ。

「そういえば回復薬（ポーション）を渡してましたね。お役に立てたならなによりです。改めまして、レオンです」

「ん？　ああ、そういえば名乗ってなかったわね。私はマイア。よろしくね」

「ええ。よろしくお願いします、マイアさん」

「ふふ、そんなにかしこまらなくて、塔のときと同じ感じでいいよ。あと呼び捨てにしてね」

「ああ、うん。じゃあよろしく、マイア」

結局、リタとマイアをエキストラメンバーとして加えることになった。リディアは彼女たちと一度組んでいるし、俺としても反対する理由はない。

探索で得た報酬は折半、消耗品などはこちら持ちなど、細かな条件を話し合って決める。

「別に経費も折半でいいんだけどね」

「こっちが手伝ってもらうかたちになるからね」

「それだったら、アタイたちも助かるんだから、気にしなくていいんだけど」

「まぁパーティーランクはそっちのほうが高いし、リタは上級職だし、対等ってわけにはいかないよ」

「アンタがそう言うんなら、べつにいいけどさ」

普通、エキストラメンバーに対しては、別途参加報酬を支払うのが通例だからな。

この塔にはあんまりいないけど、特定のパーティーに所属せず、エキストラメンバーとしての活動をメインにするフリーランス冒険者なんてのもいるわけだし。

「リタさん、マイアさんをエキストラメンバーに加えた極志無双のパーティーランクはCとなります。四九階までの探索を許可します」

一時的にとはいえ無事Cランクパーティーとなった俺たちは、四一階から四九階までの探索を申請し、塔に入ることとなった。

「おいおい、ちょっと前までぼっちだったのに、美女を三人もはべらせるたぁ、なかなかやるじゃねぇか！」

いつもの衛兵さんに軽くからかわれながら、塔への道を歩く。

「前から少し気になっていたのですが、なぜあの方はいつも片目を細めてらっしゃるのかしら？」

リディアが衛兵さんに対するそんな疑問を口にした。たしかに、ちょっと気になる。

「ガーダさんは片目を再生してるからね。それで左右の視力がズレてるのさ」

「そうなんですの？」

聞けばあの衛兵さん——ガーダさんというらしい——は、ドーガさんのいた旋風烈火(せんぷうれっか)の初期メンバーで、昔はかなり有名な冒険者だったらしい。

ところがある日、負傷して片目を失明してしまった。失った四肢や器官を再生するとなると《特級再生(エクスリジェネレイト)》という回復魔法が必要になるのだが、それを使える【司祭】は少ない。

「再生は、セプの塔で行われましたの？」

「ああ、そうみたいだね」

塔での治療は原則禁止となったが、最初の塔、あるいは最弱の塔と呼ばれるセプの塔でのみ、魔法やポーションによる治療は続けられた。

セプの塔の下層には弱いスライムしか出現せず、その数も少ないため、ほとんど危険はない。治療士ギルドを中心に、各ギルドや防衛軍が協力して塔内の治安を維持するセプの塔の一〜一〇階は、特別な治療院となっているのだ。

「目は無事に再生したんだけど、治療にあたった【司祭】の腕がよすぎたんだろうね。再生したほうの視力がよくなりすぎたのさ」

とくにガーダさんは弓を使うクラスなので、視力の差は致命的となり、冒険者を引退した。とはいえ彼の功績や名声、それに実力は確かなので、ここクヴィンの町の防衛軍に誘われ、いまは衛兵をやっているということだ。

「さて、じゃあ探索といこうかねぇ」

そうやって話していると、入り口の転移陣に到着した。

「――って、エキストラのアタイが仕切っちゃダメだね。レオン、仕切り直してくれるかい？」

「俺？　いや、それだったらリーダーのリディアが――」

「あら、極志無双のリーダーはレオンでしてよ？」

「はぁ!?」

なに言ってんのこの娘？　どう考えても貴族でクラス等級も高いリディアがリーダーだと思うんだけど。

「いや、なんで俺がリーダー？」

「なぜもなにも、それがふさわしいと思ったからですわ」

「でも俺、ただの庶民だし、【赤魔道士】だし……」

「身分やクラスは関係ありませんわよ。このあいだはレオンの指示に従ったからこそ、あそこまで探索を進められ、そして無事生還できたのですし」

いや、結構わがまま言ったよね、君。

「アタイもレオンがリーダーだと思ったよ、なんとなくだけど」

「そうね。あのときの指示はとても的確だったと思うわ。レオンくんにはリーダーの資質があるんじゃないかしら」

「でも、リーダーって、こう、先頭に立ってみんなを率いる必要があるというかなんというか……」

少なくとも俺の知っているリーダー、狼牙剣乱のウォルフはそうだった。性格はともかく、真っ先に敵へと駆け込んでいくあいつの背中には、正直あこがれていたんだよな。

「あー、アタイはそんな感じかも」

「姐さんは考えなしに突っ込んでるだけでしょ？　でもまぁ、それで敵愾心(ヘイト)を集めてくれるからいいんだけどさ」

ああ、リタの雰囲気からしてなんとなくわかるかも。リタもウォルフも先陣を切るタイプだし、やっぱ俺ってリーダーに向いてなくない？

「一歩下がった位置から戦況を把握して、的確な指示を出す。それもリーダーのあり方として間違っておりませんわよ？」

「そういう考え方もあるのか……」

たしかに、パーティーによっては後衛職がリーダーをやっているところもあるもんな。

「それにレオンは、前衛もこなせますでしょう？　最高のリーダーだと思いますわ！」

こうやってみんなが認めてくれるんだし、腹をくくるか。

「わかった。やるよリーダー」

「やるもなにも、とっくに申請済みですわよ？」

「わかってるよ！　気持ちの問題だ気持ちの！」

クスクスとからかうように笑う三人の女性。でも彼女たちの目からは、俺に対する信頼が見て取れたような気がした。

「じゃあ、いこうか」

先頭を歩いて転移陣に乗ると、ほかの三人もすぐについてきてくれた。

「四一階へ！」

宣言とともに、転移が開始された。

「オラオラー！　かかってこいやザコどもぉ!!」
リタが叫びながら敵の群れに突っ込んでいく。〈挑発〉スキルを併用しているので、自然と敵愾心(ヘイト)が高まり、群れを形成していた数匹のオークソルジャーが彼女に殺到した。
「ラァッ、食らえっ!!」
最初に到達したオークソルジャーに盾を構えて体当たりを食らわせ、バランスを崩したところに戦槌(ウォーハンマー)を振り下ろす。

「グブファ……！」

さすが上級職【装甲戦士】の一撃ということもあり、頭を打たれた個体はドロップを残して消滅した。

「フゴォオォッ！」

群れを束ねるオークジェネラルが雄叫びを上げると、続けてリタへ突っ込もうとしていたソルジャーたちが踏みとどまる。

「ちっ……！」

一歩踏み込んでなぎ払われたリタの攻撃は、すんでのところでかわされた。

「遅いよ」

体勢を立て直そうとした一匹の背後にマイアが現れ、短剣で首をなぞるように斬る。

「ブ……ブブ……」

首から鮮血をまき散らしながら、その個体も絶命。

「《雷矢（サンダーボルト）》！」

「オラァ！」

後退しようとしたソルジャーに魔法を当てて動きを阻害し、そのスキを突いてリタがとどめを刺す。

「おーっほっほっほっほ！」

そんななか、リディアは高笑いとともにオークジェネラルへと駆け込んでいく。あと一歩というところで、最後に残ったソルジャーが立ちはだかった。

「邪魔ですわっ！」

斧槍（ハルバード）の一振りで袈裟懸けに斬られたソルジャーは倒れたが、そのすぐ後ろでジェネラルがメイスを振り上げていた。

「フゴァッ！」

反撃も防御も間に合わないタイミング。だが、リディアの目に恐れはなく、彼女は振り下ろした斧槍(ハルバード)を斬り上げるモーションに入る。

「《雷弾(サンダーブレット)》！」

「シッ!!」

俺の撃った魔法がジェネラルの顎を捉え、マイアの投げた棒手裏剣ががら空きになった脇に命中する。

どちらもダメージはない。だが、一瞬の間を作ることはできた。

「はぁっ!!」

斬り上げた斧槍(ハルバード)の刃が、オークジェネラルの脇腹から胸のあたりまでをざっくりとえぐる。

「とどめですわ！」

斧槍(ハルバード)を振り抜いたリディアはそのまま大上段に構え直し、軽く飛び上がった。

「ブフゥッ……！」

胴を深く斬られ、仰け反った体勢から、ジェネラルは無防備な【姫騎士】の脇腹をめがけてメイスを振った。

ただ雑に腕を振るっただけの攻撃だが、膂力に優れたオークジェネラルの一撃は、高レベル冒険者であっても大ダメージを食らうものだ。

——ガキィン！

しかしその攻撃は、あいだに割って入ったリタの大盾によって難なく防がれた。

「やぁーっ！」

大上段から振り下ろされた、巨大な斧槍(ハルバード)の一撃。それによって脳天から両断されたオークジェネラルは、大量のブロック肉と魔石を残して消滅した。オークジェネラルがドロップする豚肉は、上質な脂がのって美味いのだ。

「おーっほっほっほっほ！　わたくしたちの勝利ですわ！」

　このように、四人での戦闘は連携もうまく噛み合い、ジェネラルが率いるソルジャーの群れを相手にしても危なげなく勝利できていた。

×××

　探索のスケジュールだが、初日は四四階まで、二日目に四七階まで進み、三日目は五〇階への階段前まで進んだあと、四八階まで戻る。そこから二日で四一階まで下りて、転移陣で帰還する、という四泊五日の行程だ。

　食事は朝夕二回。

　朝は俺特製の携行食で、夜は少し豪華にテイクアウトの料理を食べる。俺の〈収納庫（ストレージ）〉は劣化防止効果が高く、二日ほどはスープを熱いまま保持できる。五日経っても少しぬるくなるくらいかな。

　朝は八時ごろに朝食をとり、一〇時くらいまではその日の行程の確認や装備の点検をしながら、心身ともに目を覚ましていく。そこから二〜三時間探索を続けて一時間ほど休憩。ここでは食事を取らず、コーヒーやハーブティー、ミルクなどに蜂蜜やバターを混ぜたもので済ませ、仮眠を取る。

　昼休憩後は三〜四時間かけて目標の階を攻略し、一八時か一九時くらいまでに探索を終えて安全地帯（セーフエリア）へ。食事をとったあと、装備のメンテナンスやその日の反省、翌日の打ち合わせなどで二時間ほど使い、交替で就寝となる。

「それで、どういう組み分けにしようか？」

これが少し難航した。

四人なのでふたりずつにわかれ、片方が見張りとなるんだけど……。

「それは、パーティーごとにわかれるのがよろしいのではなくて？」

「じゃあレオンと姫さんがふたりで寝るってこと!?　そりゃズルいよぅ!!」

「ちょ、リタさんなにをおっしゃって……」

「あ……」

このやりとりで、その場にいた全員がいろいろと察してしまった。リディアとリタはあたふたしてるし、マイアはその様子をニヤニヤしながら薄目で眺めていた。

俺は……どんな顔してたんだろうな。

「あ、あのさぁ、姫さんは、その、レオンとふたりっきりで、平気なわけ……？」

「平気、とは？」

「ほら、その、あれだよ……冒険者の男女が一緒にいると、さぁ」

「それは、その……よくあることのようですし、わたくしとしては、しょうがないかと……」

言いながらリディアは真っ赤な顔でチラチラとこちらを見てくる。リタも頬を染めて俺とリディアを交互に見てるんだけど、なんかマイアの視線が痛い……。

「でもさぁ、アタイたちがいるんだよ？」

「あ……」

「声とかで、起きちゃうかも……。それに、ほかの冒険者がくるなんてことも？」

「ああ、そういえば最近は防衛軍が上層階を周回してるって話よねぇ」

「ぼ、ぼぼ防衛軍がっ!?」

マイアの言った防衛軍という言葉に、リディアは過剰に反応した。

防衛軍といえば、お兄さん直属の部隊だもんなぁ。

「こ、困りましたわ……！　わたくしとってても非常にこの上なく困りましたわっ！」

「そ、そうだよねぇ……。アタイも、よくよく考えると、ヤバい、かも」

なんやかんやでふたりとも経験が浅いもんなぁ。俺も人のことを言えないけど。

でも、そうなると……。

「じゃあ、俺とマイアが組むってことになるのかな？」

「えっ!?」

俺の提案に、マイアは声を上げ、大きく目を見開いた。

「たぶん、それが無難だと思うけど？」

「わ、私が、男と……ふたりっきりで……？」

マイアの呼吸は少しずつ荒くなり、顔が青ざめていく。

「えっと、ふたりっきりっていうか、すぐ近くにリディアとリタも寝てるわけで……」

「そ、そうね……、それが、一番、いい……なら……はぁっ……はぁっ……」

「お、おい、マイア……？」

なんだ？　様子がおかしいぞ……？

「マイアさん、どうされましたの？」

胸を押さえ、額に汗をびっしりと浮かべながら浅い呼吸を繰り返すマイアを見て、リディアも心配そうに声をかける。

「はぁっ、はぁっ、だ、だいじょ――」

彼女の言葉を遮るように、リタはマイアを抱きしめた。

「マイア、落ち着いて。アタイがいるよ」

「あ、ああ、姐さん……！」

マイアのほうからもリタにしがみつく。リタの胸に顔をうずめるマイアの目尻から、ポロポロと涙がこぼれ始めた。

「マイア、大丈夫。アタイはそばにいるよ？　ずっと一緒にいるって、言っただろ？　だから落ち着いて」

「うああ……姐さん……ごめん……ごめんなさい……」

「謝ることなんかないさ。アンタはなんにも悪くないんだからね」

大柄な獣人に抱かれてなだめられる小柄なドワーフという姿に、どこか母娘の様な印象を受けた。

「レオン、悪いんだけど警戒はひとりでやってくれるかい？」

「え？　あ、ああ。それは問題ないよ」

なにか事情があるんだろうけど、聞けないよなぁ。

「悪いね。そっちが長く寝ていいからさ」

「ソロでも問題なかったし、ほんと、気にしなくていいから」

「そうかい、ありがとね。姫さんも、それでいいかい？」

「え、ええ。レオンがいいなら……」

そう言ってリディアが心配そうにこちらを見たので、しっかりと頷いておいた。

「ありがとね。じゃあ今夜はこのまま先に寝かせてもらうよ。一～二時間で落ち着くと思うから、そこでいったん交替しようか」

「あー、いや、まぁ、ごゆっくり」

それから二時間ほどでリタとリディアが起きて交替を申し出てくれた。もう少しゆっくりしてもらってもよかったが、軽く問答を繰り返した結果、その場で交替となった。

マイアはまだ寝てたみたいだけど、リタとリディアが納得しているんなら俺が言うべきことはない。

「じゃあ、おやすみ」

「はい、おやすみなさいませ」

「警戒はしっかりやっとくから、ぐっすり寝ていいよ」

このとき〇時を少し過ぎていて、起こされたのは六時ごろだった。この日は〈熟睡阻害〉効果のない寝袋で寝たので、かなりスッキリした。

この時点でマイアは起きていて、申し訳なさそうにこちらを見たが、言葉は交わさなかった。

「昨夜はごめんね？」

朝食のコーヒーを飲みながら、マイアが謝ってきた。もう、落ち着いたみたいだ。

「ゆっくり寝かせてもらったから大丈夫だよ」

俺がそう答えると、マイアは安心したようにほっと息を吐いた。


次の晩からは二交替制で夜を過ごすことになった。

安全地帯（セーフエリア）に入る前に《疲労回復（リカバー）》をかけておけば、睡眠時間が多少短くても問題ないのだ。それよりも、見張りがいるおかげで熟睡できるってのが大きい。

たまに他の冒険者や防衛軍と相部屋になりそうになったが、そういうときはひとつ階層を進めるなどして細かく調整し、五日目の夕方には無事帰還することができた。

「申し訳ありませんが、五〇階への挑戦は許可できません」

残念ながら、今回の探索で得た評価だけでは、五〇階への挑戦権を得られなかった。

≪ 理由 ≫

四一～四九階を往復し、かなりのドロップアイテムを納品したが、五〇階への挑戦には評価が足りなかった。

「もう一回くらい往復したらいけますかね？」

「私のほうからはなんとも……」

評価についてギルド職員が明言することはない。だが、表情などでなんとなく伝えてくれることはあった。

彼女の様子から察するに、あと一回の往復では難しそうだな。

いまの受付はいつぞやの先輩さんだが、彼女は申し訳なさそうな表情で俺を見ていた。やはり初級職である俺が評価の足を引っ張っているのだろう。

「ちなみに今の状態で俺とリディアのふたりに戻ったら？」

「パーティーランクを見直し、Ｄランクとさせていただきます」

やっぱり最上階の攻略は必須か……。

「そろそろウチの連中も回復してるだろうから、メンバーを増やしてみたらどうだい？」

リタの提案はなかなか魅力的だけど、それに対して俺は軽く首を横に振った。

「エキストラメンバーを増やしすぎると、ふたりに戻ったときの再評価が厳しくなるからね。だったらこのメンバーで周回したほうがいいと思う。ただそれだと……」

「爆華繚乱のみなさまに迷惑をかけてしまいますわね」

リディアの言うとおりだった。このメンバーで行動するということは、他のメンバーの探索を邪魔してしまうことになる。

「そうだねぇ。付き合えてもあと一往復かな」

俺たちの都合で爆華繚乱を振り回すわけにもいかない。あと一往復付き合ってくれるだけでもありがたいと思おう。

「次でCランクに上がれることを願うよ」

今回は五〇階への挑戦権を得られず、エキストラメンバーなしでのパーティーランクも上がらなかった。Cランクになれればリディアとふたりで四九階までを探索できるようになるから、少しは効率もよくなるんだけどな。

最悪次回でランクアップがなければ、ふたりにもどったあとは四五階までを地道に周回するしかないか……。

「あ、あの、姐さん……」

「ん、なんだいマイア？」

「えっと、その……ううん、なんでもない」

「なんだい、変な娘だね？」

リタになにか言おうとしたマイアだったが、途中でやめたあと、不意にこちらを見た。申し訳なさそうな表情が気になったが、俺と目が合うと慌てて逸らした。

「じゃあ、明日は休みにして、明後日の朝ギルドに集合ってことでいいかな」

全員の了承を得て、この場は解散となった。

帰り際、マイアがじっとこちらを見ていた。

探索を終えた夜、風呂に入ったあと食事も取らずベッドに潜った俺は、翌日昼前まで眠りこけていた。寝る前に時計を見なかったのではっきりとはわからないが、一二時間以上は眠ったと思う。なんやかんやで四泊五日の探索がこたえたのだろう。

身体がギシギシいって寝起きはあまりよくなかったが、シャワーを浴びて食事をしたら随分楽になった。

午後からは回復薬(ポーション)や携行食などの消耗品を買いまわり、宿に戻ってテイクアウト用の料理を予約しておく。

「受け取りは朝で」

「おう。ありがとうよ、大量に注文してもらって」

「必要な物だからね。それにここの料理美味しいから」

「ははっ！　嬉しいこと言ってくれるじゃねぇか」

部屋に戻って携行食を作成していると、いい時間になっていた。

「そろそろ夕食にするか」

食事を終えたら、エメリアのところにでも行こうかな、なんて思いながら、食堂に入った。

「よう、客だぜ」

「客？」

「ああ、あの隅っこの席だ。さっききたところだから、待ってもらってるぜ」

「あれは……」

「しかしお前さんモテるねぇ」

「はは。彼女はただの冒険者仲間だよ」

示された先にいたのは、マイアだった。

「ディナーセットでいいかい？」

「うん、それで」

「じゃあ、あとで席に持っていかせるよ」

「よろしく」

注文を終えてマイアの待つ席に向かう。

親父さんと話しているときにチラチラとこっちをみていたので、俺には気づいているんだろうけど、席に近づくとまるで気づいていないようなフリをしてちびちびとグラスを傾けていた。

「やあ、マイア」

「あ、ああ、レオンくん、こんばんは」

たどたどしいしゃべり方。

あと、彼女の瞳にはかすかに怯えが見てとれた。

「どうしたの、今日は？」

言いながら向かい合って座ると、マイアはほんの少しだけ仰け反るような仕草を見せた。

「えっと、その、実は、レオンくんに話があって……」

「俺に話？」

「うん。あ、でも、レオンくんいまから、ごはんだよね？　だったらそれが終わったあとでいいから」

「あー、うん、それはいいんだけど、マイアは？」

「私は、もう食べてるから大丈夫よ、うん」

そうこうしているうちに俺の料理が運ばれてきた。

「あの、ワインおかわりもらえる？」

俺の料理を運んできた給仕の女性に、マイアは空になったグラスを掲げて訴える。

「あ、じゃあボトルでもらえるかな？　あと、俺にもグラスを」

「はーい、かしこまりましたー」

注文を受けた給仕が去って行く。

「あ、あの、じゃあワイン代は私が――」

「いいよいいよ、それくらい俺が出すよ」

「だ、だめよ！　話を聞いてもらうんだから、私が払うべきよ！」

結局押し切られるかたちで、ワイン代はマイアが持つことになった。

「おまたせしましたー」

グラスとボトルが運ばれてくるや、マイアは俺と彼女自身のグラスにワインを注いだ。

「んく……」

軽く乾杯でもしようかなと思ったけど、彼女がすぐグラスに口をつけたので、タイミングを失ってしまった。

「あの、気にせずゆっくり食べてね」

……とは言ってくれるものの、彼女はワインを飲むばかりであまりこちらに目を向けてくれなかった。なんとなく話せるような雰囲気ではなかったので、俺は少し急ぎ気味に食事を終えた。

「ごめんなさいね、急かしたみたいで」

「いや、俺も冒険者なんで」

塔の探索中は、常に安全地帯（セーフエリア）で食事をとれるわけではない。モンスターの出るエリアで、ちょっとしたスキを見てサッと食事を終える、というのも冒険者として必要な能力なのだ。

「えっと、マイア……大丈夫？」

マイアは随分と顔が赤くなっていた。

注文したボトルは、最初の一杯以外ほとんどマイアが独占していて、結構なペースで飲んでいたのだ。

まぁ、ワイン代は彼女持ちだし、別にそれはいいんだけど。

ただ、酒に強いはずのドワーフである彼女が、こうも顔を赤くしているのが少し気になった。

「え？　ああ、うん。大丈夫だよ」

ただ酔っているおかげか、最初に比べて態度はかなり柔らかくなった。

「それで、話って？」

「話？　あーうん、そうよね。話よね……」

クイッとグラスをあおったあと、マイアの視線が俺に固定される。

「爆華繚乱のことは、知ってるよね？」

「まぁ、この町に住んでればそれなりには」

爆華繚乱とはクヴィンの塔で活動する、女性だけのパーティーだ。現在はリタがリーダーをやっている。

現在は、というからには、過去にもパーティーを率いていた人がいたということになる。たしか彼女で五代目だったか。

五〇年以上の歴史を持つ伝統あるパーティーだ。

「この町の女性なら誰もが憧れるパーティーだよね」

女性だけで構成された高ランクパーティー。

もちろんメンバーが入れ替わる際にはパーティーランクの再評価が行われるが、常にCランク以上を維持しているはずだ。その華やかさに憧れる女性は多く、爆華繚乱への加入を目的に、わざわざこの塔下町を訪れる女性冒険者もいるくらいだ。短期間であれ加入していた実績があれば、その後の結婚や再就職が有利になる、なんて噂もある。

「ええ、そうね」

しかしそんなすごいパーティーに所属しているにもかかわらず、マイアの表情にはかげりがあった。なんとなくその理由は推察できるけど、話というのはそのことだろうか？

「あのね、レオンくん……」

そこまで言ったあと、マイアは黙り込んでしまった。ちらちらとこっちを見たり、胸を押さえて呼吸を整えたりしているが、俺から急かすのはよくないだろうと、黙って様子を見る。

「……っ！」

すると、マイアはボトルに直接口をつけ、残ったワインをごくごくと飲み始めた。

「お、おい、マイア？」

さすがに心配になって声をかけたが、結局マイアはそのまま止まることなく飲み続け、ボトルを空にしてしまった。

「はぁー……」

大きく息を吐き、さらに赤くなった顔に、意を決したような表情を浮かべる。

「レオンくん！」

「は、はい」

「お部屋に、いきましょう！」

「はぁ？」

「聞かれたくない話って、あるのよ、私にも！」

「えっと、話を聞くだけ？」

「とりあえず、話を聞いて！」

これはどうにも話を聞くだけでは終わりそうにないな、と思いつつも、ここで問答を繰り返してもしょうがないので、俺は彼女を連れて部屋に入った。

✕✕✕

人が集まってなにかしらの集団を成せば、その中には一定数ろくでもないやつが混じる。冒険者なんていう荒事を生業にする連中にあっては、その割合も決して少なくないだろう。

どんなに優れた司法機関があっても犯罪者を根絶できないように、ギルドの規定だけでは素行の悪い冒険者のすべてを取り締まることはできない。

「そいつはよその塔からきた冒険者でね」

その男は新人冒険者に〝レベリングを手伝ってやる〟といって近づき、新人が自力では対応できないような階層に連れ込んでは好き放題やっていたらしい。

「私も当時は若くてバカだったからホイホイついていっちゃってね」

数日は本性を見せず、普通に探索を行う。どんどんレベルやランクが上がることに、マイアは興奮し、高揚した。他の新人より、一歩も二歩も先へ進めることへの優越感もあった。間近で見る男の強さに、憧れもした。

男の危険性を訴えてくる友人や先輩もいたが、嫉妬だと思って無視した。

そしてある日、関係を迫られた。

塔の中層階で。

「バカな話だけど、そのときには彼を信頼しきっていたし、たぶん、好き……だったと思う」

少し苦い表情を浮かべたマイアは、さらに続けた。

「休日に町で、とか、塔のなかでも安全地帯(セーフエリア)でいい雰囲気になってれば、普通に身体を許してたんじゃないかな」

しかし男は、わざわざモンスターの徘徊する通常フロアで関係を迫ってきた。了承しなければ置いていく、と脅して。多少強くなったとはいえ、男のサポートなしに生還は不可能な場所だった。

「なんていうか、腹が立ってさ。抵抗したのよ。でもぜんぜん歯が立たなかった」

短期間でレベルを上げると、自分の力を過信してしまうことが多い。男は高レベルの中級職で、しかもなんらかの特殊職だったらしく、レベル一五(初級マスターレベル)を超えて間もない【斥候】のマイアでは勝負にならなかった。

そこからしばらくは殴る蹴るの暴行が続いた。男は女性を痛めつけるのが趣味だったらしい。

やがてマイアは抵抗できなくなった。

「ああ、私はここでコイツに犯されるんだな、って思った」

満足いくまで犯したあと、相手を魔法や回復薬(ポーション)で回復させて一緒に帰還し、そこで関係を断つ、というのが男の手口だとマイアが知ったのは、少し後になってからだ。痛めつけられ、犯されはしても、レベルやランクが上がったのも事実なので、被害者のほとんどは泣き寝入りしていた。それも計算に入れての蛮行なのだろう。

「そしたらさ、現れたのよ……」

男の背後に人影が現れた。

それは音もなく男の背後に忍び寄ると、メイスを振り上げた。

男は直前で背後の異変に気づき、振り向きざまに剣を抜いて攻撃を防いだが、無理な体勢で正面から打撃を受けたため、手首や肘の関節があらぬ方向に曲がり、武器を手放してしまう。

――なんで、こいつがこんなところに……!?

それが男の最期の言葉だった。

再び振り下ろされたメイスに頭を砕かれ、男は絶命した。倒れた男の陰から現れたのは、階層越えをしたリザードマンソルジャーだった。

隠密能力の高いリザードマンだが、キャプテン級なら男はもっと早くに気づいていただろうし、ソルジャー級であっても、正面から戦っていれば楽に勝てるだけの実力を彼は備えていた。しかし他のことに気を取られ、しかも不意を打たれたことであえなく敗死した。

「そのときの私じゃあキャプテン相手にもまともに戦えなかったからね。死んだと思ったよ」

だが幸運にも、そこへリタが率いる爆華繚乱が現れ、マイアは助かった。

「ほんと、あのときの姐さんは、女神さまかってくらいに輝いて見えたよ」

爆華繚乱に連れられて帰還したマイアは、男がかなり前からギルドに目をつけられていたことを知る。だが、被害者が訴え出ず、事情を聞いても話してくれないので、調査は難航していた。

そこでギルドは、爆華繚乱に内偵を依頼した。

本当ならマイアが暴行を受ける前に助け出すはずだったが、男も内偵に気づいていたか、気づいてはいなくとも警戒していたのか、それとも蛮行に及ぶと決めた日はそうする習慣があるのか、尾行を撒くように階層を行き来したため、リタらはふたりを一時見失っていたのだ。

「姐さんは〝助けるのが遅くなってごめん〟って謝ってくれたけどさ。控えめに言って感謝しかないよね」

当時爆華繚乱に所属していた【暗殺者】が近々引退すると知ったマイアは、すぐに【密偵】へとクラスチェンジし、加入を希望した。レベルと戦闘技術だけはそれなりにあったマイアだったが、斥候職としての立ち振る舞いはなっておらず、先輩【暗殺者】からかなり厳しい指導を受けた。

その結果、見事爆華繚乱への加入を認められた。

「結局なにもなかったわけだし、なにごともなく冒険者生活を再開できると思ってたんだけどね」

男性に対する恐怖が残った。

自分を罵りながら暴力を振るってくる男の表情、そのときの痛み、恐怖、そしてそのあとに現れたモンスターの無機質な目、そこから連想される死。

最初は男性を見るだけで呼吸が詰まり、視野が狭くなった。それでもがむしゃらに戦い、レベルを上げ、戦闘技術や探索技術を磨き、ソロでリザードマンソルジャーを倒せるようになってからは、随分ましになった。

近くに仲間がいれば、普通に男性と話せるようにもなった。

「でも、ふたりっきりになると……いえ、そうなると考えただけで……怖くなるの」

俺のベッドに座るマイアは、膝を抱えて小さく震えながらそう言った。少し離れたところにある備え付けのソファに腰掛けながら、俺は彼女の話を聞いていた。

「いままさに俺とふたりっきりなんだけど、大丈夫？」

「うん。レオンくんとは一緒に探索をした仲だし、なにより姐さんが信頼してる人だから……」

顔を上げてそう言ったマイアだったけど、笑顔が引きつっていた。そんな彼女を心配そうに見てしまったのだろう。俺の表情を見たマイアは、軽くため息をついた。

「ごめん、嘘。たぶん、レオンくんが立ち上がっただけで、私、悲鳴をあげちゃうわね。お酒を飲んでなかったら食堂ですらひと言も話せなかったかも」

酒、と聞いて、俺はふと気になっていたことを尋ねることにした。

「マイアってドワーフだよね？　お酒弱くない？」

「母方のお祖父ちゃんがヒューマンだったらしくてね。お母さんはそんなことないんだけど、なぜか私はお酒が弱くって」

マイアが酒に弱いと知った祖父は、孫が小さいころから酒に飲まれることの怖さを言い聞かせた。そして例の事件のあとに、祖父の話を思い出したマイアは、しばらく酒を飲めなくなっていた。

それから爆華繚乱で活動するうち、嗜む程度には飲むようになる。酒を飲んだり酔ったりすることは、好きみたいだ。

「それでも、男の人の前では絶対に飲まなかったけどね。今日も事前に飲んでなきゃ、飲めなかったかも」

そして酔った勢いでなければ、こうして俺の部屋にくることもなかったのだろう。

「お酒を飲むと、なんだか勇気が出る気がするのは、お父さんとお母さんのおかげかな」

顔を赤らめた小柄な女性は、そう言ってにっこりと笑った。どうやら、酒に弱くともドワーフの血が流れていることにかわりはないようだ。


それからしばらく沈黙が続いた。

詳しい動機はわからないけど、彼女がなにを求めてここにいるのかはなんとなくわかる。まぁ酔った女性が自分から男の部屋に来ているんだから、そういうことなんだろう。でも、だからといってこれからどうすればいいんだろう？

「すぅ……はぁ……すぅ……はぁ……」

彼女はさっきから胸を押さえて深呼吸を繰り返している。

顔はまだ少し赤い。

このまま黙って彼女の言葉を待てばいいのか、それとも俺のほうからなにか声をかけるべきか……。

「すぅ……」

悩んでいると、彼女は少し大きく息を吸って呼吸を止めた。

「レオンくん」

顔を上げて、俺を見る。

「私を、抱いてほしいの」

×××

いくら知り合いとはいえ、抱いてくれと言われて〝はいそうですか〟と応えられるほど、俺は女性に慣れていない。本当ならここで黙って彼女を抱いてあげるのが正解なのかもしれないけど……。

「理由を聞いても、いいかな？」

野暮だとは思う。

でも聞かずにはいられなかった。

「私はね、強くなりたい……ううん、ならなくちゃいけないの」

彼女は決意のこもった表情でそう言った。

「男の人への恐怖をちゃんと克服して、強くなって……そうしないと……」

声を落としながらそこまで言うと、マイアは申し訳なさそうな表情を浮かべた。

「ごめんなさい。こんなこと頼めるの、レオンくんしかいなくて……。あ、でも」

そこで彼女は少し口調と表情を明るくした。

「レオンくんがいやなら、無理にとは言わないわよ？　その、できれば、でいいからね。私を抱きたくないならしょうがないってわかってるし」

マイアは少しうつむき加減になりながらも、早口で続けた。

「今日は一緒にお酒も飲めたし、男の人の部屋にも入れたし、だから私にとってはすっごく前進したわけだから、レオンくんがいやなら、本当に無理はしなくても――」

「マイア」

「――ひゃ、ひゃいっ!?」

言葉を遮るように名前を呼ぶと、彼女は慌てて顔を上げ、甲高い声で返事をした。それがおかしくて、少し笑いが漏れる。

「そっちに行ってもいい？」

「は？　え？　あ、ああ、うん……ど、どうぞ……！」

そう言ったあと、マイアはほこりを払うような仕草で、自分の左隣の空いたスペースをさっさっと撫でた。

「ひぅっ……！」

俺が立ち上がると、彼女は先ほど自分で言った通り、小さく悲鳴を上げて身を縮めた。脅かさないように、静かに立ち上がったんだけどな。

「怖かったら、遠慮なく言ってね」

「だ、だだだいじょうぶよ……どうぞ！」

ゆっくりと、彼女へと近づいていく。

そのあいだ、マイアはちらちらと俺を見たが、逃げ出すようなことはなかった。そうして彼女の隣に腰を下ろす。そのとき、俺の反対側に彼女の身体が少し傾いたが、まぁ気にしないでおこう。

膝に手を置いて肩をこわばらせ、俯くマイアに声をかける。

「マイア、こっち見れる？」

「あのえっと……」

恐る恐るこちらを見たマイアは、大きく目を見開いた。

「ひゃ……ぁぅ……ち、近いぃ……」

そう言ってすぐに目を逸らしたが、俺は根気よく待つことにした。

それから彼女は何度かチラチラとこちらに顔を向けたあと、一度俯いて目を閉じ、大きく息を吐いた。

「……ん」

そして俺へと目を向ける。

小柄な彼女の頭がちょうど胸のあたりにあるので、マイアは俺を見上げるかたちになった。緊張に引き結ばれた口元と、潤んだオリーブ色の瞳がなんともいえず可愛らしい。

「マイア」

「な、なにかな……？」

彼女は視線を泳がせながらも、できるだけ俺を見ようとしてくれている。

「マイアはすごく魅力的な女性だと思う」

「や、ちょ……いきなり、なに？」

しばらくあたふたとした彼女だったが、俺が黙ってじっと見ていると、観念したように視線を固定した。

「君が抱いて欲しいというんなら、俺は喜んで抱きたいと思う」

「うぅ……その……おねがい、します……」

そう言って彼女は恥ずかしそうにうつむいた。

「でも、本当にいいの？」

「え？」

マイアは顔を上げ、俺を見る。

「俺でいいの？」

「も、もちろん。レオンくんさえよければ、お願いします」

「だいじょうぶ？」

「だ、だいじょうぶ、だよ」

「無理してない？」

「無理はして……る、かな。ちょっと。いや、かなり」

彼女はそう言って苦笑したあと、すぐに表情を改め、意志のこもった強い視線を俺に向け直した。

「でも、これは、必要なことだから。乗り越えなくちゃいけない壁なの、私にとって」

強い口調でそこまで言ったマイアだったが、すぐに眉を下げて申し訳なさそうな表情を浮かべる。

「ご、ごめんなさい。レオンくんを、まるで障害みたいに……」

「ふふ、いいよ。それで君を抱けるんなら」

「そ、そう。じゃあ、その……」

そこでマイアは、コテンと首を傾げた。

「どう、すればいいの、かな？」

戸惑う彼女が可愛らしくて、思わず笑いそうになったけど、我慢した。

そうだな、どうしようか。いきなり抱きついても怖がるだろうし、だったら……。

「じゃあ、手、繋ごうか」

そう言って俺は右手を差し出す。

「わ、わかったわ……手を、繋ぐのね」

そうして彼女も右手を出し、握手の要領で手を繋ぐ。

緊張しているせいで、手のひらは汗ばんでいた。その手は小さくて、柔らかくて、温かかった。

「なんか、ひんやりしてる」

彼女の身体からふっと力が抜けるのを、握った手を通じて感じ取る。

「マイアの手は、あったかいね」

「うふふ、お酒のせいかな」

「どうかな」

マイアは左手も伸ばし、俺の手を包み込んだ。俺も同じように、両手で彼女の手を握る。

そうやって手をつないだまま、少し無言の時間が続いた。肩の力は抜けたが、呼吸は少し荒くなってきた。

「目を、閉じて」

「うん……」

俺の言葉になにかを察したのか、マイアは目を閉じると、見上げる姿勢のまま少しだけ顎を突き出してきた。

俺も目を閉じ、ゆっくりと顔を近づけていく。マイアの手に、ぎゅっと力が入るのを感じた。

「ん……」

唇が触れあった。

マイアが縋るように俺の手を握りしめる。そんな彼女の手を握り返しながら、俺は唇を当てたままじっとしていた。

やがて、固く結ばれていたマイアの唇から、少しずつ力が抜けていく。そして、閉じられていた口がわずかに開いたところで、一度離れた。

「ぁ……」

彼女は薄く目を開き、わずかに口を開いたまま、少し名残惜しげな表情で俺を見つめた。

「初めてだった？」

「ん……男の人とは、ね」

……なんだか意味深な言葉だけど、いまは考えないようにしよう。

彼女からふっと力が抜けたのを感じた俺は、その手を再び強く握り、引き寄せる。

「んぁ……」

もういちど、唇が重なる。

少し開いたままの口に、舌を入れた。

「んむ……んちゅ……れろ……」

俺の舌を口内に迎え入れたマイアは、すぐに自分のほうからも絡めてきた。

しばらく舌を絡め合う、激しいキスが続いたが、彼女のほうから俺の口内へ舌を入れてくることはなかった。

「んはぁ……はぁ……はぁ……」

顔を話すと、彼女はとろんとした目を向けて、荒い呼吸を繰り返した。

「頭が、ぼーっとする……。お酒のせいかな？」

「どうだろ」

「うふふ、お酒のせいだよ、きっと」

そう言ったあと、今度は彼女のほうから顔を近づけてきた。そして、積極的に俺の舌をまさぐる。

「あむぅ……んちゅる……じゅぶ……」

キスに集中しているうちに、握り合っていた手が離れた。すると彼女は、俺の首に腕を回して抱きついてきたので、こちらからも背中に手を回す。

抱きしめたマイアの身体は、思っていたよりも華奢で、小さかった。

「じゅぶぶ……んちゅる……れろれろぉ……」

抱き合いながら、激しいキスを続ける。俺は彼女の背中に右手を回したまま、左手を膝下にいれ、マイアを抱え上げた。

「んぁぅ……んむぅ……れろぉ」

抱え上げられても、マイアは離れようとはしなかった。

俺は彼女をベッドへ仰向けに寝かせ、覆い被さった。キスを続けたまま少し身体を離し、シャツのボタンに手をかける。

今日のマイアは、生成りのシャツに膝丈のハーフパンツというラフな恰好だった。

「んむ……あむ……れろぉ」

彼女のほうも俺のボタンに手をかけ、互いに服を脱がせ合う。

マイアはシャツの下に、かなり丈の短いタンクトップを着ていた。ブラジャー……では、ないと思う。

ドワーフの女性は小柄な割りに胸や尻が大きい人もいるんだけど、マイアの胸は控えめだった。その小さな膨らみを、タンクトップの上から撫で回す。

「んぁっ！　んむぅ……れろぉ……」

ビクンッとのけぞり、短く喘いだマイアだったが、すぐに唇を重ねてきた。

そうして舌を絡め合いながら、俺はタンクトップもまくり上げ、直接乳房に触れた。

「んぁっ！　あっあっ……！」

背中を反らし、激しく喘ぐマイア。それによって唇は完全に離れ、長いキスは終わりを告げた。乳白色の肌は胸元のあたりがじんわりと朱に染まり、表面には汗が浮いている。

小ぶりな乳房を撫で回しながら、薄褐色の突端に舌を伸ばす。

「ひゃぁっ！　ぁ……だめぇ……胸、弱いの……」

俺の行為を拒むようにマイアは頭を押さえたが、その手にはあまり力が入っていない。俺は気にせずチロチロと乳首を舐め続けた。

「あっあっ……！」

胸を攻めながら、片方の手を下に伸ばす。そしてハーフパンツのボタンを外してウェストをゆるめ、内側へと手を滑らせた。

「やぁっ……まっ……んぅぅうぅぅっ……！」

ハーフパンツの中に手を入れ、ショーツの上から触れた秘部は、ぐっちょりと濡れていた。湿ったショーツの上から、割れ目をなぞるように股間を撫でてやる。

「ひゃぁっ！　あぁっ！　だめぇ……!!」

すごく、反応がいいな。

一度股間から手を離し、乳房も解放したあと、俺は開かれた彼女の脚のあいだに膝をつき、まずはハーフパンツを脱がした。

続けて、ショーツの紐に手をかける。

「はぁ……はぁ……」

そんな俺の行為を咎めることなく、マイアは熱い息を吐きながら、じっとこちらを見つめていた。

腰で結ばれた両端の紐をほどき、ショーツをめくる。

「あぅ……」

マイアが恥ずかしげに顔を逸らし、短い声を漏らした。めくられたショーツと秘部とのあいだに、ぬらぁ……と愛液が糸を引く。むわっとあたりに広がった卑猥な匂いが、ツンと鼻を突いた。

毛深い男性とは反対に、ドワーフの女性は体毛が薄い。露わになった股間には、薄茶色の産毛のような恥毛がうっすらと生えているだけで、薄く開いた割れ目はくっきりと見えていた。

「んぅ……じろじろ、見ないでぇ……」

小柄で華奢な身体。

ぞんざいにはだけられたシャツ。まくり上げられた下着の下から覗く小さな膨らみ。力なく開かれた股のあいだから覗く、ほとんど毛の見えない控えめな割れ目。

なんというか、ちょっと背徳感を誘う姿だな。

そんな小さなドワーフさんの股間に、再び手を伸ばす。ねっとりと濡れた割れ目に指を当てて撫で回した。

「んひぃっ！　あっ……あっ……」

あいかわらず感度は良好なようだ。

割れ目に触れた中指を軽く曲げてみると、ぬぷりと埋まっていった。そのまま、ぬるりと指を奥へと進めてみる。

「あっ……！　なか……はいって……」

異物の侵入を感じたマイアが、わずかに腰を上げる。軽く指を締められるような感触を得ながら、俺はゆっくりと慎重に指を進めていった。やがて中指は、特に抵抗なく根本まで飲み込まれた。

……これなら、大丈夫かな？

「ん……」

ぬぽん……と指を抜くと、マイアが軽く喘いだ。

「マイア……そろそろ、いいかな？」

一度大きく目を開いて俺を見たあと、彼女は目を閉じ、深呼吸をした。

「ふぅー……。うん、いいよ」

ズボンとトランクスを一緒に脱ぎ、下半身を露出する。

「ひっ……！」

怒張し、先端から腺液を垂らすイチモツを見て、マイアが短い悲鳴を上げる。

「……ほんとに、いい？」

「あぅ……ぅ……ん……いい、よ。おねがいっ……！」

マイアはそう言うと、顔を逸らし、シーツをギュッと握り込んだ。

「じゃあ、いくよ」

開いた股のあいだに身体を入れ、腰の位置を調整する。ぴとり、と先端が割れ目に触れ、にちゃ……と小さな音が鳴った。

「ぅ……」

その感触に、マイアは小さくうめいた。

ねっとりと絡みつく粘膜に亀頭が包まれるのを感じながら、じわじわと腰を押し進めていく。

「ふぁぁっ！」

思っていたより、キツぃ……！

内側までしっかり濡れているので、摩擦による抵抗はないが、単純に小さくて入りづらい。

「あぅぅっ！　ぐぅっ……！」

しかも、亀頭が半ばまで入ったところで、侵入を阻むなにかに先端が触れた。そこをぐにっと押すと、マイアが苦しそうに顔をしかめる。

もしかして、処女膜……？　指はすんなり入ったけど、それ以上に広がっていないのだろうか？

「だいじょうぶ……だから……そのまま、貫いてぇ……！」

眉間にしわを寄せながらも、口元に笑みを浮かべるマイアの言葉に、俺も覚悟を決める。

ゆっくりと、狭い穴を広げるように……。

「ひぐ……んぅ……！」

みりみりと狭い道を広げながら、ゆっくりと奥へ。

「んぎぃっ……！」

やがて、先端が最奥部に到達する。

まだ根本が二割ほど出たままだけど、これ以上は無理だろう。

「マイア、全部挿入(はい)ったよ」

「はぁ……はぁ……ほんと、に？」

「ああ」

「よかった……。私、男の人を……レオンくんを、受け入れたのね……」

そこでマイアは、安心したようにふっと微笑んだ。

「じゃあ……最後まで……して……？」

「わかった」

最奥部まで進入したイチモツを、ゆっくりと引き抜く。

「んぎぃぃぃっ!!」

すると、マイアは歯を食いしばって悲鳴を上げた。

「だ、だいじょうぶか？」

「だい、じょうぶ……だから……つづけて……」

しかしそのあとも、少し動かしただけでマイアは痛みを感じて悲鳴を上げた。いくら大丈夫と言われても、さすがにこれ以上は続けられない。しばらく経って少ししぼむのを待ち、俺は彼女の膣内から肉棒を引き抜いた。

「んく……ぅぅ……」

ぽっかりとひらいた膣口から、愛液に混じって血が流れ出る。

「ごめんね、レオンくん」

マイアは身体を起こして俺に謝った。

「ううん、俺は大丈夫。それより、マイアのほうは平気？」

「うん……」

彼女は頷いたまま、血の滲む自身の股間をじっと見た。

「まぁでも、ここまでできたんだし、もう充分じゃないかな？」

そもそもこれはセックスが目的なんじゃなくて、彼女が男性に慣れるための行為だからな。というか、挿入した時点でセックスだって成立したようなものだろう。

「だから、これ以上無理しなくても」

そう声をかけたのだが、彼女は自分の股間に視線を落としたまま、考え込むように沈黙を続ける。

「な、なぁ、マイア……？」

するとマイアは、なにかを思いついたように顔を上げ、俺を見た。

「ねぇ、レオンくん」

「なに？」

「いまから塔にいかない？」

×××

当たり前だが塔に営業時間などという概念はなく、深夜だろうが早朝だろうがモンスターは休まず徘徊を続けている。石造りで内部の明るさが常に一定なクヴィンの塔では時刻の感覚が働かないので、夜中に活動する冒険者も少なくない。

ただ、冒険者ギルドには営業時間が定められている。

通常営業は日の出の少し前から日没の少し後まで。そこから日付が変わるまではドロップアイテムの納品と探索の申請のみを受け付けてくれるが、各種登録作業やランクアップ手続き、クラスチェンジなどは翌日以降に回される。

日付が変わる頃には併設された食堂も営業を終了し、ギルドの灯は落とされるので、夜中の探索を行うには日付が変わる前に申請しなくてはならない。

不測の事態に備え、ギルドには常に宿直の職員が数名残っているが、手続きなどはしてもらえない。

「おまたせ、レオンくん」

ギルドの待合室で待っていると、マイアがやってきた。革の軽装というここ数日で見慣れた恰好だが、歩き方が少しぎこちない。

「だいじょうぶ？」

「ん、まだちょっと痛いかな」

苦笑いとともに、マイアは少しおどけて答えた。


「日付が変わるまでに戻れない場合、朝まで町には入れませんのでご注意ください」

あまり馴染みのない男性職員に告げられる。

これは通常営業終了後から灯が落とされるまでのあいだに申請を行った場合、必ず言われる定型句だ。ギルドが閉まっているあいだも塔の門は開いたままだが、入り口とギルドを繋ぐ門は閉じられるのだ。

もちろん宿直の衛兵はいて、緊急時には通してもらえるが、それこそよほどのことがない限りは足止めをくらう。

明日の朝にはここに集合する予定なので、日付が変わるまでに戻ってこなければならないのだが、まだ四時間ほど余裕があるので問題ない。

マイアの希望で二一階から探索を始めることにした。

「改めて見ると、マイアってかなり軽装だよね」

マイアは膝丈ほどのワンピースに、胸や腰を覆う革の装甲、脚の付け根が見えそうなほど裾の短いホットパンツ、太もも半ばまでのタイツ、そしてショートブーツという格好だった。ワンピースの袖はハーフスリーブで、左前腕には金属の手甲を身に着けているが、ナイフを持つ右腕にはなにも着けていない。ワンピースは腰から下をはだけているので、腹や太ももが完全に露出されていた。左の太ももには棒手裏剣を仕込むための、幅広のベルトが巻かれている。

「動きやすさを重視してるのよ。それに、ただの服に見えるかも知れないけど、結構防御力は高いのよ？」

「ふぅん、そうなんだ」

「そんなことよりさ、回復してくれるかな？」

「違法なんだけどなぁ……」

転移陣で二一階に到達するなりマイアが頼んできたので、俺は苦笑とともに呟いた。塔の外で負った怪我を塔内で治療するのは、ギルド協定に反する行為だ。

「探索申請は通ったんだからぎりぎりセーフよ」

ぎりぎりアウトじゃないかな、と思いつつもここまでくればバレることもないし、なにより最初からそのつもりで誘いに乗ったので、さっと《傷回復（ヒール）》をかけてやる。

「ふぅ、助かったわ」

そこからはふたりで上を目指して進んだ。

【赤魔道士】と【密偵】という、少々バランスの悪いデュオだが、俺の支援魔法に加え、ふたりともが塔内のマップをほぼ頭に入れているので、探索はとてもスムーズだった。

「マッピングは本来私たち斥候職の役割なんだけどね」

「俺はほら、雑用歴が長かったから。それに途中【斥候】にクラスチェンジしてスキルも覚えたし」

「……途中までスキルなしでマッピングしてたってことじゃない。ほんと尊敬するわよ」

「ははは……」

ちなみに俺が【斥候】になったのは完全攻略後の話だから、その前に五〇階分のマップはほぼ頭に入っていた。スキルで細部を補完したって感じだけど、これは嫌味になりそうだから言わないでおこう。

「さて、と」

二五階に到着すると、マイアが少し表情を固くした。

ここまでは最短ルートを駆け抜けて三〇分程度で到着した。

「ついてきて」

途中から上を目指すルートを外れたが、俺は黙ってマイアについていった。

「……ここよ」

そこは、まっすぐ続く通路が袋小路になっている場所だった。

通路の途中に扉はなく、一番奥に追い詰められたら逃げ場はない。そして追い詰めたほうは背後にさえ注意を払っていれば、邪魔も入りづらいという場所だった。

「ここで私は襲われたのよ、あいつに」

俺に背を向け、壁に手を置いてマイアは呟いた。

しばらく無言のままでいた彼女だったが、一度大きく息を吐いて顔を上げると、くるりと振り返った。

「レオンくん、ここで私を抱いて？」

なんとなく予想はついていたので、驚きはない。彼女が過去を乗り越えるために必要だと思うのなら、それに付き合うだけだ。

「なにがあるかわからないから、すぐに始めましょうか」

マイアはそう言うと、ホットパンツのボタンを外し、するすると脱いでしまった。

部屋での恥じらいが嘘のようだ。

「なんか、随分積極的になってない？　さっきまで経験がなかったとは思えないんだけど」

「男の人とは初めてだったけど、エッチなことは好きだもの」

あ、やっぱりそういうことか……。

「ここに来るの、本当を言うと怖かったの。この階にきて、ここを目指して歩き始めたとき、あのときのことを思い出したわ。痛かったこと、怖かったこと、なにより悔しかったこと」

そんな言葉とは裏腹に、マイアの声にも表情にも余裕があった。

「そういうのを乗り越えるために、レオンくんを誘ったの。ここでしようって。ごめんね、また利用するみたいになっちゃって」

「いいよ。問題ない」

「ふふ……ありがと。それでね、レオンくんとするんだって考えると、昔のことが、だんだんどうでもよくなってきたのよ。さすがにここに着いたときはちょっと感慨深かったけど……でも、それだけ」

俺を安心させるために、とか、自分を鼓舞するために、とかそんな様子は一切感じさせず、彼女はごく自然に淡々と語った。

「ここでいやなことがあったんだ、っていうより、いまからここでレオンくんとするんだっていうことのほうが、大きくなってたのね。そのせいで、ほら……」

上目遣いに俺を見て妖艶な笑みを浮かべたマイアは、ショーツの腰紐に手をかけ、するりとほどいた。床に落ちたショーツが、べちょっと小さな音を立てる。股間からはとろりと糸を引くように、愛液が垂れていた。

「もう、こんなになっちゃったわ」

そう言いながら、マイアは壁にもたれたままゆっくりと腰を下ろしていく。膝裏あたりまであるワンピースの生地を、尻の下に敷いて座った。

股を開き、秘部をさらすような恰好で俺を見上げる。ぱっくりと開いた割れ目はとろとろに濡れ、その奥でヒクつく薄紅色の粘膜は、塔の淡い照明を反射してぬらぬらと光っていた。

「もたもたしてると、モンスターが来るかもね？」

誘うように微笑むマイアを前に、俺はベルトを外してズボンとトランクスをずらし、硬直したイチモツを露出した。そのまま彼女に歩み寄って膝をつき、開いた割れ目に先端を当てる。

「ひゃうっ……!?」

「くぅっ……！」

激しい快感に、ふたりとも声を漏らす。

「な、なにこれ……？　さっきと全然違う」

「支援魔法で感覚が鋭くなってるんだよ」

探索のためにかけた《感覚強化（センスブースト）》の効果が、まだ続いているのだ。

「すごい……。じゃあ、いっぱい気持ちよくして、いやなこと全部忘れさせてね？」

「ああ、まかせろ」

腰を押し進める。

相変わらず狭い膣口だったが、さっきよりは抵抗なく亀頭を入れることができた。

「んぅっ……!!」

カリが膣口を越えたところで、マイアがビクンと大きく跳ねる。見れば苦しそうに眉を寄せている。

「だいじょうぶか？」

「う、うん、だいじょうぶ。だから、奥まで……」

「わかった」

まだ狭い膣道をこじ開けながら、一気に奥まで挿入する。

「んぃぃぃいいいいいいいっ！！！！」

絹を裂くような甲高い悲鳴が耳を突いた。マイアは歯を食いしばり、見開いた目からポロポロと涙をこぼし始める。

しまった——！

「《傷回復（ヒール）》！」

彼女の下腹部に手を当て、あわてて回復魔法をかけると、こわばっていたマイアの身体は弛緩し、表情がやわらいだ。

「はぁ……はぁ……死ぬかと思ったわ……」

「ご、ごめん。《感覚強化（センスブースト）》で痛みも鋭くなるんだった……」

「なるほど、そういうこと、ね」

そこでマイアは、ふっと微笑む。

「だったらここからは、気持ちいいだけね？」

痛みのせいで男性とのセックスがまた嫌いになったらどうしようかと思ったが、その心配はないようだ。

だったら彼女の言うとおり、ここからは気持ちいいことだけをしよう。

「もし痛かったら、すぐに回復するから」

「わかったわ、お願いね」

それからしばらくは、動きによって彼女が痛みを訴えたので、そのたびに《傷回復（ヒール）》をかけた。そうしているうちに痛みを訴える頻度が減り、多少激しく動いても問題なくなった。

「あっあっあっあっ！　すごいぃこれぇっ！　また……私、またイっちゃうぅっ!!」

痛みを訴えつつ、快感も同時に得ていたマイアは、もうすでに何回か絶頂を味わっていた。

彼女は痛みを感じなくなったが、それでも膣は狭いままだった。きつきつの膣道が異物を押し返すような感触に抗いながら、それをこじ開けて奥へ進んでいく。いざ最奥部まで入れれば、今度はみっちりと絡みついてくる膣肉をめりめりと剥がしながら、肉棒を引き抜いた。

「はぁっはぁっ！　レオンくんの、おっきいお○んちん、ずぼずぼされて、気持ちいいよっ……！」

「俺も、マイアのちっちゃいま○こ、きつきつで、気持ちいい……！」

マイアは壁に背を預けたまま脚を大きく開き、俺もうしろに軽く仰け反った状態で挿入して、互いの股間を打ち合っていた。そんな体位のおかげで、接合部がよく見える。

「はぁん！　そんな、激しくしたら、めくれちゃうよ……！」

彼女の言うとおり、みっちりと絡みつく肉襞は、肉棒を引くときにめくれ上がるような勢いでまとわりついてきた。実際引き抜かれた肉棒には、淫肉が絡みついているようにも見える。それがまた押し戻され、怒張した陰茎を飲み込んでいく。

上半身には革鎧を纏いながら、下半身を完全に露出するという卑猥な恰好のマイアは、ぐちょぐちょと音を立て、粘液を飛び散らせる接合部を見て自分からも腰を振り続けた。

「んあぁっ！　私、また、イクぅ！」

「俺も、そろそろ」

まだ挿入してそれほど時間はたっていないが、いつモンスターや他の冒険者が現れるかもしれないというスリルが、快感を増し、情欲をかき立てる。

「私、冒険者だから……！　避妊は、だいじょうぶ、だからぁ！」

「じゃあ、このままっ、出すぞ！」

「きてっ！　そのまま、膣内（なか）に、出してっ!!」

「うぐぅ……！」

――ビュルルルルーッ!!　ドブルッ！　ビュルッ！　ビュッビュッ……!!

「はぁん……おなかで、レオンくん、ドクドクいってる……」

小さな膣で大量の精液を受け止めたマイアは、恍惚とした表情を浮かべていた。

「ん……はぁ……」

肉棒を引き抜くと、開いたままの膣口から精液がどろどろと流れ出した。そこには、少しだけ血が混じっている。最初に挿入したとき、出血したのだろう。

「いやなこと、全部忘れられた？」

「……え？　あ、んー」

俺がそう尋ねると、虚ろだったマイアの瞳に光が灯り、彼女は軽く考えるそぶりを見せた。

「半分くらいは、忘れられたかな」

彼女はそう言うと、艶やかな笑みを浮かべて身体を起こし、そのまま前傾姿勢をとって、四つん這いになった。

「もっとしてくれたら、全部忘れられるかも」

そう言いながら、マイアは俺に這い寄ってくる。

「マイアのおま○こ、レオンくんのおち○ぽでいっぱいにして……。いやなことぜんぶ、レオンくんのおち○ぽ汁で洗い流してちょうだい」

いいだろう。

望むところだ。

《条件を満たしました。賢者タイムを開始します》

俺はいま、マイアを抱えて階段を下りている。

あのあと賢者タイムになってから、さらに支援魔法をかけ直して、回復魔法なんかも併用しながら何度もした。最後はマイアが気絶したので、そこでセックスを終えた。

そして日付が変わるまで一時間と少しになったので、急いで帰っているというわけだ。

気絶したマイアを抱えて両手が塞がっているけど、【賢者】状態の俺なら魔法だけで充分対処できる。

「マイア、そろそろ起きて」

さすがに彼女を抱えたまま外に出るのはまずいので、二一階の転移陣手前でマイアを起こした。

すでに賢者タイムは終了している。

「ん……んぅ……ふぁー……あれ？」

俺の腕のなかで目を覚ましたマイアは、何度も瞬きをしたあと、キョロキョロとあたりを見回した。

「ん？　えっと、ここは？」

「二一階の転移陣前だよ。いい時間だからそろそろ帰らないと」

「は？　え？　ご、ごめんなさい」

バタバタとし始めたマイアを解放し、おろしてやる。

「えっと、ごめん、ここまでひとりで？」

「うん。危なくなったら起こそうと思ったんだけど、案外いけたから」

賢者タイムならここの中層階なんて楽勝だからな。

「そっか。ありがとね」

「いえいえ。気持ちよさそうに寝てたから、起こすのも悪いし」

「むぅ……」

からかわれて、口を尖らせるマイア。こういう仕草を見ると、まるで少女みたいだ。

「あの、なんか途中からすごかったたん、だけど……？」

賢者タイム以降の行為を思い出したのか、顔を赤くしながらマイアが尋ねてきた。

「マイアがかわいくて、興が乗っちゃったのかな？」

「んもうっ！」

マイアはまた口を尖らせ、俺の腹をポスっと殴った。

彼女には【賢者】のことを打ち明けていない。ギルド協定なんかを考えると、やっぱりこの力は知られないほうがいいと、改めて思ったからだ。塔の外でも魔法が使えるなんて知られたら、いったいどんな目に遭うか……。

いまのところ賢者タイムを知っているのはリディアとエメリアだけだ。リタには気づかれていないだろうし、マイアもうまくごまかせたみたいだな。

「じゃあ、帰りましょうか」

「ああ」

転移陣に乗って塔の外へ出た。

連絡通路を小走りに進み、あと数分で閉まる門を抜けてギルドに戻った俺たちは、帰還報告とドロップの納品を済ませた。

時間ギリギリということで職員からは少し嫌な顔をされたけどね。

「送るよ」

「そう。ありがと」

冒険者としていくらマイアが強くても、塔の外では非力な女性だからな。夜の町をひとりで歩かせるわけにもいかない。

まぁ能力補正がなくても、鍛えられた身体や戦闘技術がなくなるわけじゃないし、なにより塔下町は治安がいいので危険なことはあまりないいんだけど。

「なぁ、マイア」

「なに？」

「本当に俺でよかったのか？」

いまさらだけど、やっぱり気になった。

男性への恐怖を克服するのにセックスを経験したいというのは、正直こじつけみたいな気もするけど、なんとなくわかる。でも、俺じゃなくてもよかったのではないだろうか。

同業者ってことでお互い顔は知っていたけど、話すようになったのはほんの最近だ。仲間が一緒なら男性と話せたってことは、もっと仲のいいやつはいなかったのかな？

「あのとき、支援魔法をかけてくれたでしょ？」

あのとき、というのは、階層越えに遭遇して爆華繚乱が敗走したときのことだろう。

「私ね、いまでもリザートマンは苦手なの」

ソロで倒せるようになったからといって、苦手意識が完全に克服されたわけではないようだ。

「あそこはソルジャー級も出る階だから、いつもちょっとだけビクビクしてたわ。でも、あのときは不思議と平気だったの」

俺の支援魔法を受け、三五階を駆け抜けたマイアは、途中リザードマンソルジャーを見かけたが、落ち着いて対応し、戦闘を避けることができた。そうやって無事に三四階にたどり着いたとき、再び小さな恐怖が湧き上がってきたそうだ。

「そのときに思ったの。ああ、あの子がかけてくれた支援魔法のおかげだったんだって。そのとき、ちょっとだけ胸が温かくなったような気がしたの」

その後も塔を駆け下り、無事ギルドに帰還したマイアは、救援要請を出すことに成功した。

「レオンくん。あなたは姐さんたちだけじゃなく、リディアさんも助け出してくれた。だから、この人は信頼できるって思ったの。それに……」

そこでマイアは、窺うような視線で俺を見上げる。

「姐さんとも、その……したん、だよね？」

「あー、うん。まぁ」

ぽりぽりと頬をかきながら答える。

「ふふ。姐さんが心を許す男の人なんて、いままでいなかったからさ。だから、レオンくんには全部委ねられるって、そう思ったの。迷惑だった？」

「いいや、光栄だよ」

「ふふ……よかった」

するとマイアは、タッタッタッと駆け出し、すぐに止まってくるりと振り返った。

「私、ここだから。送ってくれてありがとね」

そこは爆華繚乱の拠点だった。メンバー以外にも、サポートスタッフや見習いなんかも住んでいるんだっけな。下手な宿屋より立派な屋敷だ。もちろん住んでいるのは全員女性。

秘密の花園ってやつかな。

「ねぇ、レオンくん」

「ん？」

「レオンくんは、先に進むんだよね」

先に進む。

つまり、この町を離れて次の塔を目指すということだ。

「ああ」

「姐さんも連れて行ってよ」

「え？」

突然の言葉に驚く俺を無視して、マイアは続ける。

「あの人はこの町で終わるような冒険者じゃないの。それにあなたたちが勇者を目指すなら、きっと力になると思う。だからお願い、姐さんを連れ出して」

真剣な表情で言い終えたあと、マイアは深々と頭を下げた。

「マイア、なにを――」

がばっと頭を上げたマイアは、もう笑顔になっていた。

「考えといてよ！　じゃ、明日ねー！」

「おい、マイア！」

慌てて呼び止めたもののマイアは軽やかに身を翻し、そのまま屋敷に入っていった。

「リタ、か……」

宿への帰り道、俺はマイアの言葉を思い返す。

もし賢者タイムにタンク役の【装甲戦士】がいれば、と宿に着くまでのあいだ、気がつけば何度もシミュレートしていた。

✕✕✕

次の日、マイアが集合時間に少し遅れた。

「なにやってんだい、遅刻だよ！」

「ごめんごめん。ちょっと野暮用があってね」

あまり悪びれる様子のないマイアに、リタはため息をついた。

「このくらいどうってことございませんわ。ですから、気になさらないで」

「じゃあ、軽くなにか食べながら今後の方針でも話し合おうか」

「あ、ちょっと待ってよ」

食堂でミーティングをすべく促す俺の言葉に、マイアが待ったをかける。

「先に評価を確認しておかない？」

「はぁ？　アンタなに言ってんだい？」

「ええ、あまり意味はないと思うのですが」

マイアの提案に、リタとリディアが首を傾げる。

昨日ふたりで塔に入ったけど、二〇階台のモンスターを少し納品したくらいじゃあなんにも変わらないと思うけどな。

「いいからいいから」

そう言って受付へと駆け出すマイア。

残された俺たち三人は、互いに顔を見合ったあと、渋々といった具合に彼女を追いかけた。

「五〇階への挑戦を許可します」

受付嬢の言葉に、俺たちは言葉を失う。いや、マイアだけはこうなることがわかっていたかのように、自信ありげな笑みを浮かべていたが。

「ちょっと待って。なんで？　前とそんなに変わってないと思うけど」

「上級職の方がひとり増えたから、ですね」

「上級職？」

そう言ってちらりと動いた受付嬢の視線を追うと、そこには誇らしげな笑顔のマイアがいた。

「マイア、アンタまさか……？」

「うん。朝一番にきて【暗殺者】にクラスチェンジしたのよ」

「そんな！　アンタ、まだレベル三五（中級マスターレベル）になったばかりじゃないか!?」

「なんの心配してるのよ。ここで活動するんならそもそもレベル九九まで上げることなんてないでしょ？　強さの上限なんて気にするより、さっさと上級職になったほうがいいに決まってるじゃない」

「そうかもしんないけど……」

肩をすくめて笑みを浮かべるマイアに対して、リタは困ったように眉を下げる。

「でもさ、いくら【暗殺者】になったからって、レベル一じゃあ【密偵】と変わらないんじゃないか？」

上位職にクラスチェンジした場合、強さに変化はない。レベル自体は下がるが、弱くなるわけじゃないんだ。つまり、レベル三五（中級マスターレベル）でクラスチェンジした場合と、レベル五〇（中級リミットレベル）でクラスチェンジした場合、同じレベル一でも強さに開きができるというわけだ。だからこそリミットレベルまで成長してからクラスチェンジしたほうが、最終的に強くなれるのだといわれている。

ただ、マスターレベルで上位職にクラスチェンジしたほうが、低レベル帯での成長率が高いという説もあるので、そのあたりは個性も絡んできたりして、正しいことはわからないままなんだけど。

「だから言ったでしょ、朝一番でギルドに来たって」

「もしかして、マイアさんが遅刻された理由というのは……」

ギルドの営業開始と同時に祝福の間でクラスチェンジしたマイアは、そのまま塔に入ってレベリングを行ったらしい。

「がんばってレベル一〇まで上げたわよ」

上級職とはいえ、レベルが低いうちは上がりやすい。レベル三五（中級マスターレベル）だったマイアがそのまま【密偵】のレベルを四五に上げるよりも、【暗殺者】のレベルを一から一〇まで上げるほうが、はるかに早いのだ。しかもレベル四五の【密偵】より、レベル一〇の【暗殺者】のほうが格段に強く、評価も高くなる。

「マイア！　アンタひとりで無茶して――」

「姐さん。いくら急いでてもひとりでレベリングなんてしないわよ」

「――え？」

叱ろうとしたマイアに飄々と答えられ、リタは気勢をそがれる。

「私たちが手伝ったんですよ」

そこへ、ふたりの女性が近づいてきた。

「アンタたち……」

爆華繚乱の【魔導師】さんと【神官】さんだ。

「私たちも回復がてら塔に入りたかったので」

「そうそう。ちょうどよかったってわけ」

怪我をしていた【武闘家】さんと【狙撃手】さんはもう少し静養を要するが、魔力切れ以外に大きな怪我のなかったこのふたりは、もう塔に入れるだけの回復をしていたようだ。

中級魔法職でレベル三五あたりなら、魔力が枯渇した状態から塔の外で回復するとなると一〇日くらいは必要だろうか。しかし塔内だと、二日もあれば完全回復する。七割ほど魔力が回復していて、ほかに怪我などがなければ探索の申請は下りるので、その状態なら塔に入ったほうが完全回復までは早くなるのだ。

「ああ、それから。いい機会なので私たちも先ほど上級職へクラスチェンジしましたよ」

「へへ、ようやくオレも【司祭】だぜ！」

あのとき気絶してた【神官】さん改め【司祭】さん、結構個性が強烈だな……。

「アンタたちまで？　いったいどうしたっていうんだい!?」

「姐さん、そろそろ世代交代ってやつじゃないかしら？」

リタの問いに、マイアがおどけたように答える。

「……はんっ！　一〇年早いよ!!」

マイアの言葉を冗談と受け取ったのか、リタは呆れたように笑いながらそう答え、食堂へと消えていった。

まぁ、なんにせよミーティングは必要だからな。

「マイアさん、ありがとうございます」

彼女が上級職へクラスチェンジし、レベルアップしてくれたことで、五〇階への挑戦権を得た。そのことに、リディアは感謝の意を述べた。

「お礼なんていいのよ。私たちが爆華繚乱の名を背負う時代がきたってだけだから」

「ふふ、それは心強いですわね」

同じくマイアの言葉を冗談と受け取ったリディアは、軽く頭を下げてリタのあとを追った。

口元に笑みを浮かべていたマイアだったが、目は笑っていなかった。そしてオレと目が合うと、彼女は真剣な表情を浮かべて無言で頷いた。そして他のふたりも想いは同じなんだろう。

【司祭】さんと【大魔道】さんは、俺に対して深々と頭を下げた。

≪ 攻略 ≫

ギルド併設の食堂で朝食を食べながらミーティングを行った結果、とりあえず四九階まで進もう、という結論に至った。

「クラスチェンジしたばかりのマイアのレベルが、少し気になるけど……」

「だったら前回より往路のスケジュールを長めにとったらどうだい？」

「そうね。どうせレベリングをやるんなら四九階あたりでやったほうが効率もいいし」

「五〇階を攻略してしまえば、帰りは気にしなくてもいいのですから、問題ないと思いますわ」

五〇階でボスを倒せば、帰還用の転移陣が現れるからな。

「じゃあそれでいこうか」

もともと往復四泊五日分の物資を用意しているので、追加でなにかが必要ということはないし、このまま出発してしまって問題ないだろう。

「ではくれぐれもお気をつけて」

五〇階への挑戦を含む探索を申請し、四一階からスタート。

クラスチェンジしたばかりのマイアだったが、朝からのレベリングで【暗殺者】に慣れたのか、前回より格段に強くなっていた。おかげで探索は順調に進んだが、初日は早めに切り上げて休むことにした。

「じゃあ、悪いけど私はしっかり休ませてもらうわね」

「そうしな。アンタのおかげで五〇階に挑戦できるんだからさ」

レベリングのために俺たちよりも余分に行動していたマイアには、交替なしでしっかりと寝てもらうことにした。

初日の見張りは俺ひとりとリディア、リタのペアで交替した。

「気づかないうちに疲れてたのね。ぐっすり寝たらすごく調子がいいわ」

朝食を終えたマイアは、ぐるぐると肩を回しながらそう言った。

思い返せば一昨日の夜は日付が変わる直前まで探索——以外にもいろいろ——したからな。で、次の朝は早朝からクラスチェンジしたうえにレベリングをし、そのまま探索に突入というハードスケジュールだったわけだから、そりゃ疲れてたに決まっているだろう。上級職へのクラスチェンジってことで気分は高揚していたのかもしれないが、やはり寝不足の影響はゼロじゃなかったみたいだ。

しっかりと睡眠をとってパフォーマンスのあがったマイアのおかげで、探索はより順調になった。そのうえ結構なペースで彼女はレベルを上げていったから、進行速度にも拍車がかかる。

「向こうの角を曲がったところに敵。たぶんリザードマンジェネラルとソルジャーの群れね」

「へえぇ。この距離でリザードマンの気配を感じ取れるなんてね」

「支援魔法のおかげかしら？」

いやいや、どう考えてもクラスチェンジの恩恵だろう。

「大丈夫かい？」

リザードマンに苦手意識を持つマイアを心配しての言葉だろうか。

「ええ、平気よ」

そんなリタの心配をよそにマイアは平然と答え、チラリと俺を見て微笑んだ。

「じゃあ姐さん、よろしくね」

「おうよ、まかせときな！」

通路を進み、角を曲がったところで、リタが大盾をガツンッと叩く。

「おらおらトカゲどもぉ！　アタイが相手だよ!!」

隠密能力と索敵能力に優れたリザードマンである。事前に俺たちとの遭遇は予想していただろうが、突然の大きな音と〈挑発〉によって、意識をリタに持っていかれる。

この時点でマイアの姿が、俺たちの近くから消えていた。

「――――ッ!?」

次の瞬間には、配下に指示を出そうとしたリザードマンジェネラルの首が、コロリと落ちた。

「はい、ごくろうさま」

一瞬リタに気を取られていたとはいえ、索敵効果が高いリザードマンの〈熱感知〉すら欺くんだから、【暗殺者】ってのは本当に凄いよな。

「キシャァアッ！」

「シャラァアーッ！」

統率を失ったリザードマンソルジャーどもは、〈挑発〉された勢いのまま考えなしにリタへと殺到する。

あとは冷静に一匹ずつ仕留めていけば、勝利は確実なものとなるのだ。

「マイアさんのおかげで、ずいぶん楽ができますわね」

「ふふ、ボスに向けて体力は温存しておいてね」

二日目以降の野営は、前回と同じになった。つまり、俺ひとりと女性陣三人とで交替ってやつだ。こればっかりは、まぁいろいろと仕方がない。

三日目に四九階へ到達した俺たちは、次の日一日かけて四七階までを往復した。その甲斐あってか、マイアのレベルは一八に到達した。上級職はレベル一五を越えたあたりからレベルアップのペースが一気に遅くなるので、欲しかったスキルも習得に間に合わないかとも思ったが、なんとかなったな。

リディアも少しレベルアップしたが、残念ながらリタのレベルは前のままだった。そろそろこの塔でレベルを上げるのは厳しくなってくるころかな。

「これなら五〇階に挑戦しても問題なさそうだな」

あとは最終日に向けて体調を整えるだけだ。

✕✕✕

全員がすっきりとした様子で五日目の朝を迎えた。

「安全地帯の占有をしておいて正解でしたわね」

各階の安全地帯は、一日あたり一〇万ガルバで占有できる。ただ一〇万ガルバというのはあくまでギルドに支払う額で、ほかに同じ安全地帯の使用を希望する冒険者がいれば、別途交渉が必要となり、余分に金銭を支払う場合もあるのだ。幸いこの階の探索を申請しているのは俺たちだけだったので、特に問題なく占有することができた。

　占有とはいっても、緊急時には他の冒険者が入ってくることもある。しかし昨夜はそういった乱入者もなく、全員がしっかりと休めたのだった。

「じゃあ、そろそろいこうか」

　朝食を終えた俺たちは、安全地帯（セーフエリア）を出て四九階を進む。ほどなく上り階段にたどり着いた四人は、無言で頷き合うと、五〇階へと上った。

×××

「《魔法強化（マギブースト）》！　《身体強化（フィジカルブースト）》！　《感覚強化（センスブースト）》！　《物理防御強化（プロテクション）》!!」

　五〇階へ上るなり、効果の切れた支援魔法を全員にかけ直した。

　なんの障害物もないだだっ広い部屋の奥に、光の粒が集まり、モンスターのかたちとなっていく。やがてそれは、ゴブリンキング、コボルトキング、オークキング、そしてリザードマンキングとなった。

　この塔に出現する人型モンスターのキング級が一体ずつ。これがクヴィンの塔最上階に出現するボスの正体だ。

「知識としては知っておりましたが、最上階のボスはこのように出現するのですわね」

　ランダムに出現しては塔内を徘徊する通常のモンスターと異なり、最上階のボスだけは侵入者を感知してその場で発生する。なので、キング級のモンスターが階層越えをすることはほとんどない。ただ、挑戦した冒険者が全滅した場合、生き残ったボスモンスターが塔を徘徊し始めるので、五〇階への挑戦は厳しく取り締まられているのだ。

「へへ、キング級とは久々に戦うねぇ」

リタは彼女自身がまだリーダーになる前に、何度か五〇階を攻略しているらしい。

「私は初めてね」

ただ、リタがリーダーになってからはまだ挑戦していないので、マイアがここに来るのは初めてだった。すでに現在の編成で五〇階への挑戦権を得ている爆華繚乱だが、リタはまだ早いと判断していた。

「わたくしも、初めてですわ」

もちろん、リディアもここへの挑戦は初めてだった。

「なに、大したことはないよ。どいつもウェアウルフより弱いし」

なんといってもキング級が恐ろしいのは個体の強さより統率力だ。なので、指揮する配下のいないキングが寄り集まっても、そこまでの脅威にはならない。

とはいえそれは挑戦を許可されるだけの強さがあればの話であり、個体としてもロード級よりは格段に強いので、油断は禁物だが。

「ほらほら、こっちだよザコどもーっ！」

リタが〈挑発〉しながら突進する。

キング級ともなると、そう易々と〈挑発〉には乗らないが、多少意識は取られるし、近くにいるならターゲットの優先順位は上がる。

「ゲギギッ！」

リタに狙いをつけたのは、彼女から一番近くにいたゴブリンキングだった。

いや、リタが自分自身を狙わせるために、ゴブリンキングに近づいたというべきか。

「おーっほっほっほ！」

リタの陰から飛び出したリディアが、高笑いとともにゴブリンキングへと飛びかかる。

「ゲギャッ！」

リタをターゲットにしたものの〈挑発〉には乗らず、特に平静を失ったわけではないゴブリンキングは、彼女の一撃を盾で受け流した。

「甘いですわっ！」

完全に攻撃を流しきれず、体勢を崩したゴブリンキングの脇腹めがけて、切り返した斧槍(ハルバード)の刃が襲いかかる！

「ギギギ……！」

「やりますわねっ！」

それをなんとか剣で受けたゴブリンキングだったが、反撃に出る余裕はない。

ここで連中が連携を取っていたら、誰かしら援護に入るのだが、ここのボスは四体同時に現れるものの、それぞれが勝手に戦うようになっている。状況によっては擬似的な連携になることもあるが、互いに合図をしあってどうこう、ということはない。なので、ほどなくリディアはゴブリンキングを倒すだろう。

一番弱い敵を狙って、とにかく数を減らす。戦術の基本だ。

次に狙うべきは回復や支援担当だが、この場には存在しない。弱いヤツから順に、ということなら次はコボルトキングかな。

オークキングとリザードマンキングはどちらが強いか意見の分かれるところだ。鈍重だが攻撃力と耐久力に優れたオークキングか、それなりに機敏で戦闘技術や隠密能力に優れたリザードマンキングか。

「《雷弾(サンダーブレット)》《雷弾(サンダーブレット)》！」

戦闘開始直後、リタの〈挑発〉に敵が一瞬気を取られたスキを突いて、俺は〈多重詠唱〉を使って《雷弾(サンダーブレット)》を連続で撃った。リザードマンキングをめがけて。

戦術の基本からすれば、次に狙うべきはコボルトキングだが、ここはあえてリザードマンキングを先に仕留める。というのも、隠密能力に優れたこいつはなにかと厄介だからだ。

しっかりと注意を払っていれば問題ないが、他の個体に気を取られて意識から外すと、不意に見失うことがあり、思わぬところで攻撃を食らう危険性があるのだ。なので、クヴィンの塔のボス戦では、一番弱いゴブリンキングと一番厄介なリザードマンキングを早めに仕留めるのが定石となっている。

「シャッ！」

リザードマンキングは、盾を構えて二発の《雷弾(サンダーブレット)》を難なく受け止めた。まぁ、最初から効くとは思っちゃいないけどね。

「ジャッ……!?」

盾を構え、俺を警戒していたリザードマンキングが大きく身を仰け反らせ、ほどなく倒れ伏した。

その陰から、マイアの姿が現れる。

〈必殺の一撃〉

【暗殺者】がレベル二〇手前あたりで覚えるスキルだ。完全に不意を突くことで、敵の防御力や耐久力を無視して、その名の通り一撃で倒すことができる。リザードマンキングの意識が俺に向いたスキを、うまく突けたようだ。

「ガウアッ!!」

〈必殺の一撃〉は大技なだけに発動後、数秒間まともに動けなくなるというデメリットがある。無防備なマイアに向かってコボルトキングが襲いかかろうとするが、もちろん想定内だ。

「《雷弾(サンダーブレット)》！」

すでに詠唱を終えていた魔法をお見舞いする。

「ギャウッ!?」

ダメージを承知で俺の魔法を無視し、マイアに襲いかかろうとしたコボルトキングだったが、予想外の威力に足を止めてしまう。初級魔法とはいえ、【賢者】のスキルと《魔法強化(マギブースト)》で強化されているからな。中級魔法の《雷槍(サンダージャベリン)》並みの威力はあるはずだ。

「《雷矢(サンダーボルト)》！　《雷矢(サンダーボルト)》！」

「ガルル……！」

発動の早い《雷矢(サンダーボルト)》を連続で撃ち、牽制しながらコボルトキングに駆け寄る。この魔法なら〈多重詠唱〉を併用すればほぼ間断なく撃つことが可能だ。

ダメージはないが無視できない痛みを伴う連続攻撃に、敵は苛立たしげなうめき声をあげ、俺に向き直った。

「《雷弾(サンダーブレット)》！　せぁっ！」

「ガルッ……！」

威力の高い《雷弾(サンダーブレット)》を入れてわずかな隙を作り、剣を抜いて斬りかかる。いくらスキルで身体能力が上昇したとは言え、しょせん【赤魔道士】の斬撃など、受け流すまでもなくあっさりと盾で受け止められた。

「ガファッ!?」

しかしその瞬間、体勢を立て直したマイアの短剣がコボルトキングの脇腹をざっくりと切り裂いた。さすがに〈必殺の一撃〉が決まるほど敵も油断していたわけじゃないが、気配を消した状態からの攻撃には対応できなかったようだ。

それからは俺が剣と魔法で牽制し、マイアがダメージを与える、という連携を繰り返してコボルトキングを倒すことに成功した。

一方、リディアは順当にゴブリンキングを倒し、そのあいだリタはオークキングの攻撃を受け流していた。リディアがゴブリンキングを倒したのと同時に、リタの戦槌が敵の膝を叩く。

「ヴォファッ……！」

敵の体勢が崩れたところに、リディアは斧槍を一閃。無防備な首に命中した斧槍の刃だったが、半ばまで斬り込んだところで止まった。

「ヴァ……グァ……」

「さすがキング、しぶといねぇ」

言いながらリタは、オークキングのこめかみに戦槌を叩きつけ、とどめを刺した。

「おーっほっほっほっほ！　完全勝利ですわっ‼」

最初にゴブリンキングを誘い出せなければ。リザードマンキングへの〈必殺の一撃〉が失敗し、コボルトキングも同時に相手取ることになっていれば。オークキングへのリディアの攻撃が少しでもズレていれば。

勝敗はともかく苦戦するおそれはいくらでもあったが、今回は運良く狙いどおりに事が運び、かなり楽に完全攻略を果たすことができたのだった。

◇◇◇

最上階のボスを倒し、完全攻略を報告したあと、俺たちはギルド併設の食堂で祝杯をあげた。

今回の攻略に参加した、俺、リディア、リタ、マイアのほかに、爆華繚乱の【大魔道】さんと【司祭】さんも同席している。彼女たちがマイアのクラスチェンジとレベリングに付き合ってくれたからこそ、今回は最上階に挑戦できたからな。

「で、結局アンタたちふたりだけじゃあ、まだ最上階への挑戦権は得られなかったんだねぇ」

「ま、ある程度予想はしてたけどね」

リタの言うとおり、俺とリディアのふたりだけでは、まだ最上階には挑戦できない。そもそも人数が少なければそのぶん評価は厳しくなるのはわかっていたことだ。そのうえ俺が初級職であることに変わりはないわけだし。

「わたくし、少し悔しいのですが、レオンは意外と平気そうですわね」

「ああ。たぶんあと一歩ってところだからな」

初級職である俺が評価の足を引っ張っていることに変わりはないが、リディアにそれを責めるつもりはないようだ。いまさらそこを問題にするなら、最初から俺と組まなきゃいいって話だからな。

「レオンくんはふたつのパーティーで完全攻略を果たしたわけでしょう？　それってかなり大きな評価ポイントだと思うけど」

マイアの言うとおり、複数パーティーでの完全攻略というのは、かなりの実績になる。俺の場合は狼牙剣乱に寄生していたと思われていた――というかそれはほぼ事実なんだけど――んだが、今回別のパーティーで、しかも四人という少人数で完全攻略を果たしたことは、俺の評価を大幅に上げる結果に繋がったはずだ。

「それでも、あと一歩足りなかったってことさ」

とはいえ、あと一歩。その一歩を進める算段もついているから、悲観する必要はない。

「次は姐さんとレオンくんたち三人だけで攻略してみるっていうのはどう？」

さらに人数を絞っての完全攻略となれば、俺とリディア両方の評価も上がるだろう。たしかに悪くはないけど……。

「三人だと、まだちょっと厳しいかな」

「そうだねぇ。あんまり無茶を言うもんじゃないよ」

ボス戦でネックになるのは、やはりオークキングとリザードマンキングの存在だ。

今回オークキングはリディアとリタ、リザードマンキングは俺とマイアのそれぞれふたりがかりで倒したが、三人での攻略となると、どちらかをひとりで迅速に倒すだけの戦力が必要になる。多少強化されたとはいえ、所詮は初級職の俺じゃ完全に火力不足だし、リタはどちらかというと防御に特化している。リディアも火力だけなら及第点だが、ひとりでどちらかと対峙するとなると、まだかなり厳しいだろう。

そのうえ今回四対四だったのが三対四と、敵のほうが数は多くなるので、俺かリタのどちらかが二匹を引きつけないとリディアが二対一の状況に追い込まれるおそれもある。

「いっそ姐さんが極志無双に加入するってのもありなんじゃない」

随分顔を赤くしたマイアが、酔った勢いでとんでもないことを言った。

「ちょっとマイア、飲み過ぎだよ」

リタに窘められたマイアは顔を真っ赤にしてだらしのない表情をしているが、目にはしっかりと光が灯っていた。

「オレもマイアの意見、悪くないと思うけどな」

「アンタまで……」

さらに【司祭】さんが割って入る。

「リーダーはさ、もっと上を目指せると思うぜ？　姫さんとレオンはどんどん先へ進むんだろ？」

「ええ。勇者を目指しておりますわ」

「勇者か！　いいねぇ!!　リーダーが勇者にでもなった日にゃあ、オレたちも鼻が高いってもんだぜ」

「そうですね。団長はこの塔に収まる器ではないと常々思っていましたから、ぜひとも勇者を目指してください」

「なんだいなんだい。そんなに褒めたってなにも出やしないよ」

さらに【大魔道】さんにまで同意されたリタは、なんだか戸惑っているみたいだ。

「勇者か……悪くないかもねぇ……」

もしリタが正式加入してくれるなら、俺はもちろん賢者タイムのことを明かすつもりだ。【賢者】になった俺なら、ゴブリンキングくらいは一撃で倒せるだろうし、効果の上がった支援魔法を受けたリディアとリタなら、たとえ三対二になったとしても余裕で対処できるだろう。

「まぁでも、アタイには爆華繚乱が一番さ」

そう言ったあと、リタはジョッキに残ったビールを飲み干し、立ち上がった。

「あの子らはもう回復してるんだろう？」

あの子ら、というのは爆華繚乱の残るメンバーのことだろう。

「あ、ああ。昨日探索許可が下りたから、オレの魔法でしっかり回復させといたけど」

「だったら今度はアタイらが完全攻略する番だよ」

一気に上級職が三人も増えた爆華繚乱だ。少し連携を確認すれば、最上階のボスに苦戦することもないだろう。

「マイア、敵の動きはしっかり頭に入っているね？」

「え？　あ、うん。もちろん」

斥候役のマイアが、実際にボス戦を経験したというのも大きい。

「じゃあ今日は休んで明日は作戦会議。で、明後日から塔に入るよ。姫さん、レオン。ここはおごりってことでいいかい？」

「ああ」

「もちろんですわ」

今回、リタとマイアにはかなり世話になったからな。

「レオン、また手伝いが必要なら、いつでも声かけな。じゃあね。ごちそうさん」

そう言い残してリタは先に店を出て行った。手伝い、というところに少し力が入っていたのは気のせいだろうか。

「あの、なんていうか、変な空気にしちゃってごめんね？」

しばらく沈黙が続いたあと、マイアが申し訳なさそうに言い、ほかのふたりもそれぞれ謝罪の言葉を口にした。

「気にしなくていいよ。それより改めてお礼を」

「そうですわね。みなさまの協力のおかげで、今日こうして祝杯をあげることができたんですもの」

直接行動を共にしたマイアだけでなく、【大魔道】さんと【司祭】さんの協力も大きかったもんな。

「ううん。こちらこそ、最上階のボスと戦えたのはありがたいことだし、礼には及ばないわ」

と、そんな感じでお互いに感謝しあったあと、この場はお開きとなった。

「あのさ、姐さんのことなんだけど——」

「マイアさん。いまは爆華繚乱での完全攻略に集中すべきですわ」

マイアの言葉を途中で遮り、リディアは告げる。それを受け少し驚いたあと、マイアはフッと苦笑を漏らした。

「そうだね。じゃあ、今日はごちそうさま」

それぞれ別れの挨拶をして三人は去っていった。

一気に人数が減ったから俺たちのテーブルはさみしくなったが、食堂は徐々に人が増えてきた。朝一番に塔を攻略し、そのまま帰還してすぐに打ち上げをしたからな。これから昼食目当ての客が増えてくる時間帯だ。

「ひとまずは完全攻略おつかれさま」

「はい。おつかれさまでした」

そう言って軽く笑い合ったあと、リディアの表情が真剣になる。たぶん、俺も似たような顔をしているだろう。

「さて、これからのことなんだけど」

「ええ、しっかりと話し合う必要がありますわ、ふたりで」

俺たちはこれからふたりで塔の探索を進める。もちろん、賢者タイムを駆使して、だ。そうなると、一時間に一回のセックスが必要となる。そのことについて、まだ俺たちはお互いの意思を確認していない。

探索だけなら、俺が【赤魔道士】のままでもなんとかなるだろう。でも、俺はひとつでもいいから【賢者】のレベルを上げておきたかった。ただ、彼女が頻繁なセックスを望まないなら、なにかしらの妥協案を考えなくてはならない。

そのための話し合いが、必要だった。

「とりあえず、出ようか」

「そうですわね」

会計を終えて外に出た。

もちろんだけど、まだまだ明るい。

「少し、疲れましたわね」

昨日、安全地帯(セーフエリア)を占有してしっかりと睡眠をとり、今日はボス戦だったとはいえ戦闘自体はかなり短時間で終わっている。

帰還前に《疲労回復(リカバー)》で全員の疲労を回復したうえ、俺自身魔力回復薬(マギポーション)で魔力も回復しているので、体調は万全に近いはずだが、数日に及ぶ探索の疲れはなくならない。なにより彼女にとっては初のボス戦だったわけだから、魔法やポーションでは回復できない、精神的な疲れもあるだろう。

「今夜、ディナーなどいただきながら、というのはいかがでしょう？」

夕食を食べながら話し合いをするってことか。

いまから半日休めば、それなりに疲れもとれるだろうし、それもいいかな。

「いいよ。どこにする？」

「飛竜閣(ひりゅうかく)はご存じ？」

「もちろん」

この町で平民が使える最高級のホテルだ。そこよりグレードが上がると、完全に貴族専用となる。

まぁ平民といっても、大商人なんかの富裕層が使うところなので、俺は名前くらいしか知らないけど。

「レオンさえよろしければ、ご足労願いたいのですけれど」

「よろこんで」

正直に言って金に余裕はできたから、懐具合的には一度のディナーくらいどうってことないけど、田舎出身で塔の探索しかしたことのない冒険者には、かなり入りづらいところではある。ただ、リディアがいてくれるのなら心強い。

高級ホテルのディナーって美味いのかな？

ちょっと楽しみだ。

「では、またのちほど」

「ああ。またあとで」

時間を決めて、その場は解散となった。

「あー、そうだ」

服、買わなきゃな。

《 会食 》

――飛竜閣。

リディアに呼ばれた場所がそこだった。

ここクヴィンの町で平民が入れるもっとも高級なホテルだが、彼女はふだん領主の館、つまり自宅から通っているので、そこを定宿にしているわけではない。

飛竜閣の一階と、最上階である一〇階にはレストランがある。どちらも庶民には縁遠いが、最上階のほうがより高級だ。どっちなんだろうな。

「服は、これでいけると思うんだけど」

帰りに服飾店に寄った。これまた高級な場所で俺には場違いだったが、一応赤魔道士としての装備はそれなりのものだったので、門前払いはされなかった。

飛竜閣にふさわしい物を、と伝えたところ、一〇〇万ガルバ以上が一気に吹っ飛んだ。

オーダーならもう少し安くなったんだろうが、すぐに必要だからな。高級服の既製品はサイズ調整機能が付与されるので、どうしても高くなってしまうんだ。普段着なら古着でいいんだけど、飛竜閣でリディアと会うのにそれはないよな。

以前ならおよそ半年分の収入だったわけだが、いまなら数日で稼げる額だし、それほどの抵抗はなかった。

「これが、飛竜閣……」

初めて見た。

このあたりは富裕層が多く、俗に『貴人街』と呼ばれている場所で、歓楽街並みに明るかった。ただ、派手な看板が町を照らすあちらと違って、ここらへんは街灯を増やして明るくしているので、下品さが感じられない。

普段、宿とギルドの往復以外、装備や消耗品の買い物くらいしかしない俺には、無縁の場所だ。

そして飛竜閣は、そんな貴人街にあってひときわ目立つ建物だった。

「でかいな……」

思わず声が漏れるほど、大きい。そして、建物自体が光を放っているかのように明るかった。

一〇階建てのこの楼閣には、客室が二〇〇以上あるという。その数を耳にしたときは驚いたが、いざ建物を前にしてさらに驚きは増した。

「ここに、二〇〇ちょっとしか客室がないのかよ」

建物の大きさのわりに、客室が少ないと思った。俺がいま使っている宿の部屋なら、余裕で五〇〇以上は入るだろう。

つまり、ひと部屋あたりが広いってわけだ。

「お、おじゃましまーす……」

大きなガラス張りのドアが自動で開いたので、思わずそんな挨拶をしながら中に入る。

ロビーには身なりのいい人がたくさんいて、彼らの視線が一瞬俺に向いた。しかし、すぐに興味を失ったのか、ほどなく俺はその視線から解放された。

どうやら浮いてはいないみたいだな。

服装はちゃんとした物を着ているし、髪も整髪料できちんと固めてるから、見苦しくはないはずだ。

少し緊張しながらも、俺はできるだけそれを表に出さないようにしながら、ロビーを抜けてフロントへ向かった。

「あの、たぶん、予約してると、思うんですが……」

「お名前をうかがってもよろしいですか？」

「レオン、といいます」

フロントのお姉さんが、手元に視線を落とす。こちらからは見えないが、なにかリストのような物があるのだろう。

「ようこそいらっしゃいました、レオンさま。念のためギルドカードなど身分を証明できるものを提示していただけますか？」

「あ、はい、どうぞ」

こういうところはスキルへの制限がかけられていることが多いので、事前に〈収納庫（ストレージ）〉から出してポケットに入れておいたギルドカードを見せた。

「ありがとうございます。あちらの昇降機で一〇階へどうぞ」

最上階のほうだったか……。俺なんかが行っても大丈夫なのか？

……とにかく、リディアに恥をかかせないよう気をつけなければ。

案内に従って昇降機に乗り込む。噂には聞いたことがあるが、専用の筐を使って階層を上下に移動する装置だよな。

「何階をご希望ですか？」

「あの、一〇階です」

「かしこまりました」

昇降機の扉が閉まると、少し地面が揺れるような感覚があった。どうやら動き出したようだ。

それにしても、この筐を動かしているのは、案内役の彼女だろうか？　原理はよく知らないけど、階段や転移を使わず階層を移動するなんて、なんだか不思議だな。

「お待たせしました。一〇階でございます」

一瞬だけ身体が浮き上がるように感じたあと、昇降機が止まり、案内役さんがそう告げた。

昇降機出入口のドアが開くと、そこはもうレストランだった。

「ごゆっくりどうぞ」

案内役さんに見送られて昇降機を出たあと、受付へと行く。

「ご予約のお客さまでしょうか」

「あ、はい。レオンといいます」

「レオンさまですね。お連れさまがお待ちです。こちらへ」

案内の男性について店内を歩く。

正直、ちょっと高い服を買いすぎたかなと思っていたけど、ここにいる人たちに混じれば普通だな。むしろこれよりグレードが落ちれば、貧相すぎて目立つところだった。奮発して正解だったよ。

「あちらのお席です」

男性の示す先、少し離れた席に、ローズゴールドの髪をアップにしたリディアの後ろ姿があった。

いつもは長い髪で隠れているうなじが露わになっていて、高級レストランに来た緊張とは別に、鼓動が速くなるのを感じた。あの大きな斧槍（ハルバード）を振り回しているとは信じられないほど、ほっそりとした首だった。

「お待たせ」

彼女の正面に回り込み、席に座る。

「わたくしも、いま来たばかりですわ」

俺の顔を見たリディアは、そう言って微笑んだ。

「――っ！」

その笑顔に、思わず息を呑んでしまう。

【姫騎士】リディアが見せたことのない、たおやかな笑顔だった。敵に向かっていくときの、あの高笑いからは想像もつかないほど、柔らかく、穏やかで、なにより気品に満ち溢れていた。

やはり住む世界が違うんだな、と気後れしてしまう
「ふふっ……」

そんな俺の心情を読み取ったのか、リディアは口元に柔らかな笑みを浮かべたまま、軽く眉を下げた。

呆れさせてしまっただろうか。

「えっと、その、誘ってくれてありがとう。それで、今日はいったいなぜこんな席を？」

リディアは微笑んだままだったが、ふと彼女の瞳に力がこもったように見えた。

「わたくしたちは、いよいよ本格的にふたりでの探索を始めることになりますわね」

「ああ、そうだね」

「その前に、一度じっくり話しておいたほうがいいと思いましたので、このような席を設けたのですわ」

「つまり、考えのすり合わせをしておこうってこと？」

俺の言葉にリディアは少し考えるようなそぶりを見せたあと、小さく頭を振った。

「もちろん考えのすり合わせなどは大事だと思いますが、それ以前にわたくしの意志を伝えておこうかと思いますの」

「リディアの、意志？」

それについては結成のお誘いのときに聞いたと思うんだけど……。

「あのときは少しの焦りや勢いもあったかと思いますの。わたくしがどういう心づもりで探索を進めるのか、ということをもう少し詳しくお話ししたいのですわ」

つまり、俺にはまだ話していない考えがあるってことかな？　それが探索の方向性を左右するかもしれない？

「そのうえで、レオンがわたくしの考えを受け入れられるのかどうか、ということも確認しておく必要があるのだと、思っておりますの」

「な、なるほど」

それってもしかして、リディアの考えを受け入れられなければ、パーティー解消ってことだろうか……。

話を聞くのが、少し怖くなってきたな。

「レオン」

名前を呼ばれて、顔を上げた。というか、無意識のうちに俯いていたのか、俺……。

前を見ると、リディアが困ったような笑みを浮かべている。

「そう不安にならないでくださいませ。勇者を目指すという強い意志があれば、問題ありませんわ。今日のお話はそれを少し補足する、という程度のものとお考えくださいませ」

どう返事をしようかと思っていると、目の前にグラスが置かれた。いつのまにか給仕が来ていたらしい。

「食前酒をお持ちしました」

口ひげの似合う給仕が、テーブルに置かれた細長いグラスにボトルの中身を注いでいく。

色や香りからして、白ワインだろうか？　でも泡立っているようにも見える から……これが噂に聞く発泡ワインというやつかな？

「詳しい話はあとにして、まずは食事を楽しみましょう」

「……そうだな」

リディアの言うとおりだ。せっかく高い店に来たんだから、それを楽しまないと損だよな。

「それでは」

リディアがグラスを掲げたので、俺もそれに続いた。

「さしあたっては、極志無双の結成とクヴィンの塔の完全攻略に、としておきましょうか」

「ああ」

「ふふ……乾杯」

「乾杯」

そう言ってリディアのほうへグラスを近づけようとすると、彼女はすっと手を引いた。

「こういうところでは、あまりグラスを重ねたりはしませんのよ？」

「そ、そうなのか……ごめん」

あぶないあぶない。静かな店内でグラスの重なる音が鳴ったら、さぞ注目を集めたことだろう。危うくリディアに恥をかかせるところだった。

「謝るようなことではありませんわ。さぁ、飲みましょう」

「お、おう」

リディアのほうは、俺の無作法をあまり気にしていないようだった。

俺は彼女がグラスに口をつけたのを確認したあと、発泡ワインに口をつけた。初めて飲むそれは、とても飲みやすくて美味しかった。

✕✕✕

さすがこの町一番のレストランだけあって、料理はどれも美味かった。

周りを見るとどうやって食べたらいいのかよくわからないうえに、味の想像できない料理の並ぶテーブルもあったけど、俺の前に出されたものは食べ方も、味もわかりやすいものだった。普段食べているものが、グレードアップしたって感じかな。たぶん、リディアが気を使ってそういう料理を選んでくれたんだろう。

それにしても、リディアはさすが貴族というべきか、食べ方がきれいだった。ナイフで肉を切り分ける、フォークを口に運ぶ、グラスを手に取りワインを飲む、口の端についたソースをナプキンで拭き取る。

そういった仕草のひとつひとつが洗練されていて、ついつい彼女のほうへ目をむけてしまった。

「どうされましたの？　先ほどからこちらばかり見て」

食後に出された紅茶のカップをソーサーに置きながら、リディアはそう問いかけてきた。

「えーと、いや、その……ドレス、似合ってるなって」

後ろから見たときに背中が大きく開いていたリディアのドレスだが、前からだと首から胸元までがしっかりと隠れるようなデザインになっていた。

普段【姫騎士】として装備しているドレスアーマーは胸元から腹のあたりまでが大きく開いており、それに比べると今夜のドレスは露出が少なくなっているはずなんだけど、これはこれで魅力的だった。

「うふふ、どうもありがとう。レオンのスーツも、素敵ですわよ」

「そ、そう。ありがとう」

服、買っといてよかった……。

「あー、そういえば何か話があるって」

「そうですわね、大事なお話がありますわ。ですが、あまり人に聞かれたくありませんので、場所を変えていただけるとありがたいですわ」

「場所を？」

「ええ、よろしければお部屋をとっておりますので、そちらでお話ししませんこと？」

「部屋……？　それって、このホテルの？」

「ええ、もちろんですわ」

部屋に誘われちゃったよ……。

いやいや、あくまで大事な話があるから、プライベートな空間が必要なだけなんだろう。うん、過度の期待は禁物だ。

✕✕✕

「これが、部屋……？」

リディアの案内で入ったところは、寝室以外にリビングやキッチン、バスルーム、バーカウンターや小さなホールまである、むしろ家といったほうがいいんじゃないかというほど広い部屋だった。

これが噂に聞く、高級ホテルのスイートルームってやつか。

「この部屋っていくら――」

「ふふ、それは気になさらなくて結構ですわ」

「いや、でもさっきの料理だって」

「今夜はわたくしがレオンを招いたのですから。あなたはゲストらしくゆったり構えていてくださればいいのよ」

「そういうもんか……」

「そういうものですわ。さ、そちらへおかけになって。ワインでよろしいですの？」

「え？　あ、うん」

リディアに促され、リビングのソファに座る。

革張りでふかふかな座り心地を堪能していると、リディアがワインボトルとグラスをふたつ持って戻ってきた。ローテーブルを挟んで向かいに座ると、彼女はそれぞれのグラスに赤ワインを注いだ。

そして今度はグラスを重ねて乾杯する。

キン……とガラス同士の当たる澄んだ音が室内に響いた。

「それで、話って？」

とりあえずワインを一杯飲んだところで、本題に入るよう切り出した。部屋を用意してもらって、そこが寝室しかないような所ならいろいろと考えてしまっていただろうが、ここまで広いと逆に落ち着くことができた。

「ふふ、いつまでも飲んでいるわけには参りませんわね」

リディアはそう言うと、表情を改めた。

「兄のひとりが、冒険者をやっておりますの」

「たしか、バルトさんだっけ？」

「よくご存じで」

「まぁ、有名だからな」

領主であり勇者パーティー『七天万闘』の一員でもあるジム・クヴィンの息子、バルト・クヴィンといえば、少なくともこの塔下町で知らない者はいないだろう。

「バルト兄さまは、当家の援助を一切受けず、ただひとりの冒険者として身を立てられましたわ」

「それは立派な心がけだね」

たしかバルトさんは、ここクヴィンの塔から攻略を始め、クヴァルの塔、トリの塔を完全攻略してドゥの塔上層階まで進んだ、って話は聞いたことがある。

「でも、辞めて帰ってくるんだよな？」

「ええ」

「それはやっぱり、親父さんのことが原因で？」

「それもあるのでしょうけれど、少し前に長くパーティーを組んでいたメンバーのおひとりを亡くされたのが尾を引いていたようですわね」

「そうなんだ」

冒険者は常に死と隣り合わせの仕事だからな。俺だって何度も死にそうな場面はあったたし、気の毒だとは思うがそれ以上の感想は出てこない。

「新しいメンバーを探すかどうかというところで、その……お父さまの報が入り、それを機に……」

冒険者を始める、続ける、辞める。事情は人それぞれあるだろう。でも、それを俺に聞かせる彼女の意図が、いまだにつかめない。

「わたくしのお父さまも冒険者だった、ということは、ご存じですわね?」

「ああ、もちろん」

父親のことを過去形で話すことに、リディアは少し表情を曇らせた。

「お父さまはバルト兄さまと違って、クヴィン家の力を最大限に活用なさいました」

「たしか、いきなりウヌの塔に行ったんだよな」

これも有名な話だ。

リディアの父ジムさんは、領主家の財力と権力を使って最高の装備を調え、最後の塔であるウヌの塔で冒険者登録を行った。

「そこで優秀なフリーランサーを高額で雇い、パワーレベリングを行いましたの」

フリーランサーというとギルド無所属みたいなイメージを持たれることもあるんだが、そうじゃない。ギルドには所属しているけど特定のパーティーに所属せず、かといってソロでもない、エキストラメンバーとしていろいろなパーティーを転々とするような冒険者のことだ。

「順当にレベルを上げ、ウヌの塔で活動するような優秀な冒険者やフリーランサーを引き抜いたお父さまは、セプの塔から攻略を始めたのですわ」

最初にして最弱の塔であるセプの塔。

そこから順番に塔を攻略し始めたジムさんは、七天万闘というパーティーを結成し、名を上げていった。

ジムさんの名声が高まったところで彼の父、つまりリディアの祖父にあたる先々代領主が勇退した。そしてジムさんが、クヴィンの町の領主になった。

いくら冒険者として名を馳せたからといって、領主としての仕事をまったくしないというわけにはいかない。

「移動と通信に大金を使うせいで、冒険者としての活動は常に赤字だったといいますわ」

その赤字分の補填には、クヴィン家の財産が充てられた。ただ、領主が有名パーティーの一員ということの恩恵はそれなりにあり、領地経営自体はそこそこ潤うようになったのだとか。

「それでレオンに聞きたいのですけれど」

リディアが真剣な表情で俺を見つめる。

ここからが、本題ということか。

「お父さまとお兄さま、どちらが正しいと思われますか？」

「親父さんだな」

即答してしまった。

でも、勇者になったジムさんと、勇者になれなかったバルトさんのどちらが正しいか問われれば、そりゃ結果を出してるジムさんが正しいに決まっているだろう。

「ふふ……即答ですのね」

俺の答えに……というより即答したことに少し驚いた様子のリディアだったが、ほどなくそう言って微笑んだ。

「理由をお聞かせ願えます？」

「結果を出したのは親父さんだからな」

「確かにそうですわね。でも、いくら結果を出したからといって、すべてが認められるわけではありませんわよ？　世間では貴族の道楽と、お父さまの活動を非難する声もありますし」

「つまり、結果はともかく過程を認められない、と？」

「そう思われる方もいらっしゃいますわね。実際バルト兄さまはそれを嫌ってご自身の力のみで臨まれましたから」

「過程、ねぇ」

もちろん俺だって結果がすべてなんて言うつもりはない。だったらなぜ、俺はジムさんが正しいという答えを出したのか。

少し、自分の考えをまとめてみることにした。

「冒険者ってのは、過酷な仕事だと思う。勇者を目指すとなれば、なおさらだ。持てる力のすべてを使い、最善を尽くしても届くかどうか、というのが勇者って存在だと思う」

「ええ、わたくしもそう思いますわ」

「だから、親父さんは使える力をすべて使った。それは正しいことだと思う」

「つまり、己の力のみを頼りにしたバルト兄さまは間違っている、と？」

「自分の力だけで身を立てようとするバルトさんは、カッコいいと思うよ。それを評価する人も多いだろう」

「たしかに、バルト兄さまを応援している人は多くいますわね」

「そりゃバルトさんみたいに、身ひとつで成り上がって、勇者に至る人もいただろう。でも、そういう人たちだって、自分ができる最善を尽くしたんじゃないかな」

でも、バルトさんの場合は違う。彼はまだ使える力が、クヴィン家の力があるにもかかわらず、それを使わなかった。

「あまり君のお兄さんを悪く言いたくはないんだけど……」

「遠慮なくどうぞ。わたくしはレオンの素直な意見を聞きたいのですわ。そしてこれは、わたくしたちがこれから共に活動するうえで、必要なことですの」

口元に軽く笑みをたたえながらも、リディアは真剣な眼差しを俺に向けていた。ならば俺も、言葉を飾らずまっすぐに答えなくちゃいけない。

「なら言わせてもらうけど、バルトさんは舐めてると思う。力を出し惜しみして続けられるほど、冒険者ってのは甘くないはずだ」

自分の力だけで身を立てるといいながら、いざ辞めるとなったらここへ還ってきて、ライアンさんのサポートに入るという。つまり、冒険者を辞めても貴族に戻れるという保険があったわけだ。にもかかわらず、活動中は貴族の力を使わない。

仲間が死んだから冒険者を辞める？　それだって、バルトさんが貴族の力で装備を調えるなり、フリーランサーを雇うなりしたら回避できたことなんじゃないのか？

……まぁ、ここまでのことをリディアに伝えるつもりはないけど。

「悪評を恐れず、持てる力のすべてを使った親父さんの姿が、俺は正しい冒険者のあり方だと思う」

結果がすべてじゃない。その過程においても、ジムさんのほうが正しい。少なくとも、それが俺の答えだった。

もしこの答えがリディアのお気に召さないのなら。そして彼女が俺から離れるというなら。それは仕方のないことだ。

じっと俺を見ていたリディアの視線が、和らいだ。

「ふふっ……安心しましたわ」

リディアの言葉に、安堵の息を漏らす。

彼女の口調と表情から察するに、俺の意見を肯定してくれたということなのだろう。

「わたくしはお父さまの背中に憧れて冒険者を目指しましたわ。ですので、バルト兄さまの活動には甘さがあるとも思っておりました。何度かそのことで、バルト兄さまに意見差し上げたことがあるのですが……」

リディアの表情が少し曇った。

「〝女のお前にはわからない〟と、一蹴されてしまいましたわね」

そこでまた、リディアがふっと微笑む。

「もしレオンがバルト兄さまに共感したら……女のわたくしに理解できない考えを持っていたらどうしようかと、少しドキドキしておりましたわ」

「いや、それをいうなら大元のジムさんも男だろう？」

「それもそうですわね」

クスクスとしばらく笑い合ったあと、不意にリディアが表情を改める。

「レオン、あなたにはふたつのことを受け入れていただきますわ」

「なんなりと」

「第一に、当家の援助。まずは装備をもっといいものにいたしましょう。それに、消耗品も効果の高いものを大量に補充しますわ」

それは、ありがたいな。

「あと、クヴィンの塔では不要ですが、この先必要とあらば優秀な冒険者の勧誘や引き抜き、フリーランサーの雇用も行うつもりですわ」

「わかった。それで、もうひとつは？」

「汚名」

「……汚名？」

どういうことだろう？

「当家の力で装備や消耗品を揃え、わたくしとともに行動するとなれば、レオンは悪評から逃れられませんわ、おそらく」

「なるほど。【姫騎士】に寄生する【赤魔道士】、くらいのことは言われそうだな」

「ええ。耐えられますか？」

「問題ない」

自分で口にしてみて、驚くほど心が動かなかった。

「実際俺はリディアがいなきゃなんにもできないからな。それくらい甘んじて受け入れるよ」

俺がそう言うと、リディアは小さく首を横に振った。

「いいえ。そこははっきりと言わせていただきますが、わたくしがレオンを必要としておりますの」

「いや、それは……」

「よくお考えくださいませ。この世に【賢者】はあなたしかおりませんのよ？」

「でも、俺が【賢者】になるためには、リディアの協力が……」

「いいえ、わたくしである必要はありませんわ」

確かに、リディアの言うとおり相手はリタでもマイアでも……女性であれば誰でもいい。

「わたくしがレオンとともにあるために、わたくし自身の考えと、あなたの考えとをお互いに知っておく必要があると考えましたの。だから、今夜お誘いしたのですわ」

「リディアが俺とともにあるために？」

「ええ。わたくしにできることを示したのですわ。お父さまのように使えるものはなんでも使う主義ですのよ、わたくし」

そう言って、リディアはにっこりと微笑んだ。

使えるものはなんでも使う、か……。

彼女は彼女自身の能力に加え、貴族の力も使い、それを俺にも提供する。代わりに俺は、【賢者】としての力を彼女に提供する……。

「はは……そういうことか」

思わず乾いた笑いが漏れた。

部屋に呼ばれたからって、舞い上がらなくて正解だったな。彼女が必要としているのは、俺の【賢者】としての力ってわけだ。

つまり、そこは割り切った関係でいましょうってことだよな。

「いい話し合いができたよ」

「恐縮ですわ」

「じゃあな、俺はこのへんで」

大事な話も終わったし、そろそろ帰るか。

そう思い、俺はグラスに残ったワインを飲み干して立ち上がり、踵を返そうとした。

「お待ちになって」

「ん？」

呼び止められた。

視線を戻すと、リディアが困ったように俺を見ていた。

「どこへいきますの？」

「どこへって、話はもう終わったんだよな？」

「ええ、お話は終わりましたわ」

「だったらそろそろ帰ろうかと――」

「帰る？」

そう言って、彼女は心底不思議がるような表情を浮かべ、首を傾げた。

「どうしてここで帰る、などという言葉が出てきますの？」

「いや、どうしてって……話は終わったんだよなぁ？」

「はい。わたくしの考えは理解していただいたものと思っておりますわ」

「うん、わかってる。リディアが力を提供するから、俺の力を利用したいって話だよね？」

「ええ。その通りですわ」

「だったら、次はギルドで会いましょうって話じゃないの？」

「ですから！　なぜそうなりますの!?」

あれ……なんか怒ってる？

「リディアは、俺の……【賢者】としての能力が欲しいんだよな」

「先ほどから何度もそう申し上げて……あら？」

リディアが再び首を傾げる。

「もしかして、レオンはわたくしが【賢者】の能力のみを欲しているとお思いですか？」

「え？　あ……うん」

「わたくしが【賢者】ではない……例えば【赤魔道士】レオンを不要と考えていると、そうお思いなのですね？」

「いや、その……違うの？」

しばらくじっと俺を見つめたあと、リディアはうなだれ、大きなため息をついた。

そして再び顔を上げ、俺をまっすぐ見据えた。

「大間違いですわ」

≪ 告白 ≫

〝大間違い〟と俺に伝えたリディアは、さっき立ち上がる前に飲み干し、空になっていた俺のグラスにワインを注いだ。座れってことなのかな。

「さて、なにから話しましょうか」

ソファにかけなおし、ひと口ワインを飲んだ俺を見て、リディアはそう言った。

「わたくしが狼牙剣乱への加入を望んでいたことは、ご存じ？」

「ああ、なんとなくは」

初めてリディアを見た日、そんなようなことをギルドの受付で言っていたのを思い出す。

「勇者を目指すのであれば強いパーティーに加入すればいい。わたくしは安易にそう考えておりましたの」

「悪くない考えだと思うけど」

「いいえ、本気でそう考えているなら、もう少しちゃんと狼牙剣乱というパーティーについて調べておくべきでしたわ。メンバー全員の顔と名前も知らずに加入しようなどという時点で、甘い考えだったのですわ」

「そういえば、俺のことは知らないみたいだったもんな」

「……その件につきましては、重ねてお詫び申し上げますわ」

初対面の対応を思い出してか、リディアは沈痛な面持ちで頭を下げた。

「あー、いや、気にしてないから！　それに、俺もほとんどギルドに顔を出してなかったし」

「ですが、わたくしはリーダーのウォルフさん以外、ほとんど存じ上げませんでしたわ。彼に認められ、パーティーに加入できれば、あとはどうとでもなると考えておりましたの」

リディアの口からウォルフの名前が出たことに、そして彼女があいつに認められようとしていたということに、胸がチクリと痛んだ。

「結局レベッカさんにあしらわれて、ウォルフさんとはお話すらできませんでしたが」

「レベッカは嫉妬深いからな」

「嫉妬深い？」

「ああ。あいつはウォルフに近づく女の人を、片っ端から遠ざけてたから」

「あら、そうでしたのね。〝馬鹿力とお金以外に取り柄のない冒険者に用はない〟と言われておりましたので、てっきりわたくしの考えの甘さを指摘されたのかと……」

仮に狼牙剣乱の特性や戦術を理解して、そのうえで自分の有用性を説いたとしても、レベッカは【姫騎士】をウォルフに近づけなかっただろうな。

「結局わたくしは狼牙剣乱に加入できず、爆華繚乱のみなさまと塔に入ることになりましたわ」

そこで階層越えのゴブリンロード率いる群れに遭遇した爆華繚乱は、全滅の危機に瀕した。リディアがひとり残ることで危機を脱したリタたちから話を聞いた俺が救援に向かい、なんとかその場はしのいだが、ウェアウルフというさらなるイレギュラーな個体に俺たちは遭遇する。ぎりぎりの駆け引きを経て安全地帯(セーフエリア)に逃げ延びたあと、リディアの協力のおかげで俺が【賢者】になり、生還することができた。

「あのときはレオン自身と、あなたに支援されて強くなったわたくしの力とに舞い上がっておりましたわ。冷静では、なかったのですわね」

そう言って、リディアは少し恥ずかしそうに俯いた。最初のときはともかく、二回目と三回目はかなり積極的だったことを思い出す。

「ですが、帰還して、父の死を告げられたわたくしは、浮かれていたところに冷や水をかけられたような気分になりましたわ」

そう言って彼女は顔を上げ、俺を見たあと力のない笑みを浮かべた。

「リディア……」

俺はなんと言えばいいのかわからなかった。

「正直に言いますと、父の死にはそれほど心が動きませんでしたの。遺体を見たわけではない、というのもあるのでしょうが、冒険者である以上それは覚悟していたことでもありますし」

ただ、もう二度と親父さんに会えないんだと思うと、徐々に実感がわいてきたという。そしていろいろな思い出が蘇ってきた。

しばらくはそうやって親父さんのことを思い出し、親父さんの背中を追って冒険者を目指したこと、そして冒険者になるために歩んできたこれまでのことを思い返した。そして、兄バルトを甘いと断じておきながら、彼女自身もやはり甘い考えで行動していたことを痛感したのだとか。

「あらためて自分の行動を振り返ったとき、とても大事なことを思い出しましたの」

そこで言葉を切り、リディアは真剣な表情を俺に向けた。

「わたくしを救ってくれたレオンは、【赤魔道士】だったということを」

「ん？」

「ゴブリンロードに苦戦していたところへ救援に駆けつけてくれたときも、ウェアウルフから逃がしてくれたときも、レオンは【賢者】ではなく【赤魔道士】でしたわ」

たしかに、そうだ。

「でも、そのときはすでに【賢者】のスキルで強化されてたから、ただの【赤魔道士】じゃなかったぞ？」

「それでも、ウェアウルフに立ち向かえるほど強くはありませんでしょう？」

「それはそうだけど、だからこそ立ち向かわずに逃げ出しただろ？」

「ですが、あなたは下の階層ではなく安全地帯(セーフエリア)を目指しましたわ」

「そりゃ、下にはリタたちがいたわけだし……」

「そう。あなたは他の冒険者を巻き込みたくないという、わたくしの意志を尊重してくださったのですわ」

「それは。そうかもしれないけど……」

「そのことに思い至ってからは、レオンのことばかり考えておりましたわ」

「え……？」

戸惑いの声をあげる俺を見て、リディアはクスリと微笑んだ。

「父の訃報を聞いておきながら、他の男性のことばかり考えるなんて、親不孝な娘でしょう？」

「それは……」

リディアが俺のことを考えてくれていたのだと思うと、それはもちろん嬉しい。でもそれで親父さんを偲ぶ気持ちが薄れたのだとしたら、申し訳ないというかなんというか……。

「うふふ……レオンが気に病むことはありませんわ。ですから、そのような顔はなさらないで」

微笑みを浮かべたままのリディアに、そう窘められた。

「あ、うん……」

どうやらまた、考えが顔に出ていたらしい。

「そうやって他者の心を慮れるところも、レオンの美点なのでしょうね。それはこのような会話でもそうですし、塔の探索中も、実に細かなところまで気を配っていらしたわ」

「それは……」

狼牙剣乱をクビになりたくなくて、なにかできることはないかといつもメンバーの顔色を窺っていたから、自然と身についたのだろうか。あまり自分では意識したことがないな。

「とにかく、わたくしはレオンのことをよく考えるようになりましたわ。そして――」

相変わらず柔らかな笑みを浮かべたままのリディアだったが、少しだけ視線が強くなったような気がする。

「――レオンが欲しい」

ドキリ、と心臓が跳ねた。

「わたくしはそう思うようになりましたの」

突然の告白に、俺の鼓動はどんどん速くなっていった。あいかわらす、リディアは柔らかな笑みを浮かべたまま、俺を見ている。

「リディアが……俺を……？」

確かに俺は、リディアとセックスをした。そのことがあって、彼女に特別な感情も抱いていると思う。でもあれは、緊急避難的な措置で、好悪の情とは関係のない行為だったはずだ。

少なくとも俺は自分にそう言い聞かせていた。勘違いするなと。この先も賢者タイムのためにセックスをすることはあるだろうが、それと俺が男として彼女にどう思われるかは別なのだと。

たかが数回のセックスで、あの【姫騎士】が、俺なんかを……いや、違うな。

「リディアが【姫騎士】だから、俺を……」

「【姫騎士】が【賢者】を欲しているのだと、そう言いたいんですの？」

「そう……かもしれない」

「たしかにクラスの恩恵が能力だけでなく、人格に影響を与えることもありますわね。普段とは異なる方向へ思考が誘導されることも」

あいかわらず柔らかな笑みを浮かべたまま、リディアはさらりと言った。その笑みが、どこか俺をからかっているようにも見える。

「ですから、わたくしは今夜レオンをお誘いしたのですわ」

「え？」

「だって、塔の外にいるいま、わたくしはただのリディアで、あなたはただのレオンでしょう？　ここではクラスの恩恵も、塔の攻略も一切関係ありませんわ」

「それは……」

「そしてさきほどあなたが席を立ったとき、わたくしは帰したくないと思いましたわ。だから呼び止めましたの」

リディアはわずかに目を細め、ほんの少しだけ眉を下げた。

「男性を部屋に招くことの意味がわからないほど、わたくし、世間知らずじゃありませんのよ？」

彼女は、本気でそう言っているのだろうか……。リディアはずっと笑みをたたえたままで、俺は困惑しながらなにも言えずに彼女を見つめていた。

「レオンは、わたくしの言葉が信じられませんの？」

また、考えが顔に出ていたのだろう。彼女はそう言って立ち上がると、俺に歩み寄ってきた。

「わたくしが、あなたをからかっていると、そうお思いですの？」

そう尋ねてきた彼女だったが、返事を待つことなく俺の頭をふわりと胸に抱いた。

「うぁ……」

顔が柔肌に包まれ、思わず声が漏れた。

香水の匂いが鼻をくすぐる。少しだけ、汗の匂いが混じっていた。鼓動が、さらに速くなるのを感じた。

「レオン、聞こえますか？」

「え？」

「わたくしの胸の音が、聞こえますか？」

胸の音と言われた俺は、少しだけ頭の角度を変え、彼女の胸に耳をつけた。

――トクトクトクトク……。

小さくて、かわいらしい心音だったが、その速度は俺のものよりも速く感じられた。

「わたくしがなにを言っても平然としている。そう見えたのだとしたら、それはわたくしが貴族だからですわ」

「貴族だから……？」

「ええ。心情はどうあれ、表情を取り繕うクセがついておりますの。でも、ごまかせない部分もありますわ」

それがこの鼓動というわけか。

それだけじゃない。彼女に抱きしめられたとき、香水に混じって汗の匂いがした。汗ひとつかいていないように見えた彼女の肌は、じんわりと湿っていた。

温かくしっとりとした柔肌が、耳や頬に貼り付いてくる。俺の頭や身体に触れる手のひらからも、高い熱が感じられた。平気なように見えて、彼女も緊張していたのだ。

自分の考えを受け入れられなければどうしよう、なんて心配していたのかもしれない。それでも彼女は、自分の気持ちを俺に伝えてくれた。

ならば……。

「リディア」

彼女の胸から顔を離した。

リディアは少し身体をかがめ、俺をのぞき込むように見ている。相変わらず柔らかな笑みを浮かべて。でも、注意深く見れば目元は潤み、唇は細かく震え、呼吸は浅かった。

そんな彼女をしばらく見つめ、俺は意を決して口を開いた。

「最初、ウェアウルフから逃げたとき、君の意志を尊重して安全地帯（セーフエリア）に逃げ込んだと言ったな？」

「ええ」

「それは、少し違う」

彼女がまっすぐな気持ちを伝えてくれたのなら、俺もちゃんと向き合わなくちゃいけない。

リディアと、そして俺自身の心に。

「どういうことですの？」

俺の言葉を聞いたリディアの口元から、笑みが消える。彼女は少し眉を下げ、首を傾げた。

「あのとき、ああするのが最善の方法だったはずではありませんの？」

「ほかに、方法があったかもしれない」

「かもしれませんわね。でもあのとき、それを考える余裕はありませんでしたわ」

「でも、ゼロじゃなかった」

ウェアウルフから逃げながらも、考えるだけのわずかな余裕があったはずだ。そのわずかな思考では、やはり別の策は思いつかず、結果は同じだったかもしれない。

それでも……。

「俺は、考えるのを途中でやめた」

「逃走に集中するため？」

「違う。下心があった」

賢者タイムなら、危機を脱せると思った。そのためには、誰かとセックスをする必要があった。そのときの『誰か』は、リディアしかいなかった。

あの時点ではエメリア以外で賢者タイムが発動するかどうかもわからなかった。それでも俺は、賢者タイム以外の選択肢を探そうとしなかった。

「リディアと、セックスがしたい」

賢者タイムなんて、そのための言い訳みたいなものだった。

「そう思ったら、他のことが考えられなくなった」

形のいいリディアの眉が、少し上がった。ライトグリーンの瞳が、まっすぐに俺を見つめる。

「ふふ……」

しばらく俺を見つめていたリディアは、ほどなく目を細めて小さく笑った。

「レオンは、それを申し訳なく思っていますのね？」

「それは、まぁ……。君をだまして……とは言い過ぎかもしれないけど、自分に都合よく話を進めて、リディアの同意を引き出して……その、処女を、奪った、から……」

あの時のことを思い出すと、少し胸が苦しくなる。

生き延びるためとはいえ、出会ったばかりの男を受け入れ、苦痛に顔を歪め、膣内に射精されたリディアは、泣いていた。

「俺は、君を泣かせてしまった」

リディアは口元に笑みを浮かべたまま、少し困ったように眉を下げた。

「あれは、苦痛や悲しみによるものではありませんわ。少し困惑しただけですの」

「困惑？」

「ええ。生きるか死ぬかという状況が繰り返されたうえ、いきなり初体験を終えたんですもの。正直にいって感情の整理がつかず、それで思わず泣いてしまったのですわね」

そう言った彼女は、本当にあのときのことを気にしていないように見えた。でもそれは取り繕った態度なのかもしれない。

いま、彼女の胸に耳を当てると、どんな音がするんだろう。

「本当に平気なのか、と聞きたそうな顔ですわね」

「それは……うん。状況はともかく、君の大切な純潔を奪ったことに変わりはないし……」

「ふふ……純潔、ですか」

彼女の口から漏れた笑みはとても小さいものだったが、なにかを笑い飛ばすような、豪快なものに思えた。

「貴族の貞操というものは、利を得るための道具に過ぎませんわ」

彼女は心底なんでもないことのように、そう言った。

「わたくしという女をよく思ってくれる方へ、その価値がより高くなるタイミングで与える。リディア・クヴィンの純潔とは、そういうものですわ」

あいかわらず笑みを浮かべたままのリディアだったが、誇らしげに見えたのは気のせいだろうか。

「そういう意味なら、命を得て、危機を排除できたあのタイミングは、最高のものでしたわ」

リディアの腕が、再び俺の首に絡みついてくる。

「【姫騎士】リディアにとっても、【賢者】レオンを得ることができたのですから、冒険者としても、あの行為に間違いなどありませんわね」

もぞもぞと体勢を変えた彼女の脚が、俺の膝に乗る。革張りのソファに座ったせいでにじみ出た汗の湿気と、少し高まった体温が、ズボン越しにも感じられた。

「そしてただの女、リディアの想いは――」

俺の膝に乗り、抱きついたリディアの顔が、ゆっくりと近づいてくる。密着した身体から、少し速い鼓動が伝わってきたような気がした。

「――嬉しい……」

唇が、重なった。

柔らかな感触が押し当てられる。ただ唇同士を重ねたまま数秒が過ぎ、彼女は顔を離した。

「あのとき……苦戦するわたくしのもとに現れ、あなたが名乗りを上げたとき……」

ゴブリンロードと対峙する、【姫騎士】の姿を思い出す。

「わたくしの心は奪われてしまったのですわ、きっと……」

大きな斧槍(ハルバード)を振り回す彼女の姿に、俺も心を奪われていたのかもしれない。

「あむ……」

再び、唇が重なる。

これ以上、言葉は必要ない。

「んちゅ……れろ……」

どちらからともなく、舌を出した。ゆっくりと舌同士を絡め合い、相手の口内に入れ、舐め回した。

そうやって深いキスをしながら、俺は彼女の背中と膝の裏に腕を回した。

「はむ……じゅる……れろれろ……ちゅぷぷ……」

俺の首に回した腕に力を入れて身を預ける彼女の重みを感じながら、立ち上がる。横抱きにリディアを抱え上げた俺は、そのままベッドに向かって歩いた。

「んふぅ……ちゅぷる……れろぉ」

そのあいだも、休むことなく互いの口を貪りあう。

そうやってベッドにたどり着いた俺は、ゆっくりと彼女をおろしてやった。

「んむ……れろぉ……んちゅ……んぁっ……！」

ベッドにおろした彼女に覆い被さるようにしてキスを続けながら、手を胸に置いた。

柔らかかった。

衣服越しにとはいえ、彼女の乳房に手で触れるのは、これが初めてだった。

「はむぅ……んんっ……じゅぷ……」

舌を絡め合いながら、ドレス越しに乳房を揉んだ。その刺激で、リディアはときおり身体を震わせた。

「あむ……んちゅ……んはぁ……」

顔を離し、身体を起こす。

「はぁ……はぁ……」

半開きの口から舌先を出しながら、リディアは物欲しげな目で俺を見上げた。仰向けに寝そべった彼女の胸が、呼吸のたびに大きく上下に動く。

ドレスに覆われた大きな乳房を、見たいと思った。

「ん……」

ドレスの肩紐をずらすと、リディアは困ったように眉を下げたが、抵抗はしなかった。

肩紐を両方ともずらし、胸元を覆っていたドレスを腹のあたりまでずりおろすと、その下にはドレスインナーを着ていた。コルセットと一体型のもので、前は腹から乳房の下半分を覆い、背中は腰の少し上のあたりだけを締めているようだった。

ストラップレスのインナーからは、乳房がこぼれ落ちそうになっていた。その上端に指をかけると、それを窘めるようにリディアが俺の手をそっと掴んだ。

「はずかしい、ですわ……」

彼女はそう言って、潤んだ目を向けてきた。

「リディアの裸を、見たい」

素直にそう言った。

塔ではいつもドレスアーマーを着たままだった。

尻や接合部は見たが、俺はもっと彼女を見たい。一糸まとわぬリディアの身体を、隅々まで。

「笑わないで、くださいね……？」

会話のときには見せなかった、弱々しい表情だった。縋るような視線を受けた俺は、無言で頷いた。

リディアの手が、離れた。

ゆっくりと、両手でインナーをめくった。

「んぅ……」

乳房を覆っていた布がはがれる瞬間、彼女は短くうめいて顔を逸らした。

白く、大きな双丘が露わになった。

「はぁ……はぁ……」

顔を横に向けたまま、彼女は荒い呼吸を繰り返した。そのたびに、胸が大きく上下に動く。

白磁のような滑らかな素肌。少し外向きになった、張りのある膨らみその頂点にある桜色の乳輪。だが、中央に突起物はない。

彼女の乳首は、乳房に埋まっていた。

「やぁ……」

乳房に視線を落とす俺をちらちらと見ながら、リディアは恥ずかしそうな声を漏らした。

「きれいだよ、リディア」

俺がそう言うと、彼女は少しだけ驚いたように目を見開いた。

なにも知らずに彼女の乳首を見ていたら、俺も少し驚いていたかもしれない。でも俺は、塔の中で一度リディアの身体を探知したことがあり、彼女の身体のことは隅々まで知っていたのだ。

「んぅ……」

左右の乳房を、両手を使ってそれぞれ包み込んだ。しっとりとした肌が、手のひらに吸い付いてくる。

大きな乳房は、片手では覆い尽くせなかった。

「ん……ふぅ……」

胸を、優しく揉んでやると、リディアは小さく喘いだ。張りのある立派な膨らみは、少し力を入れれば適度な弾力を手に返してくれる。

永遠に揉んでいたくなるような、そんなおっぱいをしばらくもてあそんだところで、俺は片方の乳房に顔を近づけ、舌を伸ばした。

「ひぅっ……!」

乳輪をなぞるように、舐め回す。それから中央に舌先を当て、埋まった乳首をほじくるように舌を動かした。

「んっ……あっ……！」

少しずつ、中央部が盛り上がってきた。周りを舌で押したり、軽く歯を立て刺激したりすると、ぷりんっと突起物が現れた。

「んぁあっ！」

露出された乳首を舌先でつついてやると、リディアは大きな声を上げて身体を反らした。普段埋没しているぶん、敏感なのかもしれない。

「んっんっ……！」

しばらく乳首を舌で転がしたあと、もう片方の乳房も舐め回した。ほどなく、乳首が盛り上がった。

両方の乳房と乳首を堪能したあと、ドレスをずりさげ、完全に脱がした。そしてドレスインナーも、外した。

「んぅ……あんまり、みないで、くださいませぇ……」

ショーツだけになったリディアは、顔を逸らしてそう言ったが、身体を手で隠すようなことはしなかった。

アップにした髪はかなり乱れているが、それでもほっそりとした首筋は露わになったままだ。

華奢な肩、大きな乳房、むちむちとしたほどよい肉付きの腹にはうっすらと筋肉の線が浮き上がっている。

ほっそりとくびれた腰、そこから膨らむ尻、そしてむっちりとしていながらも、スマートな長い脚。

股間を覆うショーツは、クロッチがぐっちょりと濡れ、生地の向こうにある恥毛と割れ目がうっすらと見えていた。

俺はリディアのウェストに手を伸ばし、ショーツの腰紐を左右ともほどいた。

「ん……」

ショーツをめくると、リディアは恥ずかしそうな声を少しだけ漏らした。

クロッチに染みこんだ愛液が、ぬらぁと糸を引きながら、秘部から離れていく。べっとりと濡れたローズゴールドの恥毛はかなり薄く、申し訳程度に割れ目を覆っていた。

脚に手をかけると、リディアは自分から股を開いてくれた。

閉じていた陰唇が、ゆっくりと開いていく。そこからはかすかな湯気が立ち上り、甘酸っぱい匂いが漂っていた。初めてじっくりと見る桜色の粘膜は、てらてらと光りながら小さく蠢いていた。

露わになった花弁に、手を伸ばす。

「あはぁ……！」

指先が触れるやいなや、粘膜がまとわりついてきた。少し撫でてやるつもりで触れた指が、抵抗なく肉壺に飲み込まれた。根本まで入り込んだ中指を少し曲げ、内側の少しザラザラした部分を指先で撫でてやる。

「ああっ！　んっんっ！」

ちゃぷちゃぷと音を立てながら、中指を出し入れする。内側から、愛液が止めどなく溢れてきて、手がベトベトに汚れた。

下腹の裏側を、指先を引っかけるようにしてこすりながら、指を出し入れする。

「あああああっ！」

わずかに腰を浮かせながら、リディアは激しく身体を震わせた。

そうやって手で秘部をいじめながら、股間に顔を近づけていく。酸っぱい匂いに鼻腔を刺激されながら、秘部に舌を伸ばした。

「ひぃぁあああぁぁっ！」

挿入した指で内部をずぼずぼとこすりながら、舌で膣口周りや陰核を舐め回してやると、リディアの震えはさらに大きくなった。

少しずつ、陰核が膨張してきたので、空いている方の指で蕾の両側を軽く押さえてやると、隠れていた肉芽が、ぷりんっと顔を出した。

露出された陰核を舌先で転がしながら、さらに激しく内側をこすってやる。

「あっあっあっ！　イク……レオン、わたくしっ……イキますわぁっ……!!」

――プシャッ！　プシャッ！

指を挿れた膣口の隙間から、透明の液体が勢いよく噴出された。その多くが、俺の顔にかかった。

温かいその液体は、さらさらとして匂いはなかった。

「あ……あ……」

全身を痙攣させ、秘穴から潮を吹くリディアは、口を開けたまま仰け反り、白目をむきかけていた。やがて潮吹きが治まり、身体から力が抜けていくのが見て取れた。

白目をむきかけていた瞳がゆっくりと動き、俺を見る。

「ごめんなさい、レオン……。顔、汚して……んっ……」

俺は膣口に突っ込んだ指を抜きながら、首を小さく横に振った。

それから俺も服を脱ぎ、全裸になった。そのあいだにリディアの呼吸も少し落ち着いた。

軽く開いたままの股の間に、膝立ちになる。

股間のイチモツは、パンパンに膨れ上がって先端から粘液の糸を垂らしていた。

「リディア……」

名を呼ぶと、彼女は小さく頷いた。

腰を前に出し、肉棒を押し出す。先端が、花弁に触れた。

「んぁ……」

リディアの身体がわずかに震えた。

――ぬぷり……。

ゆっくりと腰を押し出すと、肉棒は抵抗なく飲み込まれていった。

――にゅる……ぬち……。

硬直した陰茎は肉壺をかき分けながら進み、根本まで達した。

「んはぁ……レオン……」

完全に俺を受け入れたリディアを見下ろす。

きれいだ。

単純にそう思った。

そんな美しい女性のおま○こに、俺のち○ぽがずっぽりと挿入(はい)っている。なんだか、夢みたいだ。

でも、肉棒にまとわりつく粘膜の感触が、これは現実なのだと教えてくれた。

――にゅち……ぬちゅ……ずちゅ……。

「んぁ……はぁ……んぅ……」

ゆっくりと、大きなストロークで腰を動かした。みっちりとまとわりつく粘膜が、肉棒を容赦なく刺激してくる。ほんの少し勢いをつけて突いてやると、大きな乳房がぷるんぷるんと揺れた。

「はぁ……はぁ……レオ、ン……」

リディアが、両手を差し出した。俺はその手を取り、指を絡めた。

――ぬちゅ……ぬりゅ……ずりゅ……。

手をつなぎ、お互いに見つめ合いながら、腰を振った。俺に合わせて、彼女の腰も、少し動いていた。

「はぁん……レオン……！　ずっと、こうしたかったん、ですの……！」

潤んだ瞳で俺を見つめながら、リディアはそう言った。

「レオンと、セックス……したかったんですの……！　普通に、セックスぅ……！」

「俺もだ、リディア！」

塔の攻略も、お互いの立場も関係ない。ただの男と女として、俺はリディアとセックスをしている。

そのことが、とても嬉しかった。

「あっあっあっ！　レオン……！　イクっ……わたくし、もう……!!」

腰の動きが激しくなる。快感に喘ぐリディアは、身体を仰け反らせながら、胸を大きく揺らした。

「リディア、俺も……イク……！」

そして俺にも、限界が訪れた。

「きてっ、レオン！　わたくしの膣内(なか)にぃっ!!」

リディアの膣が、きゅうっと締まった。

「うあぁっ！」

「あはぁあああぁぁっ!!」


——ドビュルルルルーッ！　ビュルルッ！　ビュルッ!!　ビュグッビュグンッ!!


みっちりと根本まで肉壺に包まれたまま、精液を吐き出した。陰茎が脈打ち、快感が全身を駆け巡る。

「あっ……レオ、ン……なかで……どく、どく……」

膣内で精液を受け止めながら、リディアは快感に打ち震えていた。俺の脈動に合わせ、根本から搾り取るように、彼女の肉壺も蠢いた。

「はぁ……はぁ……」

リディアの呼吸が、少しずつ治まっていく。俺のほうも射精が落ち着き、脈動の間隔がひろがっていった。

それとともに、快感も収束し、ゆだっていたような頭が徐々に冷えてくるのを感じた。

《条件を満たしました。賢者タイムを開始します》

いつものメッセージが流れる。それと同時に、身体の奥底から力が湧き上がってきた。

しなびかけていた肉棒に、再び血が流れ込む。

——ぐぷ……ごぽぽ……。

膣内に収まったままの陰茎が怒張し、わずかな隙間を埋めることで、中に溜まっていた精液が接合部から漏れ出てくる。

「はぁ……レオン……なかで、おおきく……」

リディアが恍惚とした表情を浮かべ、わずかに頭を上げて俺を見る。

「リディア、もっとしたい。いいよな？」

「ええ、レオンの望むまま、好きなだけなさいませ」

「わかった。それじゃあ……《感覚強化(センスブースト)》」

魔法を唱えた瞬間、リディアの目が大きく見開かれた。ふたりの身体を、淡い光が包み込む。

「レオン、これは——んひぃぃっ!?」

塔の外で魔法を使ったことに驚いたリディアは何かを言おうとしたが、その最中に光が収束し、

《感覚強化》が効果を発揮する。

「んぁっあっ……！　なんですの、これぇ……」

「ぐぉ……やば……」

俺たちはまったく動いていなかった。にもかかわらず襲い来る強烈な快感に、リディアは腰を細かく震わせ、俺は思わず呻いた。

肉棒にまとわりつく細かな襞の一枚一枚がはっきりと感じ取れるようだった。それらが、リディアの呼吸に合わせてわずかに蠢き、快感を生み出していく。

受け入れるリディアのほうも、俺の鼓動に合わせて脈打つわずかな振動から、強烈な刺激を感じているみたいだ。

「ひゃぁっ……いけませんわ、いま……うごいては……！」

ゆっくりと腰をひく。先端から根本までを包まれた陰茎が、膣内をこすりながら引き抜かれていく。

「レオン……まって、くださいませぇ……いま、うごかないでぇ……！」

ガクガクと腰を痙攣させながら、リディアは髪を振り乱しながら頭を振った。つないだ手に、ギュッと力が入る。

それでも俺は、ゆっくりと肉棒を引き抜いていく。

「ぐぅ……やば……」

ただ、俺のほうも平気って訳じゃない。さっきイッたばかりだというのに、もう限界が来そうだった。それに耐えながら、なんとかカリのあたりまでを引き抜いた。

視線を落とすと、膣口から露出した肉茎には俺の精液とリディアの愛液とが混じり合った粘液が、ぬらぬらと絡みついていた。

「ひぐぅうぅぅ……！」

退いた腰を押し戻すと、俺の手を握るリディアの手に、さらに力が入る。彼女は背中を丸め、刺激に耐えながら、自身の内に侵入してくる俺を受け入れていった。

ぬちぬちと音を立てながら、再び肉棒が肉壺に包まれていく。

「あああっ……わたくし、またぁ……！」

リディアの身体が硬直し、膣がキュウっと締まる。

たった一往復しかしてないのに、俺は限界を迎えた。

「うぁあっ……」

会陰に力を入れ、根本が埋まるまではなんとか我慢することができた。


——どぷんっ！　どぼぼ！　びゅるっ!!


二回目だが、大量の精液が放出された。その快感は一回目の比ではなく、危うく意識を失いそうになるのをなんとかこらえた。

「はぁっ……あっ……あついの……いちばん奥にぃ……かかってますのぉ……」

全身を痙攣させながら、リディアが喘ぐ。

「はぁん……レオンのお○んちん、おおきいままですわぁ……」

虚ろな目で笑みを浮かべたリディアが、口の端からよだれを垂らしながら嬉しそうに呟く。

【賢者】になって回復力や再生力が増したおかげで、射精しながらも俺の陰茎はすぐに硬さを取り戻した。

「んぁっ！　ま、まって、くださいませぇ……！　わたくし、まだっ、イッてますのぉっ……！」

そう懇願するリディアの言葉を無視し、俺は腰を前後に動かし始める。一度射精したことで快感にも慣れ、少しずつセックスを楽しめるようになってきた。

油断したら、すぐイキそうにはなるが。

「ふぅっ……んっんっんっ！」

リディアのほうも、徐々に落ち着いてきたらしい俺の動きに合わせ、少しずつではあるが腰を動かし始めた。

「あっあっあっ！　レオン！　わたくし……おかしいん、ですのぉ……！」

「どうした？」

少しだが、言葉を交わす余裕も出てきた。

「わたくし、さっきから、ずっと気持ちいいんですのっ」

「ああ、俺も、気持ちいいよ」

「でもぉ……なんだか、奥の、ほうがぁ……」

言いながら、リディアは俺のほうへ腰を押しつけるようにもだえ始める。

「奥のほうが……切ないん、ですのぉ……！」

もっと奥まで突いてほしいということか。なんとも淫乱なお嬢さまだ。

「じゃあ、少し体位を変えるよ」

動きを止め、つないでいた手を離した。そして一度挿入していた肉棒を引き抜く。

「んっ……」

怒張したままの亀頭が膣口に引っかかり、その刺激でリディアはビクンと身体を震わせた。

「ふぅ……ふふ……たくさん、あふれますわぁ」

栓を抜かれた膣口から、二発分の精液がどぼどぼと流れ出した。それを見て、リディアが嬉しそうに微笑む姿を見て、俺の肉棒がピクンと脈打つ。

貴族令嬢が……あの【姫騎士】が、田舎上がりの冒険者である俺の精液を受け止めている、という事実が興奮をかき立てる。そして俺はこれから、彼女の最も神聖な部分をさらに汚すのだ。

「こう、ですの……？」

リディアには少し身体を横に向けてもらった。片方の脚を上げてもらい、もう片方の脚にまたがる。互いの脚を交差するように絡め、上げたほうの脚を支えながら、股間同士を近づけていく。

漏れ出た精液にまみれる花弁が、ヒクヒクと動き、わずかに開いたまま半透明の粘液を垂れ流す膣口に、先端をあてがった。

「んふぅ……」

ぬるり、と抵抗なく陰茎が埋まっていく。根本まで埋まった陰茎は、さらに奥へ。粘膜同士だけでなく、肌と肌、肉と肉とがさっきまでよりも密着していた。

「ひぅっ……！」

先端が、最奥部に到達した。

女の人が子を宿す器官。その入り口に……リディアの肢体でもっとも神聖なその場所に、俺のち○ぽが当たっているのだ。

「しゅごいですわ……一番奥まで……んひぃっ！」

股間同士を密着させたまま、俺はさらに腰を押し出した。

「あっ……くぅ……んんっ!!」

子宮口に当たる先端を、ぐにぐにと押しつける。慣れるまではこうして刺激したほうがいい、とエメリアが教えてくれたことを思い出していた。

「んあああっ！　しゅごいぃっ！　イクッイクゥーッ!!」

少しずつ刺激を強めながら何度もつついているうちに、リディアは身体を反らせて全身を震わせ始めた。

そこから少しずつ俺もストロークを大きくして、膣内をこすり始める。

——にちゅ……ずちゅ……。

この体位での挿入は、包み込まれるというよりも埋まっているという感覚に近い。みっちりとした肉の圧力を感じながら、奥を突くことを意識して腰を動かし続ける。

「んんーっ！　奥、当たってぇ……さっきから、何回もイッてましゅのぉっ!!」

そうやって背中をそらして痙攣しながらも、リディアの下半身はより大きな快感を欲してもぞもぞと動いていた。最奥部を突かれる刺激に加え、膣道の気持ちいいところをこすられる快感を求めているようだ。

彼女がそうやって動くことで、肉棒には複雑な刺激が与えられ続けた。

「リディア……もうっ……！」

「わたくし、もう、さっきからぁ……ずっとイッてますのっ！　だから、いつでもぉ……！」

「うぐぅ……出すぞっ……！」

「んはぁっ……！　出してぇ……わたくしのおま○こに、レオンのせーえきどぷどぷくださいませぇっ!!」

——どびゅるるるーっ！　びゅるるっ!!　びゅるっ!!

子宮口に先端を押し当てながら、射精した。

「んほぉぉっ……！　あかちゃんのお部屋にぃ……レオンのせーえきぃ……びゅるびゅるきてますわぁ

……」

俺の子種を膣内で受け止めながら、リディアは歓喜の声を上げた。

そのあとも俺たちは魔法を使いながらセックスを続けた。それは昼前まで続き、やがてリディアが気絶するように眠ることで終わりを迎えた。

《賢者タイムを終了します。おつかれさまでした》

✕✕✕

昼前までセックスをして、夕暮れまで眠った俺たちは、軽くシャワーを浴びて食事をとった。

あわよくばシャワーも一緒に……と思ったが、リディアのほうは、まだそこまで無防備になれないようだった。ああいう雰囲気じゃないときに裸を見せるのは、恥ずかしいのだとか。

食事は部屋まで運んでもらった。

眠る前に回復系の魔法をひととおりかけたので、疲れはあまり残ってないんだが、気分的に部屋でまったりとしたかったのだ。

「ふぅ……」

食後の紅茶をひと口すすり、カップを置いたあと、リディアが軽く息を吐いたのだが、なんとなくそれがため息に聞こえた。というか、食事のときから……いや、起きてからかもしれないが、どうも彼女の機嫌が悪いようなんだけど、気のせいだろうか？

「ねぇリディア」

「なんですの？」

「怒ってる……？」

「はい？」

なんだか、口数が少ないんだよなぁ。たまに責めるような視線を向けられるような気もするし。

「別に怒ってなどいませんわ」

「でも、なんか……機嫌が悪そうというか……」

リディアは少しだけ眉を寄せ、じっと俺を見た。

うーん、やっぱり気のせいだったのだろうか。聞いたのはまずかったか。

「はぁ……」

しばらく無言で俺を見つめたあと、リディアは大きく息を吐きながら、脱力したようにうつむいた。やばい、呆れさせてしまったか……。

しばらくぐったりとうつむいたままのリディアだったが、ほどなく顔を上げると、その表情は予想外にまじめなものだった。

「どうやら顔に出ていたようですわね」

「え？　ってことはやっぱ怒ってたの？」

「怒る、というほどではありませんが、少し気に入らないことならありますわ」

「そ、そうなんだ……」

どうやら知らないうちに、気に障ることをしてしまっていたようだ。

「あの、できれば言ってくれると助かる……。俺、そういうのたぶん鈍いから」

「ふっ……」

俺がそう言うと、リディアは表情を緩めた。しかしそれもすぐにキリッと引き締まる。

「その前に、いくつか確認しておくべきことがありますわね」

「確認しておくべきこと？」

「ええ、魔法のことですわ」

「魔法？」

「普通に使っていましたわよね？　ここ、塔の外なのですけれど」

ああ、そういえ塔の中でリディアとしたときは、魔法を使ってなかったな。

「まぁでも、安全地帯（セーフエリア）では使ってただろ？」

「安全地帯（セーフエリア）と塔の外では話がまったく違いますわ」

「そうなのか？」

「ええ。高レベルの【司祭】や【大魔道】なら、安全地帯（セーフエリア）でも魔法を使えることがありますの。効果はかなり落ちますけど」

「そうなんだ……」

知らなかったな……。クラスについてはかなり勉強したつもりだったけど、そんな情報は見かけなかったぞ？

「生活魔法はともかく、白魔法や黒魔法を塔の外で使うというのは、人類の夢ですわ」

塔の外でも使える魔法というのがいくつかあり、俺がセックスのあとによく使う《浄化（クリーン）》もそのひとつだ。ほかにも小さな火を起こす《点火（イグニッション）》や、水などを温めるのに使う《加熱（ヒート）》などがあり、それらは生活魔法とひとくくりにされる。

「塔の外で魔法を自由に使うための研究は、いまでも行われておりますし、貴族のあいだではある程度情報が共有されますが、一般に出回ることのないものもございますわね」

「そういうことか……」

俺の勉強不足ってわけじゃなく。そもそも一般人では知り得ない情報だったわけだ。

「だからこそ、そのことをギルドや貴族たちに知られるのは危険ですわね。人類のため、という大義名分のもと、何をされるかわかったものではありませんわ」

「そ、そういうもんか……？」

「ええ、そういうものですわ。こうなると、サポートメンバーを雇うというのは考え直す必要がありますわね。よほど信頼を置ける仲間でないと……」

顔を逸らし、ぶつぶつと言いながら考えをまとめていたリディアが、ふと思い出した様に俺を見た。

「塔の外で魔法が使えることを、わたくし以外に知っている方はいらっしゃいますの？」

「えっと、それは……」

「わたくし以外にセックスをされた女性がおられるのでしたら、正直におっしゃってくださいませ。これは非常に重要なことですから」

これは、隠さないほうがよさそうだな。

「えっと……セックスをしたのは、リタと、マイア……」

「リタさんとマイアさんなら、安心できますわね。もちろん、改めて口止めはお願いしますが……」

「いや、でもあのふたりには【賢者】の力を見せてないな」

リタとしたときは賢者タイムのあいだずっと抱き合って眠っていた。マイアのときは魔法を使ったけど、あれは塔の中でのことだったしな。賢者タイムで一気に身体能力や魔法効果も上がったんだけど、〝興が乗った〟で納得してくれたみたいだし。

「ほかにおられますか？」

「あとは、エメリアって人とセックスを……」

「エメリアさん？　それはどういう方ですの？」

「えっと、高級マッサージ店のマッサージ師、なんだけど……」

「マッサージ師？」

リディアが眉をひそめ、首を傾げる。

「プライベートでのお知り合いですの？　もしかして、恋人？」

「は？　え？　恋人……？　な、ななななんで？」

「なんで、と言われましても……。逆に問いますが、マッサージ師の方とレオンとがなぜセックスを？」

「あー、うん。えっと、マッサージ店ではあるんだけど、なんていうか、そういうお店というか……」

「ああ、娼館というわけですわね？」

「あ、はい。そうです。ギルマスに連れて行ってもらいました」

どうやらお見通しなようなので、取り繕うことなく白状した。

「その方には魔法を？」

「うん。【賢者】について詳しくは話してないけど、塔の外で魔法が使えることには驚いていたよ」

「……そうでございましょうね」

そう言ってリディアは呆れたようにため息をついた。

「まぁ、ギルドマスター御用達なら、高級娼館ということでしょうし……」

「えっと、ギルマスいわく、口は固いって……」

「ええ。ですが念のため口止めをお願いしておいていただけますか？」

「わかった」

返事をしつつ、淡々と言い放つリディアに、少し拍子抜けしてしまう。

「っていうかさ、さっき言ってた気に入らないことって、そのことじゃないの？」

「そのこと、とは？」

「俺が、その……リタや、マイアと……した、こと……？　あと、娼館に、行ったり……さ」

「はぁ、それがなにか問題でも？」

「いや、だって、リディア以外の女の人と、俺は、その……セックスを……」

「ですから、それのどこに問題がありますの？」

「あれ……？」

リディアは俺の言っていることが心底わからないという表情だ。

おかしいな……。

例えばレベッカは、ウォルフに他の女性が近づくことを凄く嫌ってたんだけど……。っていうか、女の人って男が自分以外の女性と関係を持つの、嫌うんじゃないの？

「男の人ってそういうものでしょう？」

「そういうもの？」

「わたくしのお父さまも、お母さま以外に多くの女性を妻に迎えておりましたわ」

「ああ、そういう……」

どうやら貴族と庶民とでは、価値観が大きく異なるみたいだ。それとも、クヴィン家が特殊なのか？　あるいはリディアの親父さんが特別？

とにかく、リディアがこういう考え方だってのは、正直助かる。

「ん？　じゃあ、気に入らないことっていうのは？　リタやマイア、エメリアと関係を持ったことじゃないんだよなぁ」

「そもそもわたくしはそのことを、いましがた知ったばかりですわよ？」

「それもそうか……」

起きたときから、機嫌が悪かったんだよなぁ。

「レオンは、眠る前に《浄化》をかけてくださったのですわよね？」

「え？　ああ、うん。ベタベタしたままじゃ寝にくいし、起きたときに気持ち悪いかなって……。もしかして、それが余計だった、とか？」

寝る前にちゃんとシャワーを浴びるとか、そうしたかったのかな？　でも気絶したように意識を失って眠る彼女を起こすのはしのびなかったし……。もたもたしてうちに賢者タイムが終わって、《浄化》の効果が落ちるのもいやだったんだよな。

「いえ、その……身体やお布団をきれいにしてくれたことには、感謝しておりますわ。ただ……」

そこで言葉を切ったリディアは、自分の下腹に手を置き、そこへ視線を落とした。それからわずかに頬を赤らめ、少し顔を上げて上目遣いに俺を見る。

「お腹の中まで、きれいにする必要はございまして？」

……んんっ？

「それって、どういう……」

ソファに座るリディアはあらためて軽くうつむき、自身の腹に視線を落とした。そうして口元に微かな笑みを浮かべながらも少し寂しげに眉を下げ、ガウンの上から下腹を撫でながら、ゆっくりと口を開く。

「目が覚めたとき……お腹の中が、なんだか寂しくて……」

少しばかりの不満を孕むその言葉に、ドクンと心臓が跳ねた。身体の中心から送り出された血流のすべてが、股間に集まっていくように錯覚してしまう。

彼女の言わんとしてることはなんとなく理解できた。

眠る前、少しでも快適な睡眠をと思い、身体や寝具にまとわりついた互いの体液を《浄化》で洗い清めた。リディアの膣内に残っていた俺の精液も一緒に。寝ている最中に漏れ出たら、不快になるだろうとの考えからだ。

通常の《浄化》でそこまでのことはできないが、【賢者】なら可能だ。しかし彼女はそれを不満に思っていた。俺の精液が、膣内から消え去ってしまったことを。

「いや、でも……」

イチモツが急速に硬くなっていく。それにともなって、理性が徐々に失われていくようだった。

とはいえ、昨日は散々やりまくった。昼前までやって、夕暮れ前に起きて、また……なんてのは、いくらなんでも節操がなさ過ぎる。

「リディアは避妊してるんだろ？　だったらそういうのって意味なくない？」

あえて興醒めするような言葉を吐き、俺自身と、そしてリディアにも少し冷静になってもらう。

「そ、そういうことではありませんわ！」

「でもさぁ、そのままにしておくと、漏れ出して、せっかくきれいにした身体とかが汚れちゃうし」

「そ、そうかもしれませんけど……。でも、それだとなんだか、レオンの、アレが……その、汚いものと言われているみたいで……」

「そう言ってくれるのは嬉しいけど、でも身体に付いたりしたのは、汚れとして落とすわけだろう？　その延長と考えれば？」
「そうかもしれませんけど……！　でも……」
逆の立場、っていうわけじゃないけど、俺にとってもリディアの汗や唾液、愛液なんてのはとても尊いものだ。でも行為が終わってしまえば、やっぱりそれは汚れなんだよな。だったらきれいにするのは悪いことじゃない。
それに彼女とこうやって話していて、ひとつはっきりさせておかなくちゃいけないことに気づいた。
「ねぇリディア。そう言ってくれるのは……その、受け入れてくれた俺のものを大事に思ってくれるのは凄
く嬉しいよ」
他の女性は、こういうときどう考えるんだろう？　リディアを前にしてあれだけど、ふとレベッカのこと
を思い出した。
あいつとウォルフは野営のときに俺がいようが関係なくやりまくってたんだけど、そのときにレベッカは
「全部ちょうだい」だの「いっぱいに満たして」だのと言い、終わったあとも「ウォルフので満たされて幸
せ……」なんてことを口にしていた。でもウォルフが寝静まるといつも不機嫌そうにテントを出ては、膣内
に残った精液を出してたんだよな。
『ああ、もう……！　しつこいわね、ウォルフのは……』
なんて愚痴もよく言っていた。
それに、次の日にも不快そうにしていることがたまにあって、それをウォルフに見咎められることもあっ
た。
『どうした、レベッカ？』
『ふふふ、なんでもないわ。昨日アナタに注ぎ込まれたモノが、ちょっと漏れちゃっただけよ』

『ふん、そうか……。じゃあ今夜もたっぷり注いでやるよ』

『うふ、楽しみにしてるわ』

なんて会話もあったなぁ……うぇっ……。

それで、ウォルフの前では媚びを売るような笑みを浮かべていたレベッカだが、あいつの目が届かないところでは露骨に不快そうな顔をしていたし、そういうときは何度か用を足さないとパフォーマンスが低くなることが多かった。

それもロイドが入ってからはなくなったけど、それまではそういうことが頻繁にあって、ちょっとキツかったな……。

ま、まぁとにかく、リディアが俺のものをよく思ってくれているのはありがたいけど、それにしたって問題がある。

「俺たちは塔を攻略するとき、どこかのタイミングでセックスをしなくちゃいけない」

「え、ええ。そうですわね」

塔でのセックスを思い出してか、あるいは思い描いてか、リディアの表情が緩み、頬が少し赤くなる。

「そのとき、もし探索途中に漏れ出したら、それって邪魔になるんじゃないのか？」

「そ、それは……」

最初にリディアとセックスをしたとき、俺は迷わず彼女の膣内を《浄化》した。それは望まぬ相手とのセックスで、彼女の身体を汚してしまったという申し訳なさからの行為だった。

でも、もしかするとレベッカとウォルフのことが、頭のどこかにあったからかもしれない。あのとき、俺たちには強力なレアモンスターであるウェアウルフ戦が控えていたからな。

「やっぱり、今後もちゃんときれいにしたほうがいいと思う」

「そう、ですわね……」

少し残念そうにそう言ったあと、リディアは紅茶が半分ほど残ったカップに手を伸ばした。ひと口すすって、ソーサーに戻す。流れるような仕草でありながら、微かな物音すら立っていないことに、いまさらながら気づいた。

「ふぅ……」

リディアが、小さなため息を漏らした。

彼女の思いは男としてとても嬉しく思う。でも、ここは冒険者として譲れないところだった。塔の探索こそ、俺たちにとってはもっとも大切なことなのだから。

「ねぇ、レオン」

しばらく沈黙が続いたあと、彼女は顔を上げ、俺を見た。さっきまであった表情の翳りが消え、口元にはなんだか艶のある笑みが浮かんでいる。

「探索は、いつから始めますの？」

「いつって……それも決めないとなぁ」

「ですわね。ただ、いまから、ということは、さすがにありませんでしょう？」

「そりゃ、まぁ……」

どんなに急いだとしても、明日からになるだろう。もちろん、もう何日かは休みや準備に費やしてもいいが、とにかくもう日も暮れようとしているいまから、ということはあり得ない。

「なら、かまいませんわね……？」

言いながら、リディアはソファから立ち上がった。

シャワーを浴び、そのままガウンだけを羽織った格好の彼女が、ゆっくりとこちらに近づいてくる。いつもの縦ロールがほどけた、湿り気の残るローズゴールドの髪は、後ろで無造作にまとめられていた。その束ねた髪を揺らしながら優雅に歩き、彼女は俺の前に立った。

「ふふ……」

笑みを漏らし、視線を落とす。

俺も彼女同様ガウン一枚を羽織っただけの格好だった。彼女の視線先にある股間部分が大きく膨らんでいる。さっき彼女の言葉を聞いてから、なんやかんやで勃ちっぱなしだったんだ。

俺の前に立ったリディアが少しかがみ、手を伸ばしてガウンをめくると、屹立したイチモツが姿を現した。

「探索に行かないのですから、かまいませんわよね？」

可愛らしくそう言って首を傾げたあと、リディアは俺にまたがってきた。そのとき、少しめくれたガウンの陰から覗く内ももに、透明な粘液が流れ落ちたような跡が見て取れた。

「んふぅ……」

先端が、温かい粘膜に触れる。そこはもうねっとりと濡れていた。

「いきなり？」

「だってぇ、起きたときから、寂しかったんですもの」

言いながら彼女はゆっくりと腰を落としていく。

「あはぁぁ……」

ぬぷり、と亀頭が飲み込まれ、そこから先もほとんど抵抗なく肉棒が包み込まれていく。愛撫もなにもなしに、そこはもう充分にほぐれていた。

「はぁん……レオン……！」

根本まで肉棒を咥え込んだあと、リディアは俺の首に手を回し、ゆっくりと腰を動かし始めた。ぬちぬちと粘膜のこすれる音を鳴らしながら、少しずつ動きが大きく、そして激しくなっていく。

リディアの身体から漂う石けんの香りに、汗の匂いが混じり始めた。

「はぁっ！　んっんっ！　レオン……！　なか、こすれてぇ……気持ち、いい……ですわぁ……！」

激しい動きに帯がほどけ、はらりとガウンがはだけた。

「あっあっあっあっ！」

彼女の身体が揺れるたびに、乳首を内側に埋め込んだままの、白い乳房が大きく揺れる。俺はその様子を眺めながら、彼女の尻を掴み、自分からも腰を突き上げた。

「んはぁっ……！　奥、こんこん当たってますわぁ！」

彼女の内側をじゅぶじゅぶとこすりながら、先端で秘奥をノックし続ける。そのたびにリディアの身体がビクンと震え、膣がキュウと締まった。

「はぁあぁっ！　しゅごいぃ……！　わたくしもう……イキそう、ですのぉ……！」

「俺も、そろそろ、やばい……！」

前戯もなにもない、いきなりの挿入だったが、眠ったおかげで体力が回復したからか、これまでの会話のせいか、お互いに思ったより早く限界を迎えた。

「出してぇ、レオン！　わたくしのおま○こぉ、レオンの子種汁でいっぱいにしてぇ!!」

「リディアっ……!!」


——ドボボボッ！　ビュルルッ!!　ビュグッ！　ビュルルッ!!

俺の精液を求めるリディアの言葉がとどめとなり、俺は彼女の膣内で果てた。

「はぁん……これ、ですわぁ……！　おなかが、おなかのなかが、満たされますのぉ……！」

俺に身体を預け、肉棒を根本まで咥えこみながら、子宮口に先端を押し当てられ、精液を受け止めるリディアは、嬉しそうにそう言いながら全身を痙攣させていた。

《条件を満たしました。賢者タイムを開始します》

結局俺たちは、その日もひと晩中セックスをしまくった。全身粘液まみれになったふたりだったけど、この日はなんとなくそれが愛おしくて、最終的にはベタベタになった身体を寄せ合って眠りについた。

《賢者タイムを終了します。おつかれさまでした》

《　二人　》

翌朝、目覚めた俺は、まずお互いの身体に《浄化(クリーン)》をかけた。黒魔法や白魔法と違って、生活魔法は塔の外でも使えるってのがありがたい。とはいえ、賢者タイムが終わったいまの俺はただの【赤魔道士】なので、せいぜい身体の表面や髪に絡んだ体液を落とすので精一杯だ。【賢者】のときみたく、膣内の精液をきれいにするのはもちろん、寝具に染みこんだ体液を落としきるのも難しい。

「んぅ……ふぁ……おはようございます、レオン」

目を覚ましたリディアは、眠そうにそう言ったあと、ゆっくりと身体を起こした。乱れた髪をかき上げる姿が、妙に艶めかしい。

「あっ……」

はらり、とめくれそうになるシーツを慌てて押さえ、胸を隠した。前はしっかりと隠せたが、後ろはがら空きで、首筋から背中、腰、そして尻のラインが露わになっている。

窓から射し込む淡い陽光を反射する、白磁のような素肌が、俺の目にまぶしく映った。

「きれいに、してくださったのですね」

「ああ。寝起きでベタベタしてるのも、いやだろう？」

「わたくしは、別に気にしないのですけど……」

少し不満げに呟きながら、リディアは空いたほうの手で自身の腕や肩、腰回りを軽く撫でた。瑞々しい皮膚同士がこすれ合うすべすべとした音が、耳に心地よかった。

ほどなくリディアの手は、身体の前面を覆うシーツ越しに下腹を撫で、ふっと満足げな微笑みをこぼす。その仕草に、寝起きで膨張しているイチモツがどくんと脈打った。

「んぁ……」

不意に、リディアの口から声が漏れる。

「どうした？」

「うふふ……いま、少し出ちゃいましたわ。レオンのが」

そう言って、彼女は俺に笑みを向けた。

「そ、そう……」

シーツの下で硬くなったイチモツの先端から、じわりと腺液が漏れ出るのを感じながらも、俺は慌てて目を逸らした。さすがに今日も……なんてのは、な。

体力的には問題ないし、性欲的にはむしろしたいところだけど、このままこの情欲に身を任せると、探索そっちのけでふけってしまいそうだ。

「ふふ……シャワー、浴びてきますわね」

リディアの言葉に、ほっと胸を撫で下ろす。どこか、残念な気持ちもあるけど。

「えっと……」

シーツで胸を押さえたまま、リディアが周りを見回し始めた。

「これ？」

どうやらガウンを探していたようなので、手近なところにあったのを取ってやる。

「ええ、ありがとう」

ワンサイズで同じデザインということもあり、どっちが着ていたものかはわからないけど、別にいいだろう。

「あ、ちょっと待って」

彼女に手渡す前、俺は手に持ったガウンに集中しながら、改めて《浄化(クリーン)》をかけた。

「これで、ちょっとはましになったと思う」

「ふふ、ありがとう、レオン」

改めて感謝の言葉を口にしながら、リディアはガウンを受け取り、羽織った。

「あ、腰紐……」

「すぐに脱ぎますから、かまいませんわ」

そう言うと、リディアはガウンの前を軽くはだけたままベッドを下りた。

「それでは、お先に」

すらりと背筋を伸ばして立ち、シャワールームへと優雅に歩き始めるリディアの姿に、目を奪われる。軽くはだけたガウンによって乳房はある程度――少なくとも乳首は――隠れていたが、股間はまったく隠れていなかった。ほとんど真横からだったので、はっきりとそこが目に入ったわけじゃないけど、ガウンが軽くそよいだとき、秘部を覆うローズゴールドの茂みが垣間見え、内ももを伝う半透明の粘液も見て取れた。

ガウンに覆われた乳房をゆさゆさと揺らしながら、リディアはバスルームに消えていった。

リディアのあとにシャワーを浴び、彼女と一緒に部屋で朝食をとった俺は、そのまま着替えてホテルを出た。

彼女はいろいろと準備をしてから、チェックアウトするとのことだった。女性は、化粧とかしないといけないからな。

「さて、もう少しだけ準備をしておくか」

翌日からの探索を約束し、俺は街を歩いて消耗品などを買い集めた。携行食も、少し多めに作っておく。

「おう、用意できてるぜ」

「いつもすみませんね」

翌朝、宿屋の主人から受け取った料理を《収納庫（ストレージ）》に収め、ギルドに向かう。

「ごきげんよう、レオン」

ギルドに到着すると、リディアが待っていた。護衛をひとり連れている。

「ごめん、おまたせ」

「いいえ、わたくしが少し早く来すぎただけですわ」

ドレスアーマー姿の【姫騎士】が、柔らかく微笑む。

「ところでレオン、こちらをお願いしたいのですが」

リディアがそう言うと、護衛の人がなにやら大きな荷物を俺の前に置いた。

「これは？」

「テントですわ」

なるほど、大きさからしてふたり用に見えるけど……。

「〈空間拡張〉や〈侵入防止〉、それから……〈遮音〉、といった効果がありますの」

あいかわらず笑みを浮かべたままのリディアだけど、〈遮音〉と言った瞬間、少しだけ表情が艶やかになったのは、気のせいだろうか。

「いかがですの？」

「うん、これくらいなら収納できるよ」

リディアのわずかな変化に少しだけドキドキしながら、俺はテントを《収納庫(ストレージ)》に収納した。

「うふふ、これで心置きなく探索を進められますわね」

「あ、ああ。そうだな」

やっぱり口調や表情がエロいぞ？　護衛の人も、いつもと違う雰囲気を感じ取ったのか、軽く首を傾げている。

「それではお嬢さま。くれぐれもご無理をなさいませぬよう」

「ええ、わかっておりますわ」

リディアの口調や表情が、普段通りになる。それを見た護衛の人も、安心したように軽く息をついたあと、俺に向き直った。

「レオンさま、お嬢さまのこと、くれぐれもよろしくお願いいたします」

「はい」

短く答えると、護衛の人は俺に対して深々と頭を下げた。

「それでは参りましょうか、レオン」

「ああ」

ふたりで受付に向かい、探索の申請を行う。

……今日も、ミリアムさんの姿は見えない。

「どうかなさいまして？」

「いや、なんでもない」

いかんいかん、例のごとく考えが表情に出ていたみたいだ。ミリアムさんのことは気になるけど、いまはリディアとふたりでの探索に集中しないとな。

「じゃ、いこうか」

「はい」

探索の申請を終え、塔の入り口にたどり着いた俺たちは、転移陣に乗って四一階に向かった。

×××

今回の探索の目的はふたつ。

ひとつはもちろん、評価アップだ。モンスターを倒し、ドロップ品を納品して評価を上げ、できるだけ早く五〇階への挑戦権を得る必要がある。

しかしより重要視しているのはもうひとつの目的だ。

「ここがいいかな」

その目的のため、俺たちは適度にモンスターを倒しつつ四一階のとある場所を目指した。

「あの……ほんとうに、ここでしますの……？」

リディアが不安げな表情で尋ねてくる。

「ああ。この階だと、ここがいちばん人に見つかりづらい」

【賢者】でのレベルアップ。

それは俺たち極志無双（ごくしむそう）が勇者になるために、最も必要なことだろう。

【賢者】としてのレベルが上がれば【賢者】スキルの効果も増大し、それは【赤魔道士】にもある程度引き継がれる。レベルアップの余地があり、さらには上級職へのクラスチェンジを控えているリディアと違って、【赤魔道士】ほか初級戦闘職をすべてリミットレベルまで上げてしまっている俺が成長するには、【賢者】としてレベルアップするしかないのだ。そして【賢者】レベルを上げるには、賢者タイム中にモンスターを倒す必要がある。

賢者タイム発動のためには、もちろんセックスが必要だ。このあたりのことは、リディアもちゃんと理解してくれている。

「安全地帯（セーフエリア）では、だめなんですの？」

とはいえ、モンスターの出るエリアでセックスをするということに、彼女は不安を隠せないでいた。

「転移陣のある階の安全地帯（セーフエリア）は利用率が高いからね」

塔で負った怪我や消耗した体力、魔力は、塔内で回復したほうがいい。

塔の外へ出ると、回復魔法などの白魔法が使えなくなる。だから、四一階を含む転移陣のある階の安全地帯（セーフエリア）は、帰還前に回復していくパーティーが頻繁に利用するのだ。そのため転移陣のある階層に限っては安全地帯（セーフエリア）の占有ができない。

四〇階台を探索できる冒険者はあまりいないが、三〇階台を踏破して四一階の転移陣で帰るという人が少なからず存在する。それにいまは防衛軍が塔の治安を護るために上層階を周回しているので、彼らに遭遇するおそれもあるだろう。

「でも、そのためにあのテントを用意したのですわよ？」

先ほどリディアが預けてくれたテントには〈遮音〉や〈侵入防止〉といった機能を備えた高性能なもので、たしかにその中ですれば外にいる人にはバレないだろうけど……。

「塔に入っていきなりテントを広げたら、中で何やってんだって思われないかな？」

そりゃ塔内で遭遇した人たちは俺たちが入ったばかりかどうかなんてわからないけど、四一階の安全地帯（セーフエリア）を使う冒険者は大抵そのあとすぐに帰るからな。ギルドに戻れば俺たちが塔に入ったばかりだってことはすぐにバレるんだよね。

「そういうことなら仕方がありませんわね……。ですが、ほんとうにここで大丈夫ですの？」

「ああ。このあたりはよく使われる探索ルートから外れているからな」

塔を探索する冒険者や治安を維持する防衛軍が、各階層の隅々まで歩き回るわけじゃない。冒険者は上下階段や転移陣、安全地帯（セーフエリア）を中心に探索するし、防衛軍はこれまで積み重ねてきた情報を元に、モンスターが出現しやすいポイントをメインに歩き回るのだ。そしてここはそのどちらからも外れた、袋小路のような場所だった。

くしくもマイアが過去に襲われ、のちに俺とセックスをした場所に似ていたが、とにかくここなら一方向だけ警戒すれば済む。

「モンスターも念入りに倒したし、周りに人の気配もないよ」

【賢者】スキルの影響で強化された〈魔力感知〉や、新たに覚えた〈魔力探知〉で、周りに人やモンスターがいないことは確認済みだ。

「ふぅ……こういうことにも、これからは慣れていく必要がありますのね」

この先ふたりで冒険をするとなれば、頻繁にセックスをしなくちゃいけないもんな。

「ごめんな、負担をかけて」

「べ、別にレオンが謝るようなことではありませんわ。あなたとパーティーを組むと決めたときから、覚悟していたことですし……。そ、それに……」

そこで少し間を置いたリディアは、うつむき加減に身をよじりながら、潤んだ瞳を俺に向けた。

「恥ずかしいとは言いましたが、いやとは言っておりませんのよ……？」

そう言うと、リディアは頬を染めて視線を逸らした。

「リディア……！」

その姿が愛らしくて、俺は思わず彼女を抱き寄せた。

「きゃ……んむ!?」

そしてなかば強引に唇を奪った。

「ん……んちゅ……じゅぷ……」

彼女は抵抗なく俺のキスを受け入れてくれ、ふたりは抱き合ったまましばらく舌を絡め合った。トクトクと聞こえる早い鼓動は、俺のものなのか、それともリディアのものなのか……。

モンスターの出るエリアでなにやってんだって話だけど、どうにも止まらなかった。

「ちゅぷ……れろぉ……んはぁ……はぁ……はぁ……」

やがてキスを終えると、彼女はさっきよりも潤んだ瞳で俺を見つめた。

「レオン……どうすれば、よろしいんですの……？」

彼女の言葉で、少し冷静になる。

これからセックスをするわけだが、あくまでもそれは賢者タイムに入るため。セックス自体を楽しむなってわけじゃないけど、主目的を忘れるのは違うよな。

「それじゃ、前みたいに壁に手をついてお尻を出してくれる？」

「わかりましたわ」

立ったまま後ろから。万が一通路の向こうから見られたとき、一番ごまかしやすい体位だと思った。

――べちゃ。

不意に聞こえた音のほうへ目を向けると、腰紐をほどかれたショーツが床に落ちていた。

「リディア、もう、こんなに……」

「それは……レオンがあんなに、激しいキスをするからですわ……」

恥ずかしげに身をよじる【姫騎士】の姿は、なんともいえず可愛らしかった。

「それじゃ、むこう向いて」

「ええ……」

リディアは俺に背を向け、壁に手をついた。そして、張りのあるお尻をクイッと突きだしてくる。

「レオン、すぐに挿れてくださいませ」

その言葉は、おねだりというには少し冷静な口調だった。

「これは、あくまでレオンが【賢者】になるための行為ですわ。ですので、手短に終わらせるべきだと思いますの」

さすが冒険者だけあって、そのあたりはきっちりわきまえてるな。

「わかった。じゃあ、いくよ」

「ええ。いつでもどうぞ」

俺はズボンの前開きからイチモツを取り出すと、スカートの陰に隠れた彼女の秘部に先端を当てた。

「ひぃぅっ……！」

「おぅ……！」

ふたりそろって声をあげてしまう。なにせ塔に入ってすぐに支援魔法を使ったからな。〈感覚強化（センスブースト）〉の効果でふたりとも感度がよくなっているのだ。

賢者タイムのときほどじゃないけど、それでも普通のセックスとは比べものにならないほど敏感になっていた。

「レ、レオン……」

壁に手をついたままのリディアが、少しだけ身体をよじって不安げな表情をこちらに向ける。

「少し、お待ちになって……。触れただけでこんなの……わたくし——」

「だめ、待たない」

「んひぃいいぃっ……!!」

リディアの言葉を遮り、腰を突き上げる。前戯をしていないにもかかわらずとろとろに濡れたおま○こは、俺のち○ぽを抵抗なく受け入れた。

「ぐぅっ……！」

ねっとりと濡れた襞の一枚一枚を感じるように膣道をかき分け、根本までを挿入し終えたところで危うく射精しそうになる。なんとか踏みとどまったが、声だけは漏れてしまった。

「あっ……あっ……」

リディアは壁に軽く爪を立てながら、ときおりビクッビクッと身体を震わせていた。陰茎を包み込む温かな肉壺が、その振動に合わせてキュッと締まる。

「わたくし……挿れられただけで……イッて……」

どうやら挿入だけで絶頂に達したらしい。

「俺も、危うくイクところだったよ」

「むぅ……どうして……耐えるんですのよぉ……」

「あ、それもそうか」

これは賢者タイムを始めるためのセックスなんだから、早くイケるにこしたことはないんだった。

「じゃあ、できるだけ早くイケるようにがんばるよ」

「やっ……！　お待ちに……わたくし、まだ、イッて――」

「だから待たないって」

そう宣言して、俺は【姫騎士】の身体に腕を回した。

「きゃっ……！」

短い悲鳴を上げるリディアの乳房を腕に乗せ、彼女を壁から引き剥がすように抱きかかえる。

「やっ、待っ……んあああっ!!」

半ばリディアの身体を持ち上げるようにして、腰を突き上げた。

塔の外や安全地帯(セーフエリア)では難しい体位だが、いまはクラスの恩恵で膂力が増し、彼女の身体が軽い。少し無理な体勢で抱えられたリディアのほうも、恩恵を受けているのでそんなに苦しくないはずだ。

「あっあっあっ！　レオン……激しぃ……ですわぁ……！」

目の前で、ローズゴールドの縦ロールがゆさゆさと揺れる。腕にかかる乳房の重みも心地いい。

ぐちょぐちょと激しい音を立てながら絡みつく肉襞が、イチモツを容赦なく刺激してくる。

「はぁっ……んぅ……んっんっんっ!!」

袋小路の通路に充満する卑猥な匂いや【姫騎士】の熱い息遣いに強化された五感は刺激され、肉棒に絡みつく直接的な感触と相まって俺はほどなく限界を迎えた。

「リディア、出すぞ……！」

「ええ、出して、くださいませぇ……わたくしの、おなかのなかにぃ……!!」


——ドビュルルルルルーッ!!　ビュルルルルッ！　ビュググッ……！


「はぁ……はぁ……。んもぅ……レオンったら、最初から、激しすぎますわ……」

断続的に脈打ち、精液を放つ肉棒を膣内に含んだまま、リディアは呆れたような笑みを俺に向けてそういった。

「ごめんごめん、つい、興が乗っちゃって……」

腰を引き、肉棒を引き抜いてリディアを解放する。

「はぁん……レオンの、溢れちゃいますわ……」

イチモツを抜いた直後に少しよろめいた【姫騎士】の内ももに、ドロリと精液が流れ落ちていく。

《条件を満たしました。賢者タイムを開始します》

そんな光景に目を奪われていると、いつものメッセージが頭の中に流れた。

「おーっほっほっほっほ！」

【賢者】の支援魔法を受けたリディアは、あいかわらずめちゃくちゃな強さだった。前回リタらと行動してレベルアップしたことで、より一層磨きがかかっている。

おかげで探索は順調に進んだ。

最初の一時間はとにかく階を上ることを優先した。もちろん、できるだけモンスターを倒しつつではあるが。なんといっても、俺のレベルアップが主目的だからな。

「まだ少し余裕はあるけど、ここで時間を潰して休憩しよう」

四三階に上った時点で四〇分を少しすぎたところだったが、フロアに他の冒険者や防衛軍がひとりもいないことを〈魔力探知〉で確認できたので、いったん上を目指すのをやめる。残り時間をレベリングに費やし、安全地帯（セーフエリア）へ。

《賢者タイムを終了します。おつかれさまでした》

「うふふふふ……さきほどのお返しですわ」

「お、お手柔らかに……」

安全地帯に入った時点でまだ【賢者】の支援魔法効果が残るリディアに押し倒され、騎乗位で犯された。

これはこれでめちゃくちゃ気持ちよかったけど。

《条件を満たしました。賢者タイムを開始します》

そんな感じで探索とセックスを繰り返し、半日ほどで四九階へ到達。

そこからはセックスと戦闘の繰り返しだ。

賢者タイムが切れるまでひたすらモンスターを倒し続け、切れたら安全地帯でセックスをする。四九階の安全地帯は占有済みなので、心置きなくセックスに集中できた。

そして適度に食事や休憩を挟みつつ【賢者】のレベリングにいそしんだ結果、初日の日付が変わろうかというころに、ようやくレベルアップに至ったのだった。

《レベルアップ》

《魔法習得》
《地刃》《水刃》《火刃》《風刃》
《スキル習得》
〈賢者タイム延長〉

「――!!　レオン!?」

　顔を上げると、リディアが困った様子で俺の顔を覗き込んでいた。レベルアップに驚いて、少しぼうっとしてしまっていたようだ。

「どうかなさいまして？」

「あー、その……レベルが上がった」

「まぁ！」

　俺の答えに、リディアは嬉しそうな声を上げてくれた。

「とりあえずまだ賢者タイムも残ってるから、もう少しだけレベリングしとこうか」

「そうですわね」

　レベルがひとつ上がったからといって、賢者タイムが残っているのに安全地帯（セーフエリア）へ戻るのはもったいないからな。リディアもレベル四〇台後半になってから、かなりレベルアップのペースが落ちているし、賢者タイムは有効に使わないと。

　そんなわけで、俺たちは賢者タイムが切れるまでモンスターを倒しまくったあと、安全地帯（セーフエリア）に入った。

「まず、新しい魔法を覚えた。《刃（ブレード）》系なんだけど」

　習得した魔法やスキルを確認し、リディアと情報を共有する。お互いの能力をしっかりと把握しておくことは、連携を取るうえでとても大事なことだ。

「レオンはたしか《雷》系の魔法を好んで使っておりましたわね。でしたら《魔刃（マギブレード）》の次に覚えるのは

《火》以外の……《水刃（アクアブレード）》か《風刃（ウィンドブレード）》あたりですかしら？」

　クラスによって、おおよそこのあたりのレベルでどういった魔法を覚えるか、というのは決まっている。ただ、あくまでおおよそであって、確定しているわけじゃない。特に属性が絡む魔法は、当人の得意とする属性によって習得順がかわってくるのだ。

　生まれ持って決まっている得意属性だが、後天的な環境や行動で変化することも多い。生来《水》を得意とする【黒魔道士】が《火》系の魔法を好んで使っていると、《火》系の魔法を早くに覚えたり、その効果が上がったり、といった具合にだ。

「それが、覚えたのはひとつじゃないんだ」

　この世界を構成するとされる《地》《水》《火》《風》という四つの元素に加え、世界が生まれる前から存在していたという《光》と《闇》、そしていかなる要素も含まない純粋な魔力、すなわち無属性を意味する《魔》。

　魔法はこれら七つの属性から成り立っている。

　そしてこれら《地》《水》《火》《風》《光》《闇》《魔》は単属性とも呼ばれ、この単属性をいくつか組み合わせて生まれるのが複合属性だ。たとえば《火》と《風》で《炎》、《水》と《風》で《嵐》という属性となる。ちなみに俺がよく使う《雷》は《地》《水》《風》を組み合わせたものだ。

　だからリディアは、俺が覚えた魔法から《火》の可能性を真っ先に除外したわけなんだけど……。

「単属性を全部同時に覚えたみたいだ」

「ほんとうですの？」


〈全属性適応〉

【賢者】にクラスチェンジして最初に習得したスキルに、これがあった。おそらくこのスキルの効果で、単属性の《刃》系魔法を一気に覚えられたのだろう。

もしかすると【赤魔道士】に戻ったときに使う魔法効果があがったのには、〈魔法効果増大〉だけじゃなくこの〈全属性適応〉が関わっている可能性もあるな。

「すごいですわ、レオン！」

驚いた様子だったリディアが、心底嬉しそうな顔でそう言ってくれる。

「ははは……。ま、すごいのは【賢者】ってことで」

珍しくはしゃぐリディアの姿に俺のほうまで嬉しくなってきたが、同時に気恥ずかしくもあり、そう言って頭をかいた。

「なら、【賢者】になれるレオンはやっぱりすごいということになりますわね」

少し落ち着いたリディアが、穏やかに微笑みながらそう言ってくれた。

飛竜閣で一緒に過ごしてから、いい意味で二人の距離は縮まったように思う。狼牙剣乱ではどちらかというと蔑まれることが多かった俺は、こうして褒められることにいまだ慣れていないんだよな。

「はは、ありがとう」

でも、嬉しいことに違いはないので、素直にお礼を言っておいた。

「コホン。それで、なんだけど」

咳払いをして表情をあらためる。

「実は魔法だけじゃなくスキルも覚えたんだ。いや、スキルなのかな、これ……」

〈賢者タイム延長〉

四つの魔法を一気に覚えたことも驚きだが、それ以上に気になるのがこれだ。

「どうやら賢者タイムが延長されるみたいなんだけど」

「え？」

一瞬目を見開いたリディアだったが、すぐに落ち着きを取り戻した。それと同時に、ほんのりと頬が赤くなっていく。

「で、でしたら、その、試さなくては、なりませんわね……」

「ああ、そうだな」

ここにきてリディアとは、ほぼ一時間に一回セックスをしている。そう頻繁にやっていると、すぐに飽きて作業のようになってしまうんじゃないかと懸念していたが、いまのところその心配はなかった。

もちろん一回一回のセックスをじっくりと楽しめているわけじゃなく、短時間で終わるようにしてはいるが、それでもこれから彼女とするのだと考えるたびに鼓動は速まり、股間は熱くなるのだ。

「いますぐ、なさいます……？」

「うん……」

《条件を満たしました。賢者タイムを開始します》

リディアとセックスをし、賢者タイム開始後から時間を計りつつレベリングを再開。

《賢者タイムを終了します。おつかれさまでした》

その結果、賢者タイムは二時間に延長されたことがわかった。

今後もレベルを上げていけば、さらに時間は延長されるのだろうか？　もしされるとして、延長の度合いはどうなるのだろう。

今回は一時間が二時間になったのだが、これは単に一時間延長されただけなのか、それとも倍になったと考えるべきか……。

それを知るためにも、もっとレベルをあげなくちゃいけないな。

❌❌❌

「うそ、だろ……？」

目の前に広がる光景に、思わず声が漏れる。リディアも口をポカンと開け、呆然とその様子を見ていた。

もうもうと立ちこめる煙とも湯気とも知れない白い靄(もや)が晴れると、壁や床、はては高い天井にまで飛び散った血痕や細かな肉片などが目についた。なんともグロテスクな光景だが、肉片や血液などはほどなく光の粒子となって消滅し、あとには魔石やドロップアイテムが残った。

「レオン……いったい、なにをなさいましたの……？」

戸惑いながらも問いかけてくるリディアだったが、耳鳴りのせいでその声がずいぶん遠くから聞こえるようだった。

「いや、俺にもなにがなんだか……」

それはちょっとした思いつきだった。

——少し時を遡る。

俺の【賢者】レベルが五になってから、レベリングの効率は一気によくなった。賢者タイムが延長されたり、レベルアップによって純粋に能力が上昇したりというのはもちろんだが、新しく魔法を覚えたのも大きい。

「《火刃(ファイアブレード)》！《水刃(アクアブレード)》！」

「ギャウン！」

「ゲペァッ！」

火の刃がコボルトロードに、水の刃がゴブリンロードに襲いかかる。

両断できるほどではないものの致命傷ではあったようで、それぞれ一撃で倒すことができた。

「お見事ですわ」

ロードの指揮下にいたジェネラル、ソルジャー系のコボルトやゴブリンを一掃したリディアが、誇らしげにほほ笑みながら声をかけてくる。

「属性が乗ると威力があがるな、やっぱり」

「レオンが敵の弱点属性を的確に突いているからですわ」

多くのモンスターには弱点となる属性がある。たとえばコボルト系なら《火》、ゴブリン系なら《水》、オーク系なら《風》、リザードマン系なら《地》といった具合に。

とはいえこの塔に出現するモンスターにとってそれらの属性を弱点とまで呼んでいいのかは、微妙なところだ。そこを突いたからといって劇的に効果が増すというほどではなく、せいぜいちょっとばかりダメージが増えるくらいのものだからな。

たとえばコボルトには《水刃》より《火刃》のほうが効くんだけど、それでも純粋に威力の強い《雷刃》のほうがより多くのダメージを与えられる。複合属性の《雷》には《火》の要素がないにもかかわらず、だ。

それでも無属性の《魔刃》しか使えなかったころよりは、確実に討伐の効率は上がっていた。

「各属性の《刃》を連続で放てるというのは、なかなかに反則的な行為ですわね」

「俺には〈多重詠唱〉があるからな」

本来は詠唱——魔法発動までの待機時間——にそれなりの時間を要する中級の攻撃魔法だが、俺は〈多重詠唱〉を使って詠唱を少しずらして重ねることで、連発を可能にしている。この〈多重詠唱〉スキルもレベルアップによって効果が上がっているのか、以前より待機時間は短くなっているようだ。

ただ、詠唱を重ねられるのは、いまのところふたつまで。これもレベルが上がれば、さらに増えるのだろうか？

「ん、待てよ……」

俺はいままで〈多重詠唱〉を、主に魔法の連続使用に使っていた。同時に魔法を撃つこともたまにあるが、それぞれ別々の標的に対してだ。

「あら、レオン。なにか思いついたような顔をされてますわよ？」

「ああ。ちょっと試してみたいことがあるんだ」

詠唱だけでなく、魔法そのものを重ねてみたらどうなるんだろう？

✕✕✕

「ブフゥアアッ!!」

次に遭遇したのはオークロード率いるオークジェネラルの群れ。

「リディア、ザコは任せた！」

「かしこまりましてよ！　おーっほっほっほっほ!!」

ジェネラルどもをリディアに任せ、ロードに狙いをつける。

オーク系はゴブリンやコボルトに比べて耐久力が高い。オークロードともなると、弱点属性を突く《風刃（ウィンドブレード）》ですら一撃で倒すには至らない。しかし二発当たれば充分に倒せるので、〈多重詠唱〉がある俺にとっては怖い相手じゃあない。

今回、いつもは連発している魔法を同時に撃ってみることにした。

「《火刃（ファイアブレード）》《風刃（ウィンドブレード）》！」

しかも異なる属性で。

ほとんど同時に放たれたふたつの《刃》がその軌道上で触れあう。するとそれらは融合し、ごうごうと燃えさかる炎の刃となった。

「ゴフゥッ……！」

その炎の刃を胸に受けたオークジェネラルは後ろに向かって倒れ、ほどなく消滅した。

「すごいな……、まるで《炎刃（フレイムブレード）》だ」

それは狼牙剣乱の【大魔道】ロイドが使う《炎刃（フレイムブレード）》よりも、威力があるように思えた。たしか、彼の

《炎刃》では、オークロードを一撃で倒せなかったはずだ。

　ふたつの魔法を無理やり合わせたのがよかったのか、それとも【賢者】が【大魔道】よりも優れているのか……。

「レオン！　先ほどの魔法、すごかったですわ!!」

　ザコを一掃したリディアが、興奮気味に俺へと駆け寄ってくる。まだオークジェネラルの数匹に息はあるが、ほどなく消滅するだろう。

「試しに《火刃》《風刃》を同時に使ったら、まるで《炎刃》みたいになってさ」

「すごいですわ!!」

「ふふ……ありがとな」

　さっきからすごいばっかりだな、リディア。

「これで戦術の幅が広がるな」

　擬似的にとはいえ、まだ習得していない複合属性の攻撃魔法を使えることがわかった。手数を重視するか威力を重視するかでその都度使い分ければ、いま言ったように戦術の幅は大きく広がるに違いない。

　そんなことを考えていると、視界の端で瀕死だった最後の一匹が消滅するのを確認した。

　そして次の瞬間――、

《魔法習得》
《炎刃》

――頭の中にメッセージが流れた。

「え……？」

呆然とする俺に、リディアが心配そうな顔を向ける。

「どうかされまして？」

「魔法を、覚えた」

「もしかして、またレベルが？」

「そうじゃない。レベルも上がっていないのに魔法を覚えたんだよ！」

「ええっ!?」

そんなの聞いたことがない。レベルアップもなしに、魔法を覚えるなんて……。

「本当ですの？」

「ちょっと、試してみる」

そう言って俺は、何もない通路に手をかざす。

「《炎刃（フレイムブレード）》！」

すると、先ほどオークロードを倒したのと同じような、炎の刃が放たれた。〈多重詠唱〉を使うことなく、だ。

「す……すごいですわー！　レオンー!!」

リディアが興奮しながら俺に抱きついてくる。

物理的な装甲がほとんどないドレスアーマーに包まれた彼女の胸が、むにゅりと俺の腕を挟んだ。数回の戦闘を経て流れた彼女の汗の匂いに、ドキリと胸が高鳴る。

「すごいすごいすごいすごい！　本っ当にすごいですわー!!」

「あはは……」

我ながら凄いことだと思うが、それを自分のことのように喜んでくれるリディアのお陰で、すこしだけ冷静になれた。

「もしかして、他の属性も……？」

少し落ち着いたところで、今度は《水刃（アクアブレード）》と《風刃（ウィンドブレード）》を同時に放ったところ、暴風の刃《嵐刃（テンペストブレード）》となった。

「いかがですの？　また魔法を覚えまして？」

「……いや、《嵐刃（テンペストブレード）》みたいなのは撃てたけど、習得はできないな」

しばらく待ってみたが、メッセージは流れない。たしか《炎刃（フレイムブレード）》を覚えたのは、最後に残ったオークジェネラルが消えたときだったか……。

「もしかして、習得するには戦闘が必要？」

うん、それはありそうだ。

「そういうことでしたら、敵を探しますわよ！」

その予想は見事に的中し、俺は《嵐刃（テンペストブレード）》に加え、《水刃（アクアブレード）》と《地刃（アースブレード）》を合わせた《氷刃（アイスブレード）》を習得した。

「じゃあこのふたつを合わせたらどうなるんだ？」

ということで《嵐刃（テンペストブレード）》と《氷刃（アイスブレード）》を合わせたところ、見事《雷刃（サンダーブレード）》の習得に至ったのだった。

「すごいな……。これも【賢者】の力か？」

単属性の攻撃魔法を重ねて擬似的に複合属性の攻撃魔法とする。これはもしかすると【大魔道】あたりにもできるかもしれない。

ここにいたころのロイドはまだ〈多重詠唱〉を使えなかったから確認できていないし、少なくとも俺が見た文献にそういったことは書かれてなかったけど。

「……レベルアップなしに魔法を習得できるのはまちがいなく【賢者】だけだろうな」

思わず漏れた俺のつぶやきに、リディアも神妙な表情でうなずく。

【賢者】というクラスの可能性は、いったいどれほどのものだろう？　俺はワクワクすると同時に、少しだけ怖くなった。


「存在しない魔法は作れませんのね」

「そうみたいだな」

先述した組み合わせ以外にもいくつか試してみたが、その場合は融合されることなく、別々の魔法が同時に出るだけだった。

少なくとも攻撃魔法として存在しない魔法は、発生しないようだ。

「念のため、最後にもうひとつだけ試しておくよ」

「ええ、かしこまりましたわ」

単属性をふたつ、あるいはそこに複合属性を掛け合わせて、三つの要素を持つようには試してみた。しかし四つすべての属性が混ざるようなものは、まだ試していない。

「シャアーッ！」

「ブルフォアアーッ!!」

リザードマンロードとオークロード。それぞれが率いるジェネラルの群れがほぼ同時に出現する。複数の群れと同時に遭遇することは、珍しくない。

合わせて一〇匹以上の群れだが、今の俺たちなら苦もなく殲滅できる。

「とりあえず俺が最初に一発ぶちかますから、残ったのを頼む」

「かしこまりましたわ！」

群れとの距離があるうちに、詠唱を開始。準備が終わると同時に、群れの中心近くにいるリザードマンジェネラルめがけて魔法を放つ。

「《雷刃》《炎刃》！」

《地》《水》《風》の要素を持つ《雷》に、《火》と《風》合わせた《炎》を混ぜる。これで四つすべての要素がそろった。《風》が重複するけど、まぁオマケってことで。

「おっ!!」

バチバチと閃光を放つ雷の刃と、ごうごうと燃えさかる炎の刃が合わさっていく。別々のまま重なるわけじゃなく、それは融合していくように見えたのだが……。

「失敗か……？」

雷と炎が消え、真っ黒な《刃》となった。

いままでに見たことのない現象だが、それは一瞬ののちに標的となったリザードマンジェネラルに到達し――、

ドガアアアァン！！！


――爆発した。

「は……？」

爆炎と爆音が収まり、白い煙が晴れたあとに生き残ったモンスターはいなかった。

「うそ、だろ……？」

耳鳴りの残るなか、リディアとふたり呆然としつついくつか言葉を交わしていると、残された肉片や血痕もほどなく消え去り、なんだかよくわからないまま戦闘は終了した。

《魔法習得》
《爆刃（エクスプロージョンブレード）》

✕✕✕

《雷刃（サンダーブレード）》と《炎刃（フレイムブレード）》を合わせると《爆刃（エクスプロージョンブレード）》という聞いたこともない魔法が生まれ、それを習得した。

「ほんとうに、【賢者】というのは規格外のクラスなのですわねぇ……」

リディアにざっくりと説明したところ、彼女は戸惑いながらも納得してくれた。

「一応聞いておくけど、《爆》なんて属性、知らないよな？」

「聞いたことがありませんわね。【錬金術師】や【採掘師】の方々が爆破を利用するのは存じておりますが、それを塔の攻略に使うなどという話を耳にしたことはございませんわ。あまりに危険ですもの」

鉱山の開発における爆破作業は、いまや必要不可欠な工程だ。でも【錬金術師】は爆薬を作成できても、使用することはできない。爆薬を使った爆破作業を行えるのは、ある程度レベルの高い【採掘師】だけだと聞いたことがある。

爆薬ってのがどういうものかは見たことないし、どういう原理で爆発が起こるのかも知らないけど。

「なんにせよ、これは俺たちの秘密だな」

高位の【錬金術師】と【採掘師】が協力して初めて成し得る爆破作業。つまり、爆発という現象は人ひとりの手に負えるようなものではないということなんだろう。

それをひとりの手でいともたやすく起こしてしまえる【賢者】というクラスは、本当に規格外だな。そしてこの規格外の力を人に知られたら、どんな厄介ごとに巻き込まれるかわからない。

気をつけないと。

「うふふ、また秘密が増えましたわね」

結構深刻な事態だと思うんだけど、リディアはなんだか嬉しそうだ。

「とはいえ、試せるものは試しておかないとな」

人に知られると危険な力ではあるが、それを使用者である俺自身が知らないのはもっと危険だ。うっかり人前で未知の現象を引き起こしてしまうと大変だからな。

そんなわけで、俺たちはさらに戦闘を繰り返した。

《魔法習得》
《爆矢（エクスプロージョンボルト）》
《爆弾（エクスプロージョンブレット）》

予想通りというべきか、《矢》系、《弾》系でも《雷》と《炎》を混ぜると《爆》になった。

《爆》属性魔法はどれも標的に当たると爆発する、というのは共通しているが、系統によって威力や効果範囲に差があるようだ。

《爆矢（エクスプロージョンボルト）》はオークロード一匹を木っ端みじんにできる程度の威力で、効果範囲は一～二匹といったところか。オークキングでも即死させられるだろうし、ウェアウルフ相手なら瞬殺とはいかずとも致命傷は与えられそうだ。

《爆弾》の効果範囲は五～六匹程度。リザードマンの群れに試したところ、中心にいたリザードマンロードの半身が跡形もなく消え去るほどの威力だった。これならウェアウルフも瞬殺できるだろう。

《爆刃》は最初に使用したとおり、十数匹のモンスターを木っ端みじんに吹っ飛ばせる。もしかするとこの塔のボス連中も一撃で殲滅できるかも知れないな……。

「しかし、レベル五で範囲攻撃とはね」

複数のモンスターへ一気にダメージを与えられる範囲攻撃ができるのは、《波》や《渦》といった上級の攻撃魔法だ。それは中級職の【魔導師】が、レベル三五近くになって初めて覚えられるものだからな。

しつこいようだけど、本当に【賢者】ってのはすごいクラスだよ……。

「消費魔力はいかがですの？」

「そこが少しネックかもな」

《爆》属性魔法は消費魔力がかなり大きいみたいだ。

じゃあ最初から《爆》を撃つんじゃなく、《雷》と《炎》を合わせればどうなんだ？　ってことで試してみたんだが、融合の際にごっそりと魔力を持っていかれることに気づいた。

最初のときは未知の現象に夢中で気づかなかったな……。

「そうだな、一回の戦闘で《爆矢》なら三回、《爆弾》なら二回、《爆刃》は一回ってところか」

魔力の総量でいえばもう少し撃てるのだが、一気に魔力を消費しすぎると意識障害が出て戦闘どころじゃなくなるからな。《爆》魔法は切り札くらいに考えておいたほうがいいだろう。

あと、たぶんだけど【赤魔道士】の状態じゃあ、無理をして《爆矢》一発が限度だろうか。

「そのあたりも、確認しておかないとな」

一度賢者タイムが切れた状態でいろいろ確認したが、予想通り【赤魔道士】の状態で使用できるのは《爆矢（エクスプロージョンボルト）》一発が限界だった。

威力もかなり落ち、オークジェネラルをなんとか一撃で倒せる程度。耐久力の低いゴブリンロードなら、うまく当てれば一発で仕留められるかもしれない。

【賢者】に比べれば数段落ちるが、それでもキング級にダメージを与えられる程度の威力はあるので、【赤魔道士】としての切り札にはなかなかいい魔法だと思う。

また、【賢者】レベルが上がったことで【赤魔道士】のほうも、しっかりと能力が底上げされたことが改めて確認できた。

「それじゃ、再開といこうか」

「ええ」

新しく手に入れた力をある程度把握したところで、レベリングを再開する。

《爆》魔法を適度に使うことでさらに効率は上がり、最終的にリディアの【姫騎士】レベルは四八に、俺の【賢者】レベルは六になった。

《魔法習得》
《身体弱化（フィジカルリダクション）》

今回、新たなスキルの習得はなく、魔法のみを覚えた。

《身体弱化（フィジカルリダクション）》はその名の通り、敵の身体能力を下げるもので、支援魔法と対をなす妨害魔法に含まれるものだ。中級職である【魔導師】が覚える魔法なので、対外的には初級職の俺が大っぴらに使うのは控えたほうがいいか。

「そろそろ戻るか」

「ええ、そうですわね」

【賢者】レベルが六になったのを機に、俺たちは四一階まで戻ることにした。

そろそろ食料も底をつきかけてるし、なんといっても蓄積した疲労が馬鹿にできなくなってきた。占有した安全地帯（セーフエリア）で高性能なテントや寝具を使っているとはいえ、塔にいるというストレスだけはどうしようもないからな。

「帰りは【赤魔道士】でいくよ」

【賢者】レベルが六になった状態で、【赤魔道士】としてどれだけ戦えるのか。それはしっかりと把握しておかなくちゃいけないからな。

「……しかたがありませんわね」

俺の言葉に、リディアが残念そうに答える。

気持ちはわかるけど、これも大事なことだから。

×××

「あっあっあっ！　レオン……！　さっきから奥、何回も当たってますわぁ……!!」

俺とリディアは、久々に裸同士で絡み合っていた。

仰向けで身をよじって喘ぐリディアの身体に覆い被さり、眼下で揺れる豊満な乳房を見ながら、俺は何度も何度も腰を突き出した。淫肉がねっとりと肉棒に絡みつく感触を堪能し、彼女の内側をぬるぬるとこすり上げる。強く腰を押し出せば先端が子宮口に当たり、その刺激でリディアはビクンと震えた。

「ひぃぁあっ！　ごめんなさい……レオン……！　声が、出ちゃいますのぉ……！」

目に涙を浮かべたリディアが、許しを請うように訴えかけてくる。

レベリングの際、賢者タイムのためのセックスはできるだけ安全地帯（セーフエリア）でしていたんだが、いちいち戻る手間を省くために通路などですることもあった。もちろん周りに敵がいないことを確認してからの行為だが、あまり大きな声を出すとモンスターを呼び寄せてしまう恐れもあったので、できるだけ声を抑えるようにしていたのだ。

「いいよリディア、思いっきり声を出しても」

でもいまは安全地帯（セーフエリア）内にいるうえ、〈遮音〉や〈侵入防止〉など各種魔法効果のあるテントの中なのだ。いくら声を上げてもモンスターは来ないし、安全地帯（セーフエリア）に他の冒険者が入ってきてもバレる心配はない。

「んぁあああっ！　イクッイクゥッ……！」

「俺も、もう……！」

「レオン……！　そのまま、膣内（なか）にぃ……！」

リディアの懇願を受けた俺は彼女の身体をギュッと抱きしめ、腰を大きく引いた。それに呼応するように、彼女のほうからもしがみついてくる。

俺の腰の後ろで交差されるように絡みついた彼女の脚に力が入り、それに促されるよう、俺はリディアの膣内を一気に貫いた。

――びゅるるっ……！　びゅぐんっ！　びゅるる……！

先端を最奥部に押し当てながら、射精した。膣肉にみっちりと包まれた陰茎が断続的に脈打ち、【姫騎士】の子宮口を汚していく。

「んふぁ……また、あふれちゃいますのぉ……」

接合部からはこぽこぽと精液があふれ出していた。もう何度も彼女の膣内に射精しているので、いまさらメッセージは流れない。

「今日はゆっくり寝て、明日には帰還しような」

あれから半日ほどで四六階まで戻ることができた。

少し苦戦する場面もあったが、【赤魔道士】でも上層階を探索できることが確認できたのはよかったな。

もちろん、リディアと一緒というのが前提だけど。

四六階の安全地帯(セーフエリア)にたどり着いた俺たちは、他に人がいないのを確認して例のテントを出し、久々に賢者タイムとは関係のないセックスを楽しんだ。今夜はこのましっかりと休み、明日は四一階までおりる予定だ。

もう【赤魔道士】として戦えることはわかったし、賢者タイムを織り交ぜながら、速度重視でいけば充分に帰還できるだろう。

「レオン……今夜は……このまま……」

今日は俺が【赤魔道士】だったこともあり、リディアにかかる負担はかなり大きかったはずだ。疲れも溜まっていただろう彼女は、ほどなく寝息を立て始めた。

俺は彼女が苦しくならないように体勢を変える。

「おやすみ、リディア」

穏やかな表情で眠る彼女にそう声をかけたあと、俺も眠りについた。

《賢者タイムを終了します。おつかれさまでした》

《 勧誘 》

「申し訳ありませんが、レオンさんとリディアさんのおふたりに、最上階への挑戦を認めることはできません」

レベリングを終えて帰還した俺たちだったが、やはりというべきか、最上階への挑戦権は得られなかった。

今回のレベリングで【賢者】レベルが六になった俺だが、対外的には【赤魔道士】レベル（初級リミットレベル）二〇のままなので、評価に与える影響はほとんどない。

対してリディアは【姫騎士】レベルが四八まであがった。

いや、ここまでしか上げられなかったと言うべきだろうか。

「ここじゃあ、このあたりが限界かもな」

レベルというのは上がれば上がるほど、次のレベルまでに必要な時間や労力が増えていく。それでも地道に戦闘を重ねれば、いくらでもレベルアップできるかといわれれば、そういうわけでもない。

塔の難易度によって、ある程度のレベルで頭打ちになることがあるのだ。

これには個人差やクラス差もあるのではっきりとしない部分もあるのだが、ここクヴィンの塔の場合、中級職はレベル（中級リミットレベル）五〇にあげられるかどうかというところか。リディアの場合は【姫騎士】というレベルの上がりづらい特殊職のため、その前で頭打ちになってしまったようだ。

余談だが、ウォルフたちはレベル（中級マスターレベル）三五で早々にクラスチェンジしていた。

「やはりわたくしが上級職になったほうが……」

たしかにそれはわかりやすい評価ポイントだろう。彼女が上級職になれば、おそらく最上階への挑戦権は得られるにちがいない。

「リディアにはレベル五〇（中級リミットレベル）まで上げてもらうって約束だろ？　ここで焦ってあとあと困るようなことはしたくないんだ」

「ですがこのままですと、いつ挑戦権を得られるか……」

他の冒険者なら、いったんここで次の塔に進んでレベルアップをはかることもできるのだろうが、リディアにはライアンさんとの約束があった。俺としても極志無双だけでここを完全攻略してから、次に進みたいしな。

「大丈夫。俺に考えがあるから」

最上階への挑戦権を得る方法について、いくつか俺なりに考えたプランがあった。リディアが上級職になる、というもそのひとつだけど、残念ながらそれは無理そうだ。

なら、別のプランでいくか。

×××

翌日はしっかりと休息を取った。

できれば休日もリディアと過ごしたかったけど、彼女は家から拠点を移すことを許されておらず、探索以外での外泊は原則禁止されているのだとか。このあいだ飛竜閣で過ごした日は、かなりがんばってライアンさんを説得したそうだ。

彼女とプライベートをともに過ごすためにも、早いところクヴィンの塔を完全攻略しないとな。

「昼に来るとまた印象が違うなぁ」

さらに翌日——帰還から二日後——、俺は町のとある一角を訪れていた。

このあたりに来るのは二度目だが、前は夜だったからな。

「たしかここらへんに……お、あったあった」

目当ての場所は、決して豪華とはいえないもののどこか華のある、広い邸宅だった。

正門とおぼしきところには、門番らしい女性がふたり立っていた。ひとりは髪が長く、背の低い可愛らしい女性で、槍を手にしており、もうひとりは俺よりも髪が短く、スラリと背の高い女性で、腰に剣を佩いている。

ふたりともが、門に近づく俺に厳しい視線を向けていた。

「あの、すみませんけど——」

「帰れ」

そして声をかけるなり、俺は冷たくそう返されたのだった。

声を発したのは長身の女性で、小柄な女性のほうは無言のまま槍の穂先をこちらに向けている。うーん、ここまで警戒が厳しいとは……。

「いや、その……ちょっとそちらに用事がありまして……」

「こちらに用はない。帰れ」

取り付く島もない、ってやつだな……。

「ここは汚らわしい男が近づいていいところじゃないの！　さっさと帰って！」

小柄な女性が、槍を構え直してそう告げてきた。

「いや、汚らわしいって……」

ずいぶんな言われようだけど、ここ最近のことを振り返るに、決して清い身とはいえないのも確かなんだよな。

「やっぱり、男はダメですか？」

「ダメだ」

「あたりまえじゃない！」

即答されてしまった。

彼女たちが俺を拒絶する理由は、やはりここが爆華繚乱の拠点『リリィガーデン』だからだろうなぁ……。

うーん、やっぱり事前にギルドで伝言かなにかを残しておくべきだったか？

「えっと、その……リタを呼んでくれれば、それでいいんだけど？」

と、言い終えるが早いか、長身の女性がスラリと剣を抜いた。少し前まではリリィガーデンという名前から、百合の香るたおやかな花園を想像してたんだけどなぁ……。

「団長を呼び捨てにするとは不届きなヤツめ。その股間にぶら下がっている汚らわしいイチモツを切り落としてやるからそこでじっとしていろ」

「いや、ちょっと待って！」

「怖いならいますぐ回れ右して立ち去りなさいよ。いまならその汚いケツにコイツをぶち込むだけで済ませてあげるから」

小柄な女性のほうも、すでに臨戦態勢に入っていた。

「いやだからちょっと待っててって！　レオンが来たと言ってくれればわかってくれるはずだから!!」

「ふんっ、貴様が誰だろうが不埒な狼藉者はクサレち○ぽを切り落とされるものと相場が……ん？　ちょっと待て、誰だって？」

「あなたいま、レオンって言った？」

「え、ええ」

「冒険者の……？」

「あ、はい」

どうしたんだ？　俺の名を確認するなり、急にふたりが固まったんだけど……。

「もしかして、【赤魔道士】の……？」

「ええ、まぁ……」

するとふたりは顔を見合わせ、小さくうなずいたあと、武器を捨ててその場にひれ伏した。

「申し訳ありませんでしたぁー!!」

そしてふたり揃って謝罪の言葉を口にしたあと、ガバッと顔を上げる。

えっと、いったいなんなの？

「【赤魔道士】のレオンさんといえば団長の命の恩人！　その人に剣を向けるなんて万死に値します!!　煮るなる焼くなり犯すなり好きにしてください！　っていうかむしろ犯してください!!」

「ええっ!?」

「ああっ……！　あたしったらレオンさん……いえ、レオン様のお尻にお槍を押し込むだなんで下品なことを……!!」

いや、ケツにぶち込むとか言ってたような……。ってか『お槍』ってなんだよ『お槍』って。

「これはもう公衆の面前で犯されても文句はいえない……！　あ、まだ見習いなんで避妊はしてませんがお構いなく!!」

「いや、さっきからなに言ってんの君たち!?」

男ってだけでち○ぽ切り落とすだのケツに槍をぶち込むだの言ってたのが、リタの恩人とわかるや犯してくれって……。

いったいここでどんな教育受けてんだよ……。

「えっと、俺はリタと話したいだけだから、呼んできてくれればそれで……」

「重ね重ね申し訳ありません……！」

「団長はいま探索に出てるんですぅ!!」

「あー……」

しまった、それを失念していたな……。焦るあまり直接ここを訪ねてしまったけど、やっぱりギルドへいったほうがよかったか。一昨日、帰る前に伝言を残しておけばよかったんだけど、それを思いつかないほど疲れてたんだな、俺。

「予定ではもうすぐ帰ってくるはずなんですが……」

「ああ、うん。正確な時間まではわからないよね。俺も冒険者だからそれくらいはわかるし、出直――」

「ここでなんのおもてなしもせずにレオン様を帰すわけにはいきません!!」

「でも、ここは男子禁制の女の園……。たとえ団長の恩人でも、おいそれとお迎えするわけには……」

「うん、わかってるよ。だから出直――」

「というわけで団長が帰ってくるまでのあいだ、私の身体を好きに使って時間を潰してください!!」

「いやこんなところで君らの身体使ってなにやれっていうのさ!?　さっきから言ってるけど俺は出直――」

「レオン様のぶっとい槍であたしたちのおま○こを飽きるまでズボズボやってくださいね！　あ、子供は三人くらい欲しいです!!」

いやほんと、さっきからなに言ってんのこの子ら？

「ちょっとー、昼間っから人んちの前でなに騒いでんのさ？」

門番さんたちとの変な押し問答が続くなか、背後から心強い声が聞こえてきた。

「リタ！　おかえり!!」

心の底からありがたいと思い、振り返って彼女を迎える。

「お、おう……その、ただいま……」

するとリタは頬を真っ赤に染め、少しもじもじしながらそう応えるのだった。

✕✕✕

爆華繚乱の帰還を迎えたあと、俺とリタは場所を変えて話すことにした。

パーティーメンバーやふたりの門番に加え、拠点の中からも興味深げな視線を向けられて居心地が悪くなったってのもあるが――、

『いくらレオンでもウチに入れるわけにはいかないからね』

――というのが最たる理由だ。

マイアを含むパーティーメンバーや門番さんたちは、特例で招き入れてもいいじゃないかと言ってくれたのだが、リタが顔を真っ赤にして追い散らしてしまった。女の園というものに興味がないわけではないけど、たぶん居心地は良くなさそうなので、俺のほうも早々に退散させてもらったよ。

「いらっしゃいませ」

リリィガーデンから半ば逃げるように立ち去った俺は、そのままリタに指定された喫茶店に入った。拠点

から歩いて五分ほどのところにある、落ち着いた雰囲気のお店だった。

「奥へどうぞ」

案内された席は、壁や柱、衝立などが巧みに配置され、半ば個室のようになっている場所だった。他の席に比べてちょっとだけ特別感があるので、もしかすると俺が来ることを事前に知らされていたのかもな。

「ご注文は？」

「コーヒーをください」

店内に漂う香りに誘われるまま、俺はコーヒーを注文した。


「ごめんよ、またせちゃったね」

三〇分ほどでリタが現れた。

髪がしっとりと濡れているから、慌ててシャワーでも浴びたのだろうか。別に急ぐ必要はなかったんだけどな。

「いい店だね」

「だろう？」

「ここならあと一時間くらいは平気で過ごせるかな」

「そっか。それはよかったよ」

ほっと安心したように息をついたリタは、フルーツジュースを注文して俺の向かいに座った。

「それで、アタイに話ってなに？」

「手伝いを頼みたいんだけど」

「いいよ」

即答され、言葉に詰まる。少しだけ呼吸を整えて、口を開いた。

「いいのか？　内容も聞かずに……」

「アタイがレオンの頼みを断るわけがないだろ？」

「もしかすると、無茶な頼みかも知れないぞ？」

「アンタがそんなことするわけないさ」

なんでもないようなことのように、リタはそう言い放った。

信頼されている、ってことなんだよな……？　そう思うと、なんだか胸が熱くなってきた。

ついこのあいだまでただのお荷物だった俺が、いまやクヴィンの塔最高のパーティーともいえる爆華繚乱のリーダーに……いや、違うな。

リタだ。

彼女に信頼されているということが、俺はこの上なく嬉しいんだと思う。

「どうしたんだい？　ニヤニヤしてさ……」

「ああ、いや、なんでもない……」

いかんいかん。嬉しさが顔に出てしまったみたいだ。

「えっと、それで、頼みなんだけど」

「どうせ探索がらみだろ？」

「いや、まぁ、そうなんだけどな」

「で、今度はアタイとアンタと姫さんの三人で完全攻略でもしようってのかい？」

「ああ、そのとおりだ」

「え？」

急に、リタが真顔になった。表情が少し、険しくなる。

「本気で言ってんのかい？」

「もちろん」

彼女としては冗談のつもりで言ったようだが、俺は本気だ。最初からそのつもりでリリィガーデンを訪ねたのだから。

「そうかい」

さっきまでどこか浮ついた雰囲気のリタだったが、纏う空気が真剣なものに切り替わる。

「姫さんのレベルは？」

「四八」

「この短期間でかい？　なんとまぁ、随分とがんばったねぇ」

「無理はしてないよ」

「だといいんだけどねぇ」

そこへ、リタの注文したフルーツジュースが運ばれてきた。彼女はそれを一気に飲み干したあと、氷まで口に含む。そしてバリバリと氷をかみ砕くと、リタはあっという間にそれを飲み込んだ。

咬合力（こうごうりょく）もさすがだけど、頭は痛くならないのかな？

「なるほどね。それだけレベルが上がったんならたしかに……。それに、ふたりでレベリングをしたってんなら、連携もうまくなってるか」

真剣な表情で静かに呟いていたリタの表情が、ふっと和らぐ。

「で、そこにアタイが入ったからって、ボスを倒せるかね？」

前回はマイアがいた。そこから、メンバーがひとり減る。

単純な人数だけで考えても、四分の一が欠けるわけだ。ふたりいた上級職のひとりが抜けると考えれば、戦力は半減するといってもいい。

そのぶんリディアのレベルが上がっているので少しはましだが、作戦なり連携なりがうまくかみ合わなければ、負ける恐れは大いにある。

それでも俺には、不安などなかった。

「リタがいてくれれば、きっと勝てる」

俺がそう言い切ると、リタは息を呑んで驚いたが、すぐにふっと微笑んだ。

「アタイを、信頼してくれてるんだね……。嬉しいよ」

リタが、少しだけ頬を赤らめてそう呟いた。

「いや、それは俺のセリフだよ」

「え？」

「リタも、俺を信頼してくれてるんだろ？」

「えっと……それは、その……」

視線を逸らし、うつむき加減になったリタが、もじもじし始める。こうなると彼女、かわいいんだよなぁ。

できればしばらく観察したいのを我慢しつつ、俺は自身の思いを伝える。

「さっき、俺が手伝いを、といったら即答してくれたよな？　それに、俺なら無茶な頼みはしないともいってくれた。それが、俺はすごく嬉しかったんだ」

なんだか言ってて凄く恥ずかしくなってきたけど、それでもちゃんと言葉にしないといけないような気がしたから、最後まできっちりと伝えた。

「うぅ……」

照れているのか、リタは顔を真っ赤にして、潤んだ目をチラチラと俺に向けてくる。ああ、もう……かわいいな、ほんとに。

「そ、そういうわけだからさ、リタ。あらためて、お願いします」

なんだか俺のほうまで恥ずかしくなってきて、変な感じで頼んでしまった。

「う、うん。わかったよぅ」

彼女らしくないか細い声でそう答えたあと、リタは自身の胸に手を当て、深呼吸をした。そして、まだ少し赤い顔のまま、しっかりとした視線を俺に向ける。

「それで、いつにする？」

「リタに、あわせるよ」

「そっか……じゃあ、明日はさすがに休みたいから、明後日からでどうだい？」

「いいのか？」

「ああ、アタイは大丈夫だよ」

「じゃあ、それで」

明後日の朝、ギルドで合流することに決めた。

「なにかご注文はございますか？」

タイミングを見計らったように、マスターが注文を取りに来た。

「えっと、レオンは、なにか用事が……？」

「いや、特には……」

「じゃあ、もう少しゆっくりできる？」

「ああ、もちろん」

それから俺たちは飲み物のおかわりと、ちょっとした軽食を注文した。

「それにしても、もう姫さんがレベル四八とはね……。クラスチェンジはしないのかい？」

「ああ。レベル五〇（中級リミットレベル）になるまではね」

「そういやアンタたち、勇者を目指すんだったね」

「そのつもり。リタはいくつでクラスチェンジしたの？」

「レベル四〇くらいだったかな」

レベル四〇？　なんだか微妙だな……。

「微妙って思ったのかい？」

「ああ、いや……」

「あはは、大丈夫だよ。アタイもそう思ってるから」

「なんでかは、聞いてもいい？」

「なに、ちょうどそのあたりでリーダーを引き継いだのさ」

リタとしてはレベル三五（中級マスターレベル）になった時点で【重戦士】から【装甲戦士】にクラスチェンジするつもりだったらしいが、当時のリーダーや先輩に諭されたらしい。そこでレベル五〇（中級リミットレベル）を目指していたんだが、その途中で先代が大けがを負って引退することになった。

「アタイはリーダーって柄じゃないって断ったんだけどねぇ。なんでか知らないけど先輩たちも推してくるし、なにより先代からの指名もあったから」

「リーダーになるからには、上級職じゃないとってことか」

「みんなは中級のままでもいいって言ってくれたんだけどね。ま、アタイなりのけじめってやつさ。勝手にクラスチェンジしたもんだから、ずいぶん怒られたけど」

過去を思い出しながらクスクスと笑うリタは、どこか誇らしげで、でも少しだけ寂しそうだった。

『あの人はこの町で終わるような冒険者じゃないの』

不意にマイアの言葉が頭をよぎる。

もしかすると先代や先輩方は、いつかリタを次の町へ送り出すつもりだったのかも知れない。

何の根拠もないけど、俺はふとそう思ったのだった。

「じゃあ、また明後日ね」

「ああ。よろしく頼むよ」

しばらく話し込んだあと、俺たちは店を出て別れた。

『お願い、姐さんを連れ出して』

宿への帰り道、マイアの言葉がしばらく頭から離れなかった。

リタと別れたあと、俺はギルドに寄ってリディアへの伝言を頼んだ。リタを誘うことは相談済みだったので、了承を得られたことと、明後日に探索へいくことを伝えておく。
翌日は例のごとく準備に費やした。
「リディア様より伝言を預かっております」
準備が一段落ついたところでギルドにより、リディアからの返答を受け取る。もしかしたらリディアが来てて、直接返事をもらえるかも？　なんて思ってたけど、残念ながら了解の意を伝える簡素な伝言があるだけだった。町を出るための準備でなにかと忙しいらしいから、しょうがないか。

「もうすぐ、この町を出るんだよなぁ」

ギルドに併設された食堂で遅めの昼食をとり、食後のコーヒーをすすったところでふとそんなつぶやきが口を突く。

順調にいけばあと十日ほどで、俺たちはクヴィンの町を離れることになるだろう。俺みたいな気ままな冒険者と違って、領主の娘が町を離れるとなると、いろいろ大変なのかな、やっぱり。

「さて、と」

コーヒーを飲み干して立ち上がる。

もう少し消耗品を買い足せば、あとは帰って休むだけだ。席を立った俺は、直接外へ出るのではなく、一度ギルドへ戻った。

「……いない、か」

ギルド内をひととおり見回したが、あいかわらずミリアムさんの姿はなかった。

「最上階への挑戦を認めます」

リタを加えた三人での申請で、無事五〇階への挑戦権を得られた。やはり上級職の加入は大きいな。

「それじゃ、いこうか」

四一階から探索を開始する。初日は速度重視でいくことにした。

現在リディアは【姫騎士】レベル四八で頭打ちとなっている。そしてリタのほうも【装甲戦士】レベル二五で頭打ちになっているそうだ。上級職だとレベル二〇台半ばで頭打ちになることが多いみたいだ。

　余談だが、狼牙剣乱のメンバーも、俺のレベリングに付き合う形で全員そのあたりまでレベルが上がっていた。

「ふふん、楽勝だね」

　コボルトジェネラルを戦槌（ウォーハンマー）のひと振りで倒したリタが、鼻を鳴らす。

　上級職でレベルアップが頭打ちになると、この塔に出るモンスターなら軽く倒せるようになる。とはいえそれはあくまで単体を相手にした場合の話だ。

　上層階になるとモンスターは大抵群れで現れるし、統率された敵は単体を相手にするより何倍も手強くなる。実際リタは、単体だと楽勝で勝てるはずのゴブリンロードを相手に不覚をとり、全滅の憂き目に遭うところだったのだ。

「くれぐれも油断はするなよ？」

「ああ、もちろんさ」

「わかっておりますとも」

　先日のことが身に染みているのか、ふたりは余裕を見せつつも油断はしていない。

「おーっほっほっほっほ!!」

　新たに遭遇したオークの群れをめがけ、リディアが高笑いとともに飛び込んでいく。

「グブフッ……！」

　着地と同時に振り下ろされた斧槍（ハルバード）が、オークジェネラルを一撃で両断した。【賢者】レベルの上昇によって、先日よりも効果の上がった支援魔法を受けているとはいえ、すさまじい威力だな。

「オラオラオラァーッ!!」

　オークソルジャーが固まっていたところへ、リタが盾を構えたまま突進する。敵は木っ端のように吹き飛ばされ、手近にいる固体から戦槌の餌食になっていった。

「ハアッ！」

リディアとリタが奮戦するなか、俺も少し離れたところにいたオークソルジャーめがけて、レイピアで突きかかる。

「グボォ……！」

白銀の刃が、ほとんど抵抗なく敵の胸を貫いた。

「すごいな、これ……」

俺が手にしているのは、リディアが新しく用意してくれたミスリルソードだった。使い慣れた拵えはそのままに、剣身だけを交換してもらったのだ。

今まで使っていたものよりもミスリルの比率が上がり、そのぶん威力が増していた。

「ま、楽勝だったな」

とりあえずいまのところは、物理攻撃のゴリ押しだけで楽に勝つことができている。

「さぁ、どんどんいきますわよー！」

オークの群れを全滅させた俺たちは、上層階を目指して進み始めた。

適当に休憩をはさみつつ探索を進めた結果、初日で四五階まで到着できたのだった。

✕✕✕

四五階の安全地帯には、幸い俺たち以外に人はいなかった。ひと息つく前にさっとテントを組み立ててしまい、食事の準備をする。といっても、出来合いのものを収納庫から取り出すだけなんだけどな。

「それにしても、やっぱりレオンの支援魔法はいいね」

「そうか？　リタのところの【司祭】さんのほうが効果は高いんじゃない？」

まだ【司祭】になったばかりで上級の支援魔法は覚えていないだろうけど、それでも【神官】のときよりも能力があがった彼女が使う中級魔法のほうが、絶対に効果は高いはずだ。いくら【賢者】スキルのお陰で効果があがっているといっても、俺が使えるのは初級魔法までだからな。

「いや、まぁその、効果はたしかにそうなんだけど、なんていうのかなぁ……。とにかく、レオンの支援魔法は、いいんだよ！」

「なんだよそれ」

なんだかよくわからないリタの答えに首を傾げていると、リディアがクスリと微笑んだ。

「ふふ、わかりますわリタさん。レオンの支援魔法はとてもいいものですわ」

「そうなんだよー！　いやー、やっぱ姫さんはわかってるねぇ」

なんてとりとめもない話をしながら食事を終えた。

あとは眠るだけなんだが……。

「順番はどうする？」

いまは人がない安全地帯（セーフエリア）だが、誰かが入ってこないとは限らない。テントには侵入防止の効果もあるが、この階を探索できる人間相手にはほとんど無意味だ。となれば、ひとりは外にいたほうがいいだろう。

そのひとりにしたって、なにもずっと起きている必要はない。〈熟睡阻害〉効果のある寝袋で仮眠をとるくらいの、軽めの警戒で充分だ。

三時間ずつの三交替で、睡眠に充てるのは合計九時間。そのうちテントで寝られるのは六時間程度だ。これくらいは休まないと、探索の疲れはとれないかな。

「三人だと、二番手がちょっとしんどいんだけど」

最初の見張りは後半の六時間、三番手は前半の六時間を連続してテントで過ごせるが、二番手は三時間をテントで過ごしたあと、三時間を外で過ごし、残る三時間をまたテントで、という具合に、睡眠が途中で分割されてしまうのだ。

「アタイが二番手でいいよ。この中じゃあ一番の高ランクで、ベテランだからね」

「あら、リタさん。わたくしたちに気を使う必要はなくてよ？」

「そうだぞ。別にクジとかで決めてもいいわけだし」

「いいからいいから。その代わりと言っちゃなんだけど、最初の見張りはレオンにやってもらってもいいかい？」

「それはべつにいいんだけど……なにか理由でもあるのか？」

「それは……その……」

少し言いよどんだあと、リタはリディアの肩を抱いて引き寄せる。

「あれだよ、姫さんと女同士で親睦でも深めようかと思ってね」

「リタさん？」

いきなりそんなことを言われて驚くリディアだったが、すぐにリタの意図を察したのか、フッとほほ笑んでうなずいた。

「そうですわね。わたくしもそれがよろしいかと思いますわ」

「ああ、そうだな。俺も賛成だ」

そして俺も同意を示す。

いまさら気づく俺も鈍いが、見張り以外のふたりはテントでふたりきりということになり、リディアが一番手だと俺とリタだけで過ごすことになる。それは、その……なんというか……なぁ？

じゃあリタが一番手となると、今度は俺とリディアがテントでふたりきりになり、それはそれでいろいろと問題だ。でも俺が一番手になると、リタと交替したときにリディアは寝ているわけだから、俺としてもただ寝るだけで済む……はずだ。

あのテントは空間拡張機能もあってかなり広く、少し離れて寝ることもできるしな。

「じゃあ最初の見張りは俺にまかせて、ふたりはゆっくり休んでくれ」

「ええ、お願いしますわね」

「じゃあ、お先に」

ふたりがテントに入ったあと、俺は寝袋にくるまって仮眠を取った。

そうやって初日の夜は何事もなく平和裏に過ぎていく……なんてことは、もちろんなかった。

✕✕✕

ガサゴソという物音で目を覚ます。テントのほうへ目を向けると、ちょうどリタが出てくるところだった。

当たり前だが彼女は鎧を脱いでいる。

太ももや腹、二の腕など、鎧姿でもかなり露出の多いリタだが、装甲を外したいま、露出部分はさらに増えていた。胸郭のあたりまでしかない半袖のインナーはメッシュなので、乳房を覆う革製のブラジャーが透けて見えるし、下半身は膝上までを覆うメッシュのタイツ以外には、ショーツよりも面積の小さい革のビキニしか穿いていない。

いま、俺の股間が膨張しているのは、下着姿にしか見えない格好で惜しげもなく肢体をさらすリタのせいか、それとも寝起きの生理現象か……。

「ふぁ……んー……おつかれ、レオン。交替だよ」

「おう」

彼女はまだ少し、眠そうだった。対する俺のほうは、寝袋の効果のおかげですぐに目を覚ました。

ちなみに俺の格好は、コートとグローブ、ブーツを脱ぎ、シャツとズボンだけというものだ。さすがにインナーだけとなると、無防備に過ぎるからな。

リタの場合はいまの格好の上から装甲を身に着けるので、ヘタにシャツなんかを着たほうが対応が遅れるということもあり、見た目はともかく無防備というわけではない。

「寝袋は？」

「ん……そのままでいいよ」

「わかった」

リタはそばまで来るなり、俺が出たばかりの寝袋にもぞもぞと身を包み始めた。俺よりひと回りほど大柄なリタだが、寝袋も少し大きめのものを使っているので問題はなさそうだ。

「んふふ……まだ、あったかいねぇ」

「そりゃ、さっきまで俺が入ってたから」

なんだろう、ちょっと照れくさい。

「じゃあ、あとは頼むよ」

「ああ。ごゆっくり」

寝袋にくるまって寝転がるリタに声をかけたあと、テントに入った。

テント内には小さな灯りが灯されていた。真っ暗にしてしまうと、なにかあったときに即応できないため、塔内でテントを使うときは常夜灯を灯しておくのだ。

テント内には折りたたみ式の薄いマットレスと毛布が二組敷かれていた。このテントには温度や湿度を調整する機能もあるので、簡易な寝具だけで問題ない。

まぁ、クヴィンの塔は内部の温度がほとんど一定なので、その機能の恩恵はあまりないんだけど。

「すぅ……すぅ……」

リディアは気持ちよさそうに眠っていた。物音を立てないように気をつけながら、空いているほうのマットレスに寝転がり、毛布をかぶる。

「ん……レオン……？」

気をつけたつもりだったが、わずかな物音でリディアが目を覚ました。

「もう、交替の時間ですのね」

「ごめん、起こしちゃったか」

「ふふ……かまいませんわ」

目が慣れてきたのか、常夜灯のわずかな灯りだけでも、彼女の顔がしっかりと見えた。ぼんやりとした表情で微かな笑みを浮かべ、薄く開いたまぶたの奥に少し焦点のぼやけた瞳が見えた。

「レオン、こちらにいらして……」

横たわったリディアが被っていた毛布を上げ、身体を開いて俺を招く。彼女はドレスアーマーの装甲を外しただけ、という格好だった。

「いや、寝ないと」

「こちらで寝ればよろしいじゃありませんの」

そこまで言ったところで、リディアの眉が軽く下がる。

「それとも、わたくしのそばで眠るのは、いや？」

常夜灯に照らされて浮かび上がるリディアの笑顔が、妙に艶めかしい。

「いやじゃ、ない、かな……」

その笑顔と自分自身の欲求に逆らえず、俺は彼女の隣に潜り込んだ。

「ふふふ……」

リディアが身を寄せてくる。

ここにいたって避ける理由もないので、互いに身を寄せ合うかたちとなった。衣服越しとはいえ、柔肌の感触や体温が心地いい。

「あらあら、なにかお腹に当たっておりますわね」

「それは……」

彼女に誘われたときから、イチモツは硬直しっぱなしだ。この状況で勃つなというほうが難しい。

「このままでは、眠れませんわね？」

「いや、そんなことは」

別に勃ったままでも眠ろうと思えば眠れるよな、たぶん。

「うふふ、無理をなさらないで」

「べつに無理ってわけじゃ……」

「わたくしが鎮めてさしあげますわ」

「鎮めるって、リディア……？」

俺の問いかけに答えることなく、リディアはもぞもぞと身じろぎを始め、ふたりで被っていた毛布のなかに潜り込んでいった。ほどなく、腰に手がかけられたかと思うと、手際よくベルトが外され、ズボンやトランクスがずらされていく。

「うわ、ちょ、なにを……!?」

慌てて上体を起こし毛布を剥がすと、露出されたイチモツと、それを前に妖艶な笑みを浮かべるリディアの顔があった。

「こんなにも大きく膨張してしまっては、眠るに眠れませんでしょう？　すぐに鎮めてさしあげますわ」

「い、いや、大丈夫だから。むしろ疲れて眠いときとかに勃つこともよくあるし」

「うふふ、そう遠慮なさるものではありませんわ。わたくしこう見えても貴族の娘でしてよ？　閨房（けいぼう）の作法はひととおり教え込まれておりますの」

閨房の……って、貴族ってそういうことも学ぶのか？

「ですから、レオンは気にせずわたくしに身を任せてくださいませ」

「えっと、その……うん」

俺がうなずくと、リディアは嬉しそうに目を細めた。

「それでは、まいりますわね……あむ」

肉棒が、リディアの口に含まれる。

「ふぉ……」

膣とは異なる温かな感触に、声が漏れた。

「はむ……じゅぷぷ……れろぉ……」

唇や舌が、肉棒に絡みつく。リディアはすぼめた唇で竿を刺激しながら、舌を巧みに使って執拗に攻め立ててきた。

浅く咥えたときは舌先をとがらせてカリや鈴口のあたりを刺激し、深く咥えたときは舌全体で肉棒を包み込んでくる。

「んじゅる……ずぞぞ……じゅぷるる」

百戦錬磨のエメリアに比べれば拙いところもあるが、それでも少し前まで処女だった娘の技術とは思えない。

「れろれろぉ……ぐぷぅ……んぐぅ……」

上体だけを起こした俺の股間に顔をうずめ、リディアは懸命に頭を上下に動かし続ける。ときおり顔にかかるローズゴールドの縦ロールを、煩わしげにかき上げる仕草が妙にエロい。

なによりあの【姫騎士】リディアが、俺に口で奉仕しているという姿が、情欲をかき立てた。

「リディア……もう……」

「んふふ……じゅぷぷぅ……ずぞぞぞぉ……！」

上目遣いに俺を見たリディアの目が笑ったかと思うと、彼女はさらに勢いよく俺を攻め立てた。

そして間もなく、俺は限界を迎えることになった。

「うぁっ……！」


——ドビュルルルーッ！　ビュルルッ！　ビュグルッ！


「んんっ……！」

彼女の口内に射精した。

「んぐ……ん……んく……」

俺の肉棒を根本まで咥えた彼女は、目尻に涙を溜めながらも、こくこくと喉を鳴らして精液を飲み込んでいく。断続的な脈動に合わせてリディアの喉が鳴り、その動きで口内の粘膜に包まれた亀頭が刺激された。

少し苦しそうなリディアの姿に少なからぬ申し訳なさを覚えつつも、俺は彼女の口内を最後まで楽しんだ。

「んく……こく……んはぁ……！」

やがて射精が終わりリディアが顔を上げる。

「はぁ……はぁ……けほ……んふふ……」

彼女は軽くせきこみ、目尻に涙をためながらも、微笑んでくれた。

「だいじょうぶか？」

「ええ、平気ですわ。レオンのほうも、問題なさそうですわね？」

ふと彼女が視線を落としたさきには、萎(しお)れたイチモツがあった。

「あ、ああ。リディアのおかげで、ね」

少し恥ずかしく思いつつ、俺は股間に軽く《浄化(クリーン)》をかけてパンツとズボンをあげた。賢者タイムに入らなければ、もうしばらくは大人しいままだろう。

「うふふ。それではレオン、横になって」

彼女に促されるまま、俺は再び横たわった。

「おやすみなさいませ」

「ああ、おやすみ」

そしてリディアの胸に抱かれたまま、俺はいつの間にか眠りについていた。

×××

隣でなにかがもぞもぞと動いた。

「ん……？」

ふと目を開けると、リディアが起き上がっていた。

「あら、ごめんなさい。起こしてしまいましたわね」

「ああ……交替の時間か」

あっというまに三時間近くが経っていた。どうやらリディアのお陰で、深い眠りにつけたようだ。

「それでは、いってまいりますわね」

「うん、いってらっしゃい」

軽く口づけを交わすと、リディアは立ち上がってテントの出入り口へ向かった。俺は上体を起こしたまま、彼女を見送る。

こういうの、なんかいいな。

「あ、そうですわ」

テントを出ようとしたリディアが、なにかを思い出したように声を上げ、振り返る。

「なにがあっても、わたくしがサポートいたしますわ」

「ん？」

「ですからレオンは、思うままに行動なさって」

「えっと、いきなりなに？」

「ふふふ……いってまいりますわね」

「お、おう……」

リディアは意味深な言葉と笑顔を残して、テントを出て行った。

いったいなんなんだ？


それからまもなく、見張りを終えたリタが入ってきた。

「おや、起きてたんだね、レオン」

「ああ。リディアが起きた拍子にな」

テントに入るなり、リタはマットレスの上にどっかりとあぐらをかいた。

ほぼ下着、みたいな格好でそうやって脚を開いて座られると、なんというか、目のやり場に困るなぁ……。

「あー、そうだ、お茶でも淹れようか？」

「お、そりゃありがたいねぇ」

妙に目が冴えてしまったので、いろんな意味で落ち着くためにハーブティーを淹れることにした。といっても、〈収納庫（ストレージ）〉からポットを出してカップに注ぐだけなんだけど。

ちょっと小腹も減っていたので、ついでに携行食も出した。

「いやぁ、レオンの携行食は美味いねぇ」

「それはどうも」

穀類とドライフルーツに蜂蜜をたっぷり混ぜて固めた携行食はかなり甘いので、お茶請けにちょうどいいのだ。

「ふぅ……」

携行食を食べ終え、お茶を飲み干したリタの口から、吐息が漏れた。蜂蜜が薄くまとわりついた唇が、薄明かりを受けて小さく光る。それがなんだか妙に艶めかしくて……って、さっきリディアに抜いてもらったばかりで何考えてんだ、俺は。

「それじゃ、そろそろ寝ようか」

そう言って俺は、リタに背を向ける格好で横になり、毛布を被った。

「そうだね。おやすみ」

「ああ、おやすみ」

背後でリタがもぞもぞと動く音を聞きながら、俺は目を閉じた。

……眠れない。

なんだろう、中途半端に寝たせいか、あまり眠気がない。

仮眠と合わせて結構な時間寝ているから、平気と言えば平気なんだが、眠れるならそのほうがいいだろう。

「なぁ、レオン」

そんな感じでウダウダとしていたところへ、リタから声をかけられた。

「ん？」

「そっち、いっていい？」

「へ？」

リタに背を向けたまま、うっかり間抜けな声を出してしまう。

「……だめかい？」

「えっと、いや、その……いいけど……」

「ふふ……よかった」

なにやら身じろぎする音が続いたあと、リタが俺の毛布に潜り込んできた。

って、ええ？　こっちにくるって、ここまでくるってこと？

「はぁ……はぁ……」

首筋に、熱い吐息がかかる。

毛布に潜り込んできたリタは、そのまま身を寄せてきた。シャツ越しにではあるが、張りのある乳房が密着しているのを感じる。

「なぁ、レオン」

「な、なに？」

「このテントって、外に音が漏れないんだよな？」

「そう、らしいね……」

リタの息遣いが荒い。俺も、なんだか緊張してきた。

「あの、さ……いまから、その……しない……？」

なにをするのかは……聞くまでもないよなぁ。

「いや、でも……」

外にはリディアがいるわけで……。

「姫さんにはさ、ちゃんと話を通してあるんだ」

「え？」

「レオンがいいなら、いいって……」

何人もの奥さんを娶っている親父さんを見て育ったリディアは、俺が複数の女性と関係を持つことに抵抗はないみたいだ。

さっきの意味深なセリフは、そういうことだったのか……。だからって、なぁ？

「アタイなんかじゃ、いやかい……？」

いつものリタからは想像もつかないほどか細い声だった。背中に当たる胸からは、微かにだがとても速い鼓動が感じられた。

もしかして、もの凄く勇気を出して誘ってくれたのか？

前のときはお礼という名目に、酒の勢いもあった。でもいまは、そういう口実がなにもない。

そんななか、俺を誘ってくれているんだとしたら……。

「リタ」

俺は寝返りを打って彼女と向き合う。

「あ……レ、レオン……いやなら、その無理にとは……んむ!?」

向き合ってちょっと逃げ腰になったリタの唇を奪う。

ここにいたって言葉は必要ない。行動で示すだけだ。

「あむ……ん……んちゅる……」

最初は驚いていたリタだったが、すぐに受け入れてくれた。互いに口内をまさぐりあう深いキスが、しばらく続く。

そうやって舌を絡め合いながら、俺は彼女のインナーをまくり上げ、ブラジャーを乱暴に剥ぎ取った。

胸をさらされた瞬間は驚いた様子だったリタだが、すぐにキスへと意識を戻した。乳房を露出された恥ずかしさから逃げるように、ではあったが。

「んんっ!?　あむぅ……れろぉ……じゅぶぶ……」

俺はそんな彼女の乳房を、遠慮なく揉みしだいた。張りのある大きな乳房から手に返される弾力が心地いい。

乳房を揉みながら、ときおり乳首をつまんでやると、リタはビクンと身体を震わせた。

「んんっ！　んむ……はむぅ……んぁっ……！」

胸をいじられる快感から逃げるように、彼女は俺の頬を両手で包みながら、キスに集中しているようだった。

ひとしきり胸を攻めたあと、股間へと手を伸ばした。革ビキニのウェストから手を入れ、直接秘部に触れる。

「んぁっ！　あっあっ……！」

そこはすでにしっとりと濡れていて、割れ目に指を当てるとほとんど抵抗なく指先がぬぷりと沈んでいく。

膣の浅い部分に入った指先をくちゅくちゅと動かしてやると、リタは仰け反って身体を震わせた。

「あっ……あっ……！　んぅ……はむぅ……じゅぷ……」

それでもなんとか気を取り直し、彼女はキスを再開する。

顔が離れて目が合ったとき、彼女は頬を染め、口元をわななかせていた。そういえば、前と違って今夜は酔っていないから、恥ずかしいのかも知れない。

だったら、このまま続けるのもいいか。

そう思い、俺は一度ビキニから手を抜くと、腰の留め具を外した。

「んーっ！　あむ……れろぉ……」

ビキニをめくられ、秘部をさらされた瞬間、彼女の身体が一瞬強ばった。しかし抵抗の様子はないので、俺は自分のベルトを外し、衣服をずらして肉棒を露出させた。

「れろぉ……んちゅる……」

リタとの深いキスを続けながら俺は腰の位置を調整し、割れ目に先端をあてがった。

肉棒はもう、限界にまで膨れ上がっている。

「んんっ……！」

ぬぷり……とイチモツを押し進める。

挿入の瞬間、彼女の動きが止まったが、気にせず俺は根本まで挿入した。

「んっんっんっ……！」

腰を前後に動かすと、リタは唇を押し当てたままくぐもった喘ぎを漏らした。

ねっとりとまとわりつく粘膜を肉棒でかき分けながら、彼女の内側を何度もこすり上げる。ぐちょぐちょという卑猥な音が、テント内に響いた。

二人の体液が混ざり合った甘酸っぱい匂いが、あたり一面に漂う。

「んっんっ……あっあっあっ！」

やがて何度も突かれる刺激に耐えられなくなったのか、リタが身体を仰け反らせ、大きく喘ぎだした。

「あっあっ……！　レオン……もっとぉ！」

やがて彼女のほうからも快感を求め、腰が動き始める。

そうやって互いを求め合っているなか、ふと彼女が切なげな表情を浮かべた。

「レオン……もっと……奥、突いてぇ……」

根本までしっかり挿入しているが、横になって抱き合ったままという姿勢のせいか、最奥部までは届いていない。彼女の身体が大きいというのもあるだろう。

「んぅ……レオン……奥のほう……切ないよぅ……」

彼女もより大きな快感を求めてぐりぐりと股間を押し当ててくるが、どうしても奥までは届かなかった。

「ちょっと、体位変えるぞ」

彼女を横に寝かせたまま、俺は上体を起こした。イチモツが抜けないように気をつけながら、互いの脚を交差させるように体勢を変えていく。

「やぁ……こんなカッコ、恥ずかしいよぅ……」

横になったまま大きく脚を開くような姿勢に、リタが羞恥の声を漏らす。

「でもこうすると、もっと奥まで届くぞっ……！」

言いながら、勢いよく腰を突き出す。

「んひぃっ！」

先端が最奥部に触れ、その刺激にリタが悲鳴のような喘ぎ声をあげる。俺は先端を押しつけたまま、子宮口をグニグニと押してやった。

「ひぃぁあああぁっ！　しょれ……やばいぃ……！」

リタの身体が強ばり、細かく痙攣を始めた。

「あ……あ……」

「リタ、イッたの？」

「イッ……たぁ……アタイ……イッちゃったぁ……」

口の端からよだれをたらしながら、リタは恍惚とした表情で呟いた。

「それじゃ、そろそろ俺も……」

「ま、まってよぉ……！　いま、イッてるからぁあああぁっ！！！」

言い終える前に俺は腰を大きく前後に動かした。絶頂を繰り返してギュウギュウと締まるリタの膣内をじゅぼじゅぼとこする。あふれ出した彼女の愛液で、ふたりの股間はもうぐちょぐちょに濡れまくっていた。

「ああああっ！　らめぇ……！　あたい……また……」

「リタぁ……！　俺も……もう……！」

「いいよぉ……！　らひてぇっ！　しょのまま、リタのおま○こに、びゅっびゅーってぇ！」

「ああっ！」


——ビュルルルッ！　ビュルルッ！　ビュグッ！　ビュグッ！


みっちりとイチモツを包み込む肉壺の中に、精液を放った。

「んは……あ……んぅ……レオンの……膣内(なか)で、ドクドクしてるよぅ……」

脈打つ肉棒が精液を放ち、それに最奥部を汚されながら、リタは嬉しそうに呟いていた。

「レオンの……いっぱい……あふれちゃうよぅ……」

膣内を満たした白濁の粘液が、接合部からごぷりとあふれ出す。やがて脈動がおさまり、互いの呼吸も落ち着き始めた。

《条件を満たしました。賢者タイムを開始します》

さて、どうしたものか……。


『なにがあっても、わたくしがサポートいたしますわ』

それはつまり、リタに【賢者】のことがバレても、なんとかしてくれるということなのだろうか？　最初の射精を終えて賢者タイムが始まったあと、しばらく俺はそのことを考えてしまった。

「ねぇ、レオン……」

俺の肉棒を挿入したままのリタが、切なげな表情で問いかけてきた。

「アタイは、アンタのことをひとり占めしようなんて思ってないよ」

そんな言葉とは裏腹に、彼女は眉を下げいまにも泣きそうな表情を浮かべた。

「でも、いまは……いまだけはアタイのことだけ考えてよぅ……」

その言葉と表情がかわいすぎて、しなびていたイチモツが一気に怒張した。

それから俺たちは、互いを貪るように求め合った。

✕✕✕

「おはようございます。よく眠れまして？」

朝を迎えた俺たちは、テントを出て朝食をとることにした。

「ああ、まぁぼちぼちな」

二回目以降は激しかったぶん内容が濃かったのか、俺とリタは都合一時間ほどで満足して眠りについた。

「ふふ、それはよかったですわ」

言いながら、リディアが意味ありげな視線を向けてくる。それに対して俺は、軽く首を横に振った。それを見たリディアは、安心したようにも残念がるようにも見える複雑な表情でため息をついた。

結局、リタには賢者タイムのことは明かさなかった。

身体能力が一気にあがったことでバレそうになったが、そこは《身体弱化(フィジカルリダクション)》を自分にかけてごまかした。

まさか新しく覚えた妨害魔法がこんなところで役に立つとはね……。

「なんだろうねぇ。すっごくスッキリしてるよ」

一応、眠る前にこっそりと回復魔法をかけていたからな。睡眠時間が少し減ったぶんの埋め合わせってことで。

二日目は四七階まで進むことができた。
ただ、安全地帯(セーフエリア)では運悪くというべきか、防衛軍の人と一緒になってしまった。向こうが見張りをしてくれるってことで、しっかりと熟睡できたのはありがたかったけど。
とはいえリタはともかく、防衛軍とも関わりの深いリディアと一緒のテントで夜を明かすというわけにもいかず、俺は〈熟睡阻害〉効果のない寝袋を使ってひとり外で寝たんだけどね。

そして三日目の夜。

俺たちは予定通り四九階の安全地帯(セーフエリア)に到着した。

「んぁっあっあっ！　レオン、もっと、奥まで突き上げてくださいませぇ……！」

「ああっ！　レオン……まだ、せつないよぅ……！　おま○こいっぱいペロペロしてよぅ……！」

テントのなか、俺は騎乗位でリディアを突き上げながら、顔にまたがるリタの秘部を舐めていた。三人の発する体温や汗、その他の体液などで、テント内はむわっとした湿気と、ねっとりと漂う卑猥な匂いに満ちている。

どういう経緯でこうなったのか、正直よく覚えていない。

安全地帯（セーフエリア）に入った俺たちは、いつものように食事をとったのだが、そのあいだ三人とも終始無言だった。

ただ、俺を含む三人とも妙に息遣いが荒く、視線を動かせば誰かしらと目が合い、慌てて逸らす、というのを繰り返していた。

たぶん、前夜に防衛隊とかち合ったことで、いろいろ溜まってしまったのだろう。

『……ここは、占有してるのですわよね？』

食後、ぼそりと呟かれたリディアの言葉に、俺は無言で頷き、リタはゴクリと唾を飲み込んだ。

それからなんとなく流れでテントに入るなり、俺はリディアに押し倒された。それを皮切りにいろいろと乱れまくって、気がつけば今の状況になっていた。

「あっあっ！　レオン、奥、コンコンあたってますわ……！」

上下に動くリディアに合わせて腰を突き上げた。

きつく締まった膣道の内側を、ぬりゅっぬりゅっと肉棒がこすり上げていく。

俺はこの時点ですでにリディアの膣内に一度射精しており、その精液のお陰で抵抗はほとんどなかった。

念のため、俺は《身体弱化（フィジカルリダクション）》で身体能力を下げている。

「いいっ……！　レオン、そこ、もっとペロペロしてぇ……」

顔にまたがるリタの秘部を手で押し広げ、むき出しになった薄紅色の粘膜をねぶり続ける。ときおり陰核を舌先でつついてやると、リタは面白いようにビクビクと震えた。

「はぁ……はぁ……姫さん、かわいいねぇ……」

表情をとろけさせたまま、リタが不意にリディアへと熱っぽい視線を送る。

視界をリタの股間に埋め尽くされている俺だったが、賢者タイムが始まったお陰で〈魔力感知〉の精度が高まり、テント内のことならほぼ見ているように認識できた。なので、目の前でヒクヒクと蠢くリタの花弁を凝視しながら、俺の上で大きな乳房を揺らして喘ぐリディアの様子も楽しんでいたのだ。

「あぁ……ごめん、アタイ、もう我慢できない……！」

突然、リタは向かい合うリディアに手を伸ばして引き寄せ、唇を奪った。

「んむぅっ!?」

突然のことにリディアが目を剥く。そんなことを気にもとめず、リタはリディアの口内へと舌を伸ばした。

「んちゅる……じゅぶぶ……れろぉ……」

「はむぅ……んちゅ……」

リディアは戸惑いながらもリタを受け入れたようで、女性同士の濃厚なキスがしばらく続いた。

そのあいだも俺はリディアを下から突き上げ、リタのま○こを舐め続ける。

「んはぁっ……！」

「はぅん……」

ほどなく、二人の顔が離れる。

「んもう、リタさんったら、急にどうなさいましたの……？　女の子同士で、こんな……」

「わかんないよぅ……。なんか、姫さんが無性にかわいく見えちゃって、それで我慢できなくなって……」

困ったような笑みを浮かべるリディアに対して、リタは申し訳なさそうに眉を下げている。

なんだか少し落ち込んでいるようなリタを元気づけようってわけじゃないけど、なんとなく俺は彼女の陰核へと舌を伸ばした。

「んぁっ！　だめぇ……レオン、そこは……んぅぅっ!!」

むき出しになった陰核を刺激されたリタが、身を仰け反らせて大きく喘ぐ。それを見たリディアの口元に、先ほどまでとは違う妖艶な笑みが浮かぶ。

「うふふ……リタさんも、かわいらしいですわよ……んむ」

そして今度は自分からリタの唇を奪いにいった。

それからどちらからともなくお互いの乳房へと手を伸ばす。

「んふぅ……！　んっんっ……れろぉ……ちゅぷ……」

「ふっ……んぅっ……ぴちゅ……レロレロ……」

秘部を突かれ、あるいはねぶられながら、ふたりの女性は舌を絡めあい、乳房をまさぐりあった。

その光景がとても尊くて、俺は一気に限界を迎えることになった。


――びゅるるっ！　びゅぐんっ……！　びゅるびゅるっ!!


リディアの膣内に、今夜二度目の精液を放った。

陰茎が脈打てば、接合部からはぐぷぷ……と音を立てて白濁の粘液がにじみ出る。

それからふたりはどちらからともなく離れ、俺の上をどいた。

リタの粘膜からは透明な糸がとろりとのび、リディアの膣口からは精液がどろどろと流れ落ちた。

「んぅ……レオン……」

切なげなリタの声に目を向けると、彼女は四つん這いになって尻を突きだしていた。

「アタイにも、レオンのち○ぽおくれよぅ……」

その訴えに、しなびていた肉棒がギュンと反り返った。

《身体弱化(フィジカルリダクション)》で身体能力が落ちているとはいえ、回復力向上系のスキルは生きているのだ。

「ああ、すぐに挿れてやるよ」

身体を起こした俺は、リタの背後に回って膝立ちになった。

精液と、リディアの愛液が絡みついた肉棒はガチガチに硬くなっている。表面に血管を浮かべ、白濁の粘液をまとってぬらぬらと光る陰茎をリタの秘部にあてがい、腰を押し出した。

「んあああああっ！」

ぬぷぷと肉棒が膣内に埋め込まれるのに合わせ、リタが背を反らして大きく喘ぐ。

「あっあっあっ！　奥、しゅごいっ……！」

みっちりと絡みつく肉厚な膣腔の感触を楽しみながら、腰を前後に動かして抽挿を繰り返した。

「うふふ……お手伝いしますわ」

しばらく大人しくしていたリディアはそう言うと、四つん這いになったリタの下へ潜り込んだ。

顔の位置をちょうど接合部あたり調整したリディアは、リタの腰を掴んで軽く上体を起こす。

「姫さん、なにを……？」

「ふふ……いまこそお母さま方に教わったことを実践するときですわ……はむぅ……！」

すると彼女は、リタの陰核あたりを口に咥えた。

「ひぃぁっ!?」

挿入の刺激に加え、陰核をねぶられる快感を得たリタの腰がビクビクと震える。

「ずぞぞ……ちゅぷ……んちゅ」

俺とリタの股間に顔をうずめたリディアは、接合部あたりを執拗に攻め続けた。

「んあああっ！　姫しゃん……しょれ、やば……イクッイクゥッ!!」

二重に押し寄せる快感に耐えきれなくなったリタは絶頂に達し、全身をガクガクと痙攣させたあと、彼女は肘を折り、ちょうどリディアの股間に顔をうずめるかたちになった。

「はぁ……はぁ……アタイだって、やられっぱなしは趣味じゃないんだよぅ……！」

そう言ってリタは、リディアの股間に舌を伸ばした。

「んんっ！　はぅ……んむぅ……じゅぶぶ……」

思わぬリタの反撃に一瞬身体をおののかせたリディアだったが、すぐに気を取り直して接合部をねぶりだした。

で、一方の俺だが、接合部を咥え、舐めるリディアの唇や舌は、もちろんリタの花弁や陰核だけじゃなく、肉棒をも刺激するわけで……。

「ぐぅ……もう、だめだぁ……!!」


——どびゅるるるるーっ!!　びゅるるっ!!　びゅぐんびゅぐんっ……！


あえなく絶頂に達し、リタの膣内に射精してしまった。

こうして三人にとって初の３Ｐは終わりを告げたのだった。

✕✕✕

セックスを終えたあと、俺はリディアとリタを両脇に抱えて寝転がった。三人とも体液まみれでドロドロになっていたけど、それが逆に心地よく感じられた。

とくに眠るでもなく、かといって何かをしゃべるでもない、心地よい沈黙。このまままどろみにまかせて朝を迎えてもよかったけど、俺は意を決して口を開いた。

「なぁ、リタ」

「……なんだい」

これから言うこと、それに対するリタの答えを思うと、なんだかドキドキしてきた。ただ、それは俺以外も同じなようで、左右に密着したふたりの女性からも、トクトクと鼓動が速まるのを感じられた。

リディアはもちろん、リタもなんとなく察しているのだろう。

「俺たちと一緒に、先へ進まないか？」

今回の探索で、俺たち三人はよく連携がとれていたと思う。

リタが敵を引きつけ、その隙を突いてリディアが突進し、俺が後方から牽制やサポートを担う。たまに俺が剣を手にして前に出ても、リタは臨機応変に対応してくれた。

安心して命を預けられる、頼りがいのある仲間だと、心の底から思えた。彼女がいれば俺たち極志無双の勇者への道のりは、ぐっと縮まるに違いない。

それに身体の相性だって、悪くなさそうだし……。

「わたくしからも、おねがいしますわ」

念を押すようにリディアも言葉をかける。

リタはしばらくだまったままだった。沈黙に耐えるように、右側から俺にしがみつくリディアの身体に力が入る。

「ふぅ……」

しばらくして、リタの口から吐息が漏れた。

「レオン、姫さん、誘ってくれてありがとう」

そこで言葉を切ったリタは、一度だけ深呼吸し、再び口を開いた。

「でも、アタイはいかない」

「……そっか」

明確な拒否。

なんとなくそんな気はしていた。

リディアもその答えを想定していたのか、強ばっていた身体から力が抜けた。

「じゃあ、明日で最後かな」

「そうなるね」

そこからは、だれも口を開かなかった。

やがて左右からほとんど同時に、おだやかな寝息が聞こえ始めた。俺は愛しいふたりの呼吸を心地よく感じながら、訪れたまどろみに身を任せることにした。


翌日、予定通り最上階へ挑んだ。

いかなボスモンスターといえど、前回に比べて大幅にレベルアップしたリディア個人の力に加え、連携を深めた三人の敵ではなかった。


「レオン様、リディア様のおふたりに、最上階への挑戦を許可します」

そして俺とリディアは、無事最上階への挑戦権を得ることができた。

「おつかれさん。どうやらうまくいったみたいだね」

「ああ、ありがとな、リタ」

「リタさん、本当にありがとうございました」

「ふふふ、いいってことよ。アタイも楽しかったし」

それから簡単な祝勝会を経て、俺たち三人はそれぞれの拠点へと戻った。

もう、俺たちが彼女を極志無双へ誘うことはない。だから、リタの加入話はこれでおしまい。

俺だけでなく、リディアも、そしてリタ本人もこのときはそう思っていた。

≪ 決闘 ≫

壁に向かって立つリディアを背後から抱えながら、膣内をえぐるように腰を突き上げる。

安全地帯ではない塔内の通路で、俺たちはセックスをしていた。

「んっ……ふぅっ……」

【姫騎士】の熱い吐息にくぐもったうめきがときおり交ざるが、喘ぎ声というほどの大きさにはならない。

お互い装備を身に着けたまま、リディアはショーツだけをずらし、俺は前開きから肉棒を露出させているという格好だ。

ふたりでの探索に際して、賢者タイムを得るためのセックスにはもう慣れたものだった。いまでは安全地帯に入ることすらなく、ちょっとしたスキに手早く済ませるようになった。

だからといって、リディアとのセックスに飽きるなんてことはない。賢者タイム終了のメッセージが流れると、条件反射のようにイチモツが勃起するのは、彼女とのセックスを楽しみにしているからだろう。彼女のほうも似たような心情らしく、賢者タイムの終了とともに俺の能力が落ちるのを感じ取るや否や、物欲しそうな視線を向けてくるのだ。そして前戯もなしにショーツをずらすと、とろとろに濡れた蜜壺が、肉棒の挿入を待ち構えるようにヒクヒクと蠢くのだった。

「んふぅ……んっ……んぅ……！」

挿入から五分も経っていないのに、抱えたリディアの身体がこわばり始めた。彼女に回した腕から伝わる微妙な動きや、呼吸、わずかに漏れるうめき声のトーンなどから、絶頂が近いことがわかる。それくらい、俺たちは何度もセックスをしていた。

「うっ……くっ……！」

そして俺のほうも、限界を迎えつつあった。

それを察知したのか、リディアの膣がキュウと締まる。

――ビュルルルッ！　ビュグルッ！　ビュルンッ……！

肉厚の蜜壺に締め上げられるまま、膣内に射精した。

《条件を満たしました。賢者タイムを開始します》

賢者タイムの開始と同時に、互いの身体へ《浄化(クリーン)》をかけ、性器や衣服にまとわりついた体液と、リディアの膣内に残る精液を洗い流す。そして俺はイチモツをしまい込み、リディアはずらされたショーツを直した。

「じゃ、いこうか」

「ええ」

そして余韻にひたることなく探索を再開した。

こういう作業のようなセックスに不満がないわけじゃない。

一応、探索途中に寄る階層の安全地帯（セーフエリア）は占有しているが、テントに入ったあとも俺たちがセックスをすることはなかった。いくら安全地帯（セーフエリア）内に設置した、より安全な空間といっても、塔内であることに変わりはない。俺たちが求めているのはそういう中途半端なものではなく、先日の『飛竜閣』で過ごしたような、甘く蕩けるような時間と空間なのだ。

それを実現するためには、この町を出るしかない。つまり、一刻も早くクヴィンの塔を完全攻略しなければならないわけだ。だから安全地帯（セーフエリア）ではしっかりと休息し、万が一の失敗も起こさないように備えたのだった。

「《爆刃（エクスプロージョンブレード）》！」

五〇階に到達し、ボスモンスターが現れるなり、俺はいま使える最強の魔法を放った。狙ったのは左奥に位置するリザードマンキングだ。

戦闘開始直後に強烈な魔法を食らったリザードマンキングは跡形もなく吹き飛び、比較的近くにいたコボルトキングも爆風に巻き込まれてズタズタに引き裂かれ、ほどなく消滅した。少し離れた場所にいたゴブリンキングも、致命傷とは行かないまでも大ダメージを受けている。残るオークキングは着弾点から最も離れていたためほぼ無傷だった。

「《雷弾（サンダーブレット）》！」

ゴブリンギングが生き残ったのを確認した直後に魔法を放つ。

「ゲピャッ!?」

ただの初級魔法だが、《魔法強化（マギブースト）》によって魔法を強化された、【賢者】の放つ雷の弾丸はゴブリンキングの頭を半分ほど吹き飛ばした。

「はぁーっ!!」

それとほぼ同時に、リディアの振り下ろした斧槍（ハルバード）がオークキングを両断した。

「ブフッ……!」

わずかに息を漏らしただけでなすすべなく倒されたオークキングは、地面に倒れ伏す前に消滅する。

そして、帰還用の転移陣が現れた。

「楽勝、だったな」

「ええ、あっけないものですわね」

こうして、ふたりだけでの完全攻略は、いともたやすく達成されたのだった。

×××

転移陣で塔の入り口に帰ると、ふたりだけでの完全攻略を成し遂げたんだという実感が少しずつわいてきた。

「いよいよ、この町ともおさらばか」

この町に来て一〇年くらいになるか。感慨深いものがあるな。

「そうですわね……」

リディアは口元に笑みをたたえていたが、どこか寂しそうだった。生まれてから二十数年、ずっと過ごしてきた町を離れるんだから、しょうがないよな。

「いつ出発する？」

とはいえ、いつまでも感傷にひたっているわけにもいかないので、俺は努めて明るくリディアにそう尋ねた。

先へ進むんだ。前向きであるべきだろう。

「それなのですが……わたくし、まだ準備に数日はかかるかと思いますの」

「いいよ。休暇だと思って、しばらくゆっくりさせてもらうかな」

俺がそう答えると、リディアは安堵したように息をついた。

そうやって雑談しながらギルドに帰り着いたのだが……。

「なんだ……？」

どうにも雰囲気がおかしい。

「なにか、たくさんの視線を感じますわね」

「ああ……」

塔からの帰還者に視線が集まること自体は、不自然なことじゃない。俺だって、ギルドにいるときに誰かが塔から帰ってきたら、一応そちらに目を向けるだろう。

ただ、普段なら〝ああ、誰かが無事に帰ってきたんだな〟くらいの感想はあれ、すぐに関心はなくなるのだ。でも、今日はなぜかギルドにいる人たち——冒険者だけでなく職員までも——が、俺たちの様子を窺っているようだった。

「リディア！」

そんななか、ギルド内に聞き覚えのある男性の声が響く。

「お兄さま⁉」

リディアの名を呼んだのは、彼女の兄であり、先ごろ新たにクヴィンの町の領主になったライアンさんだった。

「無事に帰ってきたか」

安堵の表情を浮かべてこちらへ歩いてくる兄のもとへ、リディアが駆け寄っていく。俺もそのあとを、小走りについていった。

途中、ライアンさんと目が合ったので、軽く会釈をする。

「ええ、おかげさまで」

「最上階への挑戦権を得たと聞いたが、まさか、もう……？」

「はい。わたくしたち極志無双の正規メンバーふたりのみで、クヴィンの塔を完全攻略いたしましたわ」

リディアの言葉に、ギルド内がどよめく。いろいろな方向から、冒険者たちの声が聞こえてきた。

「おいおい、ふたりだけで完全攻略ってまじかよ」

「やっぱ【姫騎士】ってすげーんだな」

「あの【赤魔道士】、狼牙剣乱に続いていい寄生場所を見つけたもんだぜ」

「だよなぁ。俺もあやかりたいぜ、ほんとによぉ」

これが、リディアの言っていた汚名ってやつか。まぁ狼牙剣乱にいたころも似たようなことをよく言われていたので、いまさら気になるものでもないな。

ただ、冒険者の言葉は批判的なものだけじゃないようだ。

「いくら【姫騎士】が強かろうが、あの嬢ちゃんひとりでここを完全攻略するってのは無理だろうぜ」

「だな。ってことはあの【赤魔道士】がうまくサポートしたに違いねぇ」

「あー、やっぱ早いうちに勧誘しとくんだったよ」

こんなふうに、俺に対して肯定的な意見もちらほらあった。

「そうか、本当に成し遂げてしまうとはな……」

そう言ってライアンさんは呆れたように、それと同時にどこか誇らしげな表情でため息をついた。

「お兄さま……」

ようやく兄に認められたリディアだったが、その表情は複雑だった。できれば素直に喜びたかったのだろうが、そうできないだけの空気が、ギルドに漂っているからだ。

「あの、ギルドの雰囲気がいつもと異なるようなのですが、なにかございましたの？」

もしかすると、俺たちが完全攻略を果たしたことで注目を浴びたのかとも思ったんだが、リディアの言葉でみんなが驚いた様子だったので、そうじゃないらしいことはわかった。

なら、いったいなにがあったんだ？

「ああ、そのことで実はリディアたちの帰還を待っていたのだが……まずは報告を済ませたまえ」

「はぁ……」

俺たちは戸惑いつつ、顔を合わせて首を傾げたが、ひとまずライアンさんの指示に従って報告を済ませることにした。

「おつかれさまでした。おふたりでの完全攻略を確認しました」

ギルドカードには、塔内の転移陣を使用した日時などが記録される。それにより、俺たちふたりがさきほど最上階の帰還用転移陣を使用したことの確認が取れたようだ。

そしてそれこそが、完全攻略の証明となる。

「リディア様の冒険ランクを更新します。本日よりリディア様はBランク冒険者となります」

ランクアップしたのはリディア個人の冒険者ランクだけで、パーティーランクや俺のランクは据え置きとなった。

「レオン……わたくし、Bランクになれましたわ」

それはとてもめでたいことなのだが、彼女は素直に喜べない様子だった。それはなにも俺に遠慮してのことじゃない。初級職である俺がランクアップできないことも、パーティーランクが据え置きになることも想定の範囲内だったからだ。

彼女が複雑な面持ちなのは、ひとえにギルドの雰囲気のせいだった。

本当に、いったいなんだってんだ？

「さて、極志無双のおふたりに指名依頼が出されております」

「はい？」

冒険者ギルドでは、ときおり冒険者に対して依頼が出されることがある。ただ、モンスターのドロップアイテム以外にこれといった資源がなく、そのドロップアイテムも安定的に供給されるクヴィンの塔では、依頼が出されることはほとんどないんだけど。

「えっと、指名依頼……ですか？　俺たちに？」

そして指名依頼というのは、その名の通り冒険者個人やパーティーに対して出されるものだ。

「はい」

「いったい何の依頼なんですか？」

「決闘の立会人です」

「決闘!?　いったい誰の――」

「爆華燎乱のリタ様とマイア様ですね」

「――ええっ、リタとマイアが!?」

「いったいどういうことですの？」

思わぬ事態に俺とリディアは大きく目を見開き、顔を見合わせた。

ほんと、いったいどういうことなんだ？

✕✕✕

冒険者同士の争いは、ギルドによって厳しく禁じられている。とはいえ血の気の多い冒険者たちのあいだで、争いごとがなくなるなんてことはない。どうしても力で白黒をつけたいということも、あるだろう。

そんなときに利用されるのが、『決闘』だ。

「決闘は明日の午後より、一階層の決闘場にて行われる予定です」

決闘は主に塔の低階層にある、適当なスペースで行われる。

クヴィンの塔だと、一階にちょうどいい広場のような場所があり、そこがギルド指定の決闘場となっていた。普段はただの探索エリアだが、決闘の開催が決まると周辺のモンスターが駆逐され、冒険者の立ち入りが制限される。

決闘が塔内で行われる主な理由はふたつ。

ひとつはクラスの恩恵を発揮するためだ。冒険者の強さはあくまでクラスの能力や技術があってこそだからな。

そしてもう一つの理由だが……。

「まさか、お兄さまがこちらにいらっしゃるのは……？」

「そういうことだ。我が軍の【司祭】は優秀だからな」

タイミングを見計らったように、ライアンさんの声が背後から聞こえた。

そう、塔内なら決闘で怪我を負っても魔法で回復できるのだ。そのため、決闘にはかならず回復魔法の得意な冒険者が同行する。

「それにしたって、なぜ防衛軍がわざわざ出てきますの？」

防衛軍が冒険者同士の決闘に首を突っ込むようなことは、あまりない。普通はギルド所属の【神官】か【司祭】が同行するんだけどな。

「それはもちろん、かわいい妹のためだ」

「わたくしの……？」

ライアンさんの言葉で、なんとなく状況が読めてきた。

「確認ですが、マイアがリタに決闘を申し込んだんですか？」

「ああ、そうだ。リリィガーデン団長の座を賭けて、ね」

リリィガーデンはあの施設の名前でもあり、そこに所属する女性たちを指す団体名でもある。そして、団長の座には爆華繚乱のリーダーが就くと決まっていた。

「やっぱり……」

「現時点でここクヴィンの塔最強の冒険者といっていいリタ殿が、リディアたちのパーティーに入ってくれるかもしれないのだからな。私が動くには充分な理由だ」

マイアはまだ、諦めてなかったんだな。

あと、ライアンさんって、なにげに過保護だよな。

「それで、俺たちが依頼を断ればどうなりますか？」

「私が立会人になる、ということで話はついている。もし君たちが決闘開始までに帰還しない場合もそうなる予定だったが、その心配はなくなったな」

つまり、俺たちがどう考えようと決闘は行われるのか。

「それで、どうする？」

その問いかけに、俺とリディアは目を合わせて同時にうなずき、すぐにライアンさんへと向き直る。

「受けます」

結果がどうなるにせよ、リタとマイアの決闘を俺たちが見届けないわけにはいかないだろう。

✕✕✕

「あそこが決闘でトップを決めるのなんざ、久しぶりじゃねぇかな」

宿に帰って食事を終え、少し落ち着いたところで主人から話しかけられた。

通常、爆華繚乱を含むリリィガーデンのトップは先代からの指名や団員からの推薦で決まるのだが、現団長に対して決闘を挑むことでその座を勝ち取ることもできるのだとか。ただし、決闘を申し込んだとしても、団員からの反対が多ければ成立はしない。

そういえばリタは、先代からの指名と団員からの推薦の両方があったって言ってたな。実力、人望ともに認められていたわけだ。

「それにしても、耳が早いね」

「いやいや、いまやこの町は決闘の話題で持ちきりだぜ？」

「……そうらしいね」

宿に入るなり多くの視線を受けたのは、俺がリタとマイアの決闘で立会人を務めることを知っていたからなんだろうな。

「しっかし、団長の座を巡ってって話だが、本当はお前さんを取り合ってんじゃねぇのか？　この色男め……！」

主人が周りに聞こえないよう、小さな声でそう言ってからかう。

「そんなんじゃないよ」

その日の夜は、探索明けで疲れているというのになかなか寝付けなかった。


——翌日。


「おはようございます、レオン」

ギルドに到着すると、リディアが待っていた。

「ああ、おはよう、リディア」

にっこりと微笑むリディアのそばには、ライアンさんともうひとり、ローブ姿の中年男性が立っていた。

「彼が今回同行してくれる【司祭】だ。即死でなければ大抵の怪我は回復できる」

簡単に紹介された【司祭】さんは、穏やかな笑みを浮かべていた。否定しないってことは、事実なんだろう。

「もう、決闘の舞台は整っている。いこうか」

ライアンさんに促され、塔に入る。

「すごい人、ですわね……」

決闘場にはすでに多くの人が詰めかけていた。

冒険者同士の決闘というのは、どの塔下町でも格好の娯楽となる。周辺の魔物は掃討され、安全は確保されているので、普段はあまり塔に入れない一般人もたくさんいるみたいだ。

決闘場の中央には、すでにリタとマイアが立っていた。

厳しい表情でリタを見据えるマイア。対してリタは、かなりリラックスしているようだった。

リタは俺を見つけるなり、呆れた様子で肩をすくめた。一方のマイアは、じっとリタを見つめたままだ。

決闘が成立したということは、団員の賛成を得られているということになる。その証拠に、団員の多くはマイアの側についているようだった。

「さて、立会人も来たようじゃし、そろそろ始めるとするかの」

立会人を引き受けたものの、なにをしていいのかわからなかったのだが、決闘の進行に関してはギルドマスターがやってくれるということだった。

そのほか、段取りについてはある程度の説明を受けている。

「それでは条件の確認じゃ。マイアが勝った場合、リタはマイアにリリィガーデン団長の座を譲る。リタが勝った場合、マイアの要求を退ける。それでよいな？」

負ければ地位を奪われるリタに対して、マイアはとくに失うものがない。

「はい」

「ああ、いいよ」

マイアはもちろんだが、リタもこの条件での決闘を認めた。団長の座を巡っての決闘というのは、そういうものなのだろう。

「それでは立会人の合図にて、決闘を開始するぞい」

ギルドマスターの言葉を受け、俺は一歩前に出た。号令は俺がかけると、事前に決めている。

リタが、俺を見てふっと微笑む。対してマイアは、一瞬こちらを見ただけで、すぐにリタへと視線を戻した。

「それでは両者、構え！」

俺のかけ声でマイアは短剣を手に腰を落とし、リタは盾で半身を隠して戦槌（ウォーハンマー）を構えた。

「はじめっ！」

——ブォンッ!!

開始の合図とほぼ同時に、リタが戦槌（ウォーハンマー）を振るった。鈍く風を切る低い音に観客たちは驚き、離れた場所にいた人たちでさえ、思わず身を仰け反らせるような、そんな豪快な一撃だった。

戦槌（ウォーハンマー）が振り抜かれた場所に、マイアはいない。

——ガキィンッ!!

マイアの姿が消えたかと思うと、金属同士のぶつかる音が響いた。

リタのすぐうしろに現れたマイアは、相手の首筋を狙って鋭い突きを放ったが、あえなく盾で防がれてしまう。一瞬で背後を取ったマイアもすごいが、それに反応して見せたリタも、鈍重なイメージのある【装甲戦士】とは思えない素早さだった。

俺のすぐ隣では、リディアが固唾を呑んで決闘を見守っている。その向こうで、ライアンさんは苦い表情を浮かべていた。

「即死以外なら治せるということは、即死は治せないということだぞ……！」

なんとも当たり前のことを言うライアンさんだが、その気持ちはわかる。

リタが最初に放った戦槌（ウォーハンマー）の打撃をまともに食らえば、マイアなど軽く潰されてしまうだろう。そしてリタの首筋を狙ったマイアの初撃も、殺すつもりで突きかかったよう見えた。

一見して真剣勝負とわかる最初の攻防に、どこかお祭り騒ぎだった観客たちも静まりかえっていた。

×××

マイアは素早い動きでリタを翻弄しつつ、隙を突いて攻撃を繰り出している。対するリタは、その場にどっしりと構えながらも、最小限の動きでマイアの攻撃をいなしていた。

柄を短く持ち、くるくると弧を描くように戦槌（ウォーハンマー）を振り回すリタの反撃を、マイアは紙一重でかわしつつ、懐に飛び込んで短剣を一閃。むき出しになっているリタの太ももに赤い線が走り、じわりと血が滲む。

装甲に覆われていない二の腕や腹、太ももに、リタは無数の傷を受けていた。

「ふん、すばしっこいねぇ」

数分の攻防を経て一撃も与えられず、何度も攻撃を受けているリタだが、特に焦る様子もなく余裕の笑みを浮かべていた。

「――っ！」

対するマイアは口を開く余裕もないのか、険しい表情でリタを見据えながら、素早く動き回っている。

「リタさんに傷をつけるなんて、マイアさんはすごいですわね」

「ああ、そうだな」

肌を露出させている部分は一見無防備と思われるが、リタには【装甲戦士】の恩恵があるので、素肌であっても鎖帷子（チェインメイル）を着ているのと同等の防御力がある。そんなリタへ出血を強いるとなれば、かなり威力の高い攻撃でなければならないのだ。

素早い動きでリタを翻弄しつつ、反撃をかわしながら一撃離脱を繰り返して【装甲戦士】へダメージを与えるというのは、非常に高度な戦闘技術を要するものだった。

「はぁ……はぁ……」

間合いを取ったマイアが、呼吸を整える。

少し離れた場所で見ているにもかかわらず、マイアの姿を見失うことが多々あった。おそらく彼女はただ素早く動いているだけじゃなく、隠密系のスキルをいくつか併用しているに違いない。そうしなければ、リタの防御をかいくぐることもできないのだろう。

だが、スキルを併用してあそこまで素早い動きを繰り返せば、体力の消耗も激しいはずだ。

そろそろ、限界かも知れない。

「――っ!!」

呼吸を止めたマイアの姿が一瞬ブレた。次の瞬間、俺はなんとか彼女がリタに肉薄するのを捉える事ができた。

「オラァッ！」

それをリタが迎え撃つ。あの動きを至近距離で捉えるなんてすごいな。

ブンッ！　とうなりを上げる戦槌（ウォーハンマー）の攻撃をかわしたマイアの姿が、再び消えた。そこからは、目で追うのもやっとの激しい攻防が続く。

盾を構えつつ戦槌（ウォーハンマー）を振り回すリタの身体に、ひとつふたつと傷が増えていく。しかしそれらはどれもかすり傷程度のものだった。

そして――。

「はぁっ！」

リタの戦槌(ウォーハンマー)がマイアの身体を捉えた。

「ぐっ……！」

何とか身体を丸め、身を守ろうとしたマイアだったが、あえなく吹き飛ばされてしまう。落下直前にかろうじて受け身はとったものの、マイアはすぐに起き上がれず倒れ伏した。

「マイアッ!!」

爆華繚乱の【司祭】さんが、悲鳴のような声を上げる。

「く……ふぅ……」

なんとか意識を繋いでいたマイアは、床に手をついて起き上がろうとする。

「ぐぅ……げほぉっ……!!」

上体を起こしたところで、マイアは大量の血を吐き出した。

周りから悲鳴があがる。

「マイアッ！　マイアッー！　ちくしょう、離せよぉー!!」

マイアに駆け寄ろうとする【司祭】さんを、他のメンバーが引き留めていた。まだ、マイアは勝負を諦めていないのか、ふらふらになりながらも立ち上がろうとしている。

「これ以上は危険だな……」

ライアンさんの言葉を受け、防衛軍の【司祭】は頷き、歩き出そうとした。

「待っ……て……！」

その動きに気づいたのか、マイアが手を挙げて彼を制する。

「私は、まだ……負けて、ない……！」

「バカを言うな！　これ以上続ければ君は……死んでしまうぞ!!」

それでもマイアは手を下ろさず、リタを見据えている。

少しずつだが、呼吸が整い始めている。上級職ともなれば、どのクラスもなにかしらの自己回復系スキルを持っているものだ。それによって、わずかながら回復はしているのだろう。

しかし、あれはどう見ても致命傷だった。多少無理をすれば動けるようになるかも知れないが、死を回避するほどの回復は見込めない。なら、ライアンさんの言うとおり、これ以上続けるのは危険だ。

「まったく、ほんとにバカな子だよ」

立会人の権限をもって勝負を止めようとした直前、リタの声が決闘場に響いた。彼女は戦槌（ウォーハンマー）と盾をその場に置き、手ぶらのままマイアに歩み寄っていく。

「こ……こないでっ……！」

震える手で短剣を構えるマイアに、リタは警戒する様子もなく近づいた。そして、マイアに反応する間も与えず、彼女を抱きしめた。

「う、うあああああっ!!」

突然のことに混乱したのか、マイアはむき出しになっているリタの腹に短剣を突き立てた。

しかし、そこには痣すら残らなかった。

「そんなに、アタイを追い出したいのかい？」

寂しげなリタの声にマイアの顔は歪み、目尻からぽろぽろと涙がこぼれ始めた。

「うう……ごめん、なさい……！」

マイアの手から、短剣がこぼれ落ちる。

「ふふ……謝るんなら最初っからこんなことするんじゃないよ」

「だってぇ……姐さんなら、きっと勇者にだって……。私たちがもっと強ければ……」

「誰がそんなこと望んでるって？」

「え……？」

リタは抱擁をとき、マイアと向き合ってそう言った。

「でも、私たちがもっと強ければ……爆華繚乱を背負えるくらいに強ければ、姐さんはレオンくんと冒険ができるんだよ？」

「ははっ、レオンと冒険かぁ……。それはたしかに悪くない話だね」

そこでリタは、チラリと俺のほうを見たが、すぐに視線を戻した。

「でも。やっぱりアンタたちと一緒のほうがいいや」

「姐さんっ……！」

驚くマイアを、リタは再び優しく抱きしめた。

「アタイはね、爆華繚乱やリリィガーデンのみんなが大好きなんだよ」

「うぅ……」

「だからさ、これからもアンタたちと一緒にいさせておくれよ」

「ごめんなさい……姐さん……！　姐さんの気も知らないで、私たち、勝手に……うあああぁっ……！」

子供のように泣きじゃくり始めたマイアの頭を、リタはよしよしと撫で始めた。

とりあえず、決着ってことでいいかな。

「これまで！　勝者、リタ！」

俺がそう宣言すると、見物人からは拍手が起こり、それと同時に爆華繚乱のメンバーやリリィガーデンの子たちがふたりに駆け寄ってくる。

先頭を切ったのは、【司祭】さんだった。

「マイアッ！　あぁ、ボロボロじゃねぇか……痛かったよなぁ……！　リーダー、ひどいじゃねぇか‼」

「でもさぁ、手加減なんてしたらマイアに失礼だろ？」

「そうかもしんねぇけどよぉ……。あっ、そこのおっさん！　おっさんも手伝ってくれ！　マイアったらひどい怪我なんだよぉ」

「はいはい、いまいきますよー」

防衛軍【司祭】のサポートが入ったこともあって、マイアの怪我は問題なく回復しそうだった。

それからは、爆華繚乱を含むリリィガーデンの子たちはなにやら楽しげに話し始めた。

その様子を、リディアは微笑みながら眺めている。

彼女の横顔が、ほんの少しだけ寂しそうに見えた。

「ん？」

オレの視線に気付いたのか、リディアがこちらを向き、目が合った。

「……ふっ」

「ふふふ……」

しばらく見つめ合ったあと、俺たちは思わず笑い合う。たぶん、ふたりとも同じことを考えていたのだろう。

言葉を交わすでもなく、俺たちはリタらに背を向け、決闘場をあとにした。

もう、ここに俺たちの居場所は、ないのだろう。

≪ 休暇 ≫

決闘場をあとにした俺とリディアは、すぐに別れた。

俺としては食事くらいしてもいいかな、と思っていたんだが、リディアが町を出る準備を進めたいといったので、そちらを優先してもらった。その準備も、あと二日ほどで終わるようだ。

俺のほうはもう準備を終えているので、とくにやることはない。なにもせず、だらだらと過ごすのもいいかもしれないな。

――コンコン。

なにをするでもなくベッドでゴロゴロと転がっていると、部屋のドアがノックされた。

だれだろう？ もしかして、リディアの準備が思いのほか早く終わったのかな？

なんてことを考えながらドアを開けると、そこには青を基調としたワンピースに身を包んだ、清楚な女性が立っていた。

「……エメリア!?」

ガウン姿か全裸しか見たことがなかったので、一瞬だれだかわからなかった……。

「こんにちは、レオン」

「あ、ああ。こんにちは」

何度も身体を重ねた相手だけど、店の外で会うとちょっと新鮮だな。

「えっと、どうしたの？ っていうか、なんで俺の宿を……」

「うふふ、ギルちゃんに聞いちゃった」

「ギルちゃんって……ギルマス？」

「そ」

ギルドマスターだからギルちゃんなのか？

「あ、ギルちゃんは名前がギルバートっていうのよ。だからギルちゃん」

「へぇ」

意外とカッコいい名前なんだな、あの爺さん。まぁ、どうでもいいけど。

「それで、その、今日はいったいなんでここに……」

「今日、ヒマ？」

「え？　ああ、まぁ、とくにすることもないけど」

「それじゃあ、お買い物に付き合ってくれないかしら？」

「えっと、それくらいならお安いご用だけど……」

あれ、もしかしてこれって、デートのお誘いか⁉

✕✕✕

エメリアとの買い物はすごく楽しかった。

いろいろな店を回り、服や雑貨と手に取ってはどれを買うか悩む彼女の姿から、俺は目が離せなくなった。

『これとこれ、どっちが似合うかしら？』

『どっちも似合うと思うよ』

『もう、ちゃんと見て答えてよ』

なんて、恋人同士みたいな会話も経験した。うん、これはもうデートで間違いないな。

しばらく買い物を堪能したあと、俺はエメリアの家に案内された。

彼女の住まいは閑静な住宅街にある集合住宅の一室で、俺が泊まっている部屋の数倍はあろうかという広さだった。

そこでエメリアの手料理をご馳走になったのだが、これがもうとにかく美味かった。飛竜閣で食べた高級料理にも引けを取らないほどだった。というか、俺の舌はむしろエメリアの料理に合っているようだ。

「すごく美味しかったよ」

「うふふ、ありがと」

食器を片付けながら、エメリアは心底嬉しそうに笑った。お店では見ることのできなかった表情だ。

「あ、俺も手伝うよ」

「いいのよ。レオンはお客さんだからゆっくりしてて」

「あ、うん。わかった」

「コーヒー淹れるから、ちょっと待っててね」

「えっと……うん」

立ち上がりかけた俺だったが、エメリアに促されて椅子に座り直した。

「お料理、喜んでもらえてよかったわ」

しばらくすると、コーヒーのいい香りが漂ってきた。

「ほんと、びっくりするくらい美味しかったよ。プロの料理人が作ったみたいに」

「あらそう？　じゃあ、この先もなんとか生活できそうね」

「ん？　それってどういう……」

首を傾げる俺の前に、コトリとコーヒーカップが置かれた。

「お店、辞めちゃった」

「ええっ!?」

続けて放たれた言葉に、驚いて声を上げてしまう。

「なんで、急に……？」

「急にってわけじゃないわ。前から考えてたことではあるのよ。あと何年もしないうちに三〇歳だし、そろそろかなって、ね」

「そうなんだ……」

ってていうか、エメリアってそんなに年上だったのか……。

突然の告白も含め、少し驚いてしまったので、落ち着くためにコーヒーをひと口……。

「あ、美味い」

「うふ、ありがと」

ほんと、これもプロが淹れたんじゃないかっていうくらい美味いな。

「私ね、若いころは町のレストランで働いてたの。お料理が好きでね」

「なるほど、どうりで美味いわけだ」

「ふふ、何回も褒めてくれてありがと。それでね、いつか自分の店を持つのが夢だったのよ」

夢だった、か。

「でも、いろいろあっていまのお仕事に就いたわけだけど……よく考えると私、お金はたくさんあるのよねー」

「はは……そうなんだ」

「遠回りしちゃったけど、その夢、いまなら叶えられるんじゃないかって、ふと思ったのよ。あ、よく考えたらこの歳でお店を持てるってなかなかないわよね？　むしろ近道しちゃった、的な。あはは」

得意げに話すエメリアだけど、なんだか無理して明るく振る舞っているように見えた。

「じゃあ、この町でレストランでも開くの？」

「うーん、レストランなんて本格的なのは厳しいかな。ちょっとだけ料理のメニューが豊富なカフェ、みたいな感じ？　ああ、でもこの町はダメね。私がお店を出したら、どうしてもそういう場所だと思う人がいそうだし……」

そこでふと、エメリアが少し真剣な眼差しを向けてきた。

「レオン、もうすぐ町を出るのよね？」

「え？　ああ、うん。あと二〜三日もすれば……」

「だったら、私も同じくらいに町を出ようかな」

エメリアの視線が俺から外れる。

彼女は少し遠くを見ながら、どこか寂しげな笑みを浮かべた。

「私のことを知ってる人がだれもいない町で、小さなカフェを開くの。最初はたぶんうまくいかないだろうけど、でも、がんばるわ。だって、私の料理で誰かが笑顔になってくれるかもしれないって、素敵じゃない？」

エメリアは再び俺に視線を向け、にっこりと微笑んだ。でも俺は、エメリアの語る夢を素直に応援する気にはなれなかった。

彼女が俺の知らない町で誰かに料理を振る舞って、もしかしたらそこで素敵な出会いなんかもあって、幸せな家庭に恵まれるようなこともあるかも知れない。

ただ、そう考えると、なんだか胸のあたりがモヤモヤとしてくる。

「どうしたの、レオン？　なんだか難しい顔しちゃって……」

心配そうにのぞき込んでくるエメリアをじっと見つめる。彼女は、少し恥ずかしげに頬をそめながらも、俺の視線を受け止めてくれた。

つい昨日まで、リディアとこの町を出ることばかり考えていた。リタが仲間になってくれたら、とも思っていたけど、結局彼女はこの町に残ることになったたし、それはそれでよかったんだと思う。

ただ、エメリアのことは気にもとめていなかった。初めてセックスをして、賢者タイムの存在を知るきっかけとなった彼女は、もちろん俺にとって特別な女性だ。それでも、所詮は娼婦と客の関係だし、今日こうやって会わなければ何ごともなく別れて、その後もたまに思い出す、くらいの存在だったはずだ。

でも、町を出る前に会ってしまった。

そして彼女が俺の知らないところで、俺と無関係な人生を歩むんだという当たり前のことに気づいた。

俺にはそれが、どうしても納得ができなかった。

「エメリア、俺たちと一緒にこないか？」

だからこんな言葉が、口を突いてしまった。

「レオン、なに言ってるの……？」

「もう、仕事は辞めたんだよな？　俺たちに合わせて町を出るって言ってたけど、どこにいくかは決めてないんだろう？　だったら一緒にいこう」

「ちょっと、冗談はよして――」

「本気なんだ！」

エメリアの身体が、怯えたようにビクッと震えた。それでも俺は、言葉を止められなかった。

「このまま別れて、エメリアに会えなくなるなんていやだ。エメリアの料理で、どこかの誰かが笑顔になるって……それは、俺じゃだめなのか？」

きょとんとしたまま、じっと俺を見ていたエメリアの口元に、笑みが浮かぶ。

「ふふ……」

なんだか呆れたような彼女の笑い声に、ふと俺は冷静になってしまった。

ただの客が娼婦を相手に……俺はいったいなにをやっているんだろう。高級娼館で一番人気の娼婦なんだから、こういうことは言われ慣れてるだろうな。

だからいまも、ガキがなに言ってんだって呆れて……。

「なんで……」

「エメリア……？」

あいかわらず呆れたような笑みを浮かべたままの、彼女の目尻から、つーっと涙がこぼれ落ちた。

「なんで、そういうことを言うかなぁ……この子は……」

そこまで言うと、エメリアはうつむいてしまった。

「エメリア――」

「ごめ……ちょっと、待っ……」

うつむいたまま言葉を詰まらせた彼女は、肩を震わせながら軽く手を挙げ、俺の言葉を遮った。

×××

しばらく経って落ち着いたのか、彼女は顔を上げ、すっかり冷めてしまったコーヒーをすすった。

「ふぅー……」

大きく息を吐いたエメリアは、もう落ち着いたようだった。

「レオン、初めて会ったときのこと、覚えてる？」

「もちろん。忘れるわけがない」

ついこのあいだのことだけど、たぶん俺はあの夜のことを一生忘れないだろう。

「ふふ、ありがと。素敵な夜だったものね」

「ああ」

「ただ、無茶をしすぎちゃったせいか、あのあと私、しばらくお店を休んだのよね」

「それは……ごめん」

「いいのよ、私も楽しかったから」

そういえば、そんなことを言っていたな。

「そのときは体調が戻るまでただ休んでいただけなの。それで、体調が戻ってお店に出たら、またレオンがきてくれたのよ」

――私、もうレオンじゃないとダメかも。

あのとき、帰り際に言われた言葉が、突然思い出された。

「あの日から、レオン以外の人に抱かれるのが、いやになったのよ。なぜかしらね？」

そう言ってエメリアは、困ったように微笑む。

あれはただのリップサービスだと思って受け流したんだけど……本心、だったのか？

「だからお店、辞めちゃった。ほんとはあと一年くらい続けるつもりだったんだけどね」

「だったら、俺と――」

「どこか遠くの町でね」

俺の話を遮る様に、エメリアが言葉を紡ぐ。

「どこか、いったことのない遠くの町で、人生をやり直すの。時間が経って、レオンのことを忘れられれば、また新しい出会いも……ううん、いっそひとりのままでもいい。そうやって、ひっそりと暮らしていく、つもりだったのに……。だから、今日……最後の、思い出に……レオンを……誘っ……」

穏やかな様子で話していたエメリアだったが、途中表情が崩れ、声は詰まり、また涙を流し始めた。

「なのに……あなたはっ……！　一緒に、いこう……だなんて……！」

そう言ってエメリアは、怒ったような、あるいは困ったような、なんともいえない視線を俺に向けた。

一緒にいたいと思っているのは俺だけかも知れない。だから拒否されたら潔く諦めるつもりだった。でも、彼女も俺と同じような想いを抱いていることがわかった。

なら、答えはひとつしかない。

「もう一度言う。俺たちと一緒にいこう、エメリア」

「レオン……」

じっと俺と見つめていたエメリアが、突然呆れたように笑った。

「ふふ……そこで〝俺たち〟っていうの、締まらないわね」

「あ……、それは……」

「そこは嘘でも〝俺と一緒にいこう〟っていうところよ？　でも、まぁレオンらしいっちゃ、らしいか」

「えっと、なんかごめん……」

「ふふふ……」

まだ涙のあとを残したまま、楽しそうに笑ったエメリアだったが、ふと真顔になった。

「ねぇ、ほんとに、いいの？」

「ああ、もちろん」

「私、娼婦よ？」

「それがどうした。それにもう、辞めたんだろ？」

「でも……汚れてるわ……」

そう言ってエメリアは、自分の身体を抱いた。

「そんなこと、ない」

「そんなこと、あるわよ」

「……そっか。俺は気にしないけど、エメリアが気にするっていうんなら、そんなもの、俺がきれいに洗い流してやるさ」

知ってるか？【賢者】の《浄化(クリーン)》は特別なんだ。

「ふふ……レオンなら、できそうに聞こえるから不思議ね」

「できるさ」

「そうね……。じゃあ、本当に、ついていっていいのね？」

「だから、いいって――」

「ええ、レオンが本心から言ってくれてるのはわかってるわ。ほんとにありがとう」

「だったら」

「でもね、あなた、どう言って私を誘ったのか、もう忘れちゃったの？」

「えっと……」

「言ったわよね、〝俺たちといこう〟って」

「あっ!!」

リディアの許可は、必要だよなぁ……。

「ふふ……ほんと、締まらないわね……」

肝心なことを思い出し、声を上げて固まる俺を見て、エメリアは肩をすくめながらも楽しげに笑った。

《 交渉 》

まだ日が高い時間だったので、俺はエメリアを伴って領主の館を訪れた。

最初はひとりでいくつもりだったんだけど、直接会って挨拶をするのが筋だと言われれば、連れてこないわけにはいかなかった。

「ここが、領主の館か……」

「こんなに近くまで来たの、私はじめてよ」

そこは高い塀と堀に囲まれた、ちょっとした城のような建物だった。

堀にかけられた跳ね橋は常に下りた状態だが、有事の際には引き上げられる。塔から魔物が溢れた場合は、ここに住民が避難することになっていた。

跳ね橋を渡った先には大きな門があり、そこには衛兵が立っていた。全身鎧に身を包んだ中年の男性で、槍を立ててまわりを見張っている。

「すみません、リディアに取り次いでもらえませんか？」

「約束はあるか？」

「いえ。ただ、冒険者のレオンが来たと伝えていただければ——」

「帰れ」

おおっと、またこのパターンか。

「あの、一度取り次いでいただいて、それでもだめなら出直しますのでなんとかなりませんか？　できれば急いで話したいことがあるので……」

「ならん。お前なんぞがおいそれとこの門をくぐれると思うなよ」

「いや、その、なんていうか、俺はリディアのパーティーメンバーで」

「知っておるわそれくらい！」

衛兵はそう怒鳴ると、槍の石突きでガンッと地面を叩いた。

「まったく、お嬢さまの冒険者遊びにも困ったものだ……」

遊び、だと……？

「よりにもよってこのようなみすぼらしい男を連れ歩くとは」

「おい、待てよおっさん。遊びって何だ!?」

「ふんっ！　あんなもの、ヒマを持て余したお嬢さまの探索ごっこだろうが」

「なんだとテメェ!!」

ニヤニヤと俺を挑発するような笑みを浮かべる衛兵に怒りがわいてくる。命懸けで勇者を目指す俺たちの冒険を、ごっこ呼ばわりしやがって！

「レオン、落ち着いて」

いまにも飛びかかろうとする俺の肩に、エメリアの手が置かれ、彼女の落ち着いた声で、少しだけ冷静になれた。

「リディアさんと連絡を取る方法はないの？」

「それは……冒険者ギルドに伝言を頼めば、たぶん明日にでも会えると思うけど」

「そう。だったらそれでいいじゃない」

「でも、できれば早く話を――」

「はっはっはっ！　そっちの女、少しは礼儀をわきまえておるようだなぁ」

俺の言葉を遮るように笑った衛兵が、今度は下卑た視線をエメリアに向けた。

「よく見ればいい女ではないか……。どうだ？　お前の心がけ次第ではすぐに取り次いでやってもいいぞ？」

おいおいなんだよこのおっさんは……！　こんなのを雇うなんて、クヴィン家は大丈夫なのか!?

「心がけ？　それってなにかしら？　セックスでもしろっていうの？」

「ほう、話が早いではないか」

「おい、エメリア――」

「でも、お断りね」

俺が諫める前に、エメリアはきっぱりと断ってしまった。

「ふんっ！　ならさっさと帰るがいい！」

エメリアにあっさりとフラれた衛兵は、むすっとしてそう吐き捨てた。

なんだよこいつ、気持ち悪いな……。

「エメリア、せっかく来てもらったのに、ごめん……」

「レオン、あなたが謝ることじゃないわ。リディアさんとは明日ゆっくり話せばいいじゃない」

そこで言葉を止めたエメリアが、冷たい笑みを浮かべて衛兵を見る。

「ここで門前払いにあったことも、私がセックスを強要されたことも含めてじっくりと、ね」

「なっ……！」

エメリアの言葉に青ざめた衛兵のおっさんは、あからさまにうろたえはじめた。

「そ、それは困る……！　冒険者を辞めてようやく就けた仕事なのだ……。そんな報告をされたら……！」

「じゃあ、なにをすればいいかわかるわね？」

「わ、わかった……！　すぐに取り次ぐから、さっきのことは……」

「ええ、ちゃんとしてくれたら黙っていてあげるわよ」

「た、頼む……！」

最後に頭を下げた衛兵は、慌てて詰め所に入っていった。

「エメリア、ありがとう」

「ふふ、どういたしまして」

にしてもあのおっさん、アホだな。

俺たちは直接リディアに会える立場なんだから、苦情を入れられたら終わりだってこと、ちょっと考えればわかるだろうに。

……それをいうなら俺もか。

リディアどころか、領主であるライアンさんとも話せるんだよな、俺。なら、あんな衛兵の戯れ言なんて、一蹴すればよかったんだ。それなのに危うく暴力沙汰にするところだった。

いくら相手がクソでも、手を出したらリディアたちに迷惑がかかるところだったよ。

「どうしたの？」

涼しげな顔で館のほうを見ていたエメリアが、俺の視線に気付いた。

「いや、エメリアがいてくれてよかったなって」

「そう？　さっそく役に立てたのならなによりだわ」

そう言って微笑むエメリアの姿は、なんだかとても心強かった。

「それにしても……」

ここの警備、衛兵がひとりしか居なかったけど、大丈夫か？　おっさんが詰め所に行ったら無防備になってしまったんだけど……。

✕✕✕

しばらくすると、館からリディアが現れた。

いつものドレスアーマーではなく、シンプルなデザインのワンピース姿だ。

「ごきげんよう、レオン」

「ああ、ごきげんよう」

俺が〝ごきげんよう〟と言うと、エメリアは驚いたように目を見開き、慌てて顔を逸らした。

おい、笑うなよ。

「レオンがここにくるなんて、珍しいですわね。なにかご用ですの？」

「ちょっと、相談したいことがあってね。できるだけ早く」

「わかりましたわ。ところでそちらの方は？」

リディアが、エメリアに目を向ける。

「彼女はエメリア。前に、その……話したことがあっただろう？」

「お初にお目にかかります、リディア様。エメリアと申します」

俺が紹介すると、エメリアは落ち着いた様子で挨拶をした。

「まぁ、あなたがエメリアさんんですの？」

紹介を受けたリディアは、嬉しそうに声を上げてエメリアに駆け寄り、彼女の手を取った。

「お話はレオンに聞いておりますわ！　エメリアさんのおかげでレオンは……賢――あー、いえ、その……とにかく、レオンがお世話になったようですわね」

危うく漏らしかけた【賢者】という言葉を慌てて飲み込み、リディアはなんとか無難に挨拶を終えた。

「そんな、リディア様、恐れ多いです……」

エメリアがかなり恐縮してるけど、相手が領主の妹なんだから、これが当たり前か。

「様、はよしてくださいませ」

「ですが……」

「お願いしますわ」

「……わかりました、リディアさん」

「ふふ、よろしいですわ。では、さっそく中に入りましょうか。なにか話があるのですわよね？」

「リディアさん、その前にひとつだけ」

「なんですの？」

「私たちはあの衛兵に門前払いをされそうになりました」

「なっ……！」

突然のエメリアの告発に、衛兵のおっさんが驚きの声を上げる。っていうか、正直俺もちょっとだけ驚いてる。

「そのうえ私は、セックスを強要されました」

エメリアの言葉に、リディアの目がカッと見開かれた。

「それは、本当ですの？」

「はい」

「待て女ぁ！　お前、それは黙っていると言ったではないか!!」

怒鳴りつける衛兵に、エメリアは冷たい視線を向ける。

「ええ、言ったわね。でもそれがなに？　あなたのような人との約束を守る義理が、私にあるのかしら？」

「ぐぅ……」

たしかに、それもそうか。

「あなたは確か、バルトお兄さまを頼って他所からいらした冒険者でしたわね？」

「そ、そうなんですよお嬢さま！　ですから、一度バルト殿とお話を……」

「それはどうぞご自由に。わたくしに衛兵の去就をどうこうする権限はございませんので」

そう言うとリディアは、くるりと踵を返した。そんな彼女の態度に、衛兵のおっさんはほっとしている。

「レオン、エメリアさん、こちらですわ」

そう言って歩き出したリディアのあとを、俺とエメリアは慌ててついていった。

「なぁ、リディア。あの衛兵のおっさん、ほっとくのか？」

門をくぐり、少し歩いたところで尋ねてみる。

「さきほども申したとおり、わたくしにあの方をどうこうするという権限はありませんもの」

そんな言葉とは裏腹に、リディアの口元には人の悪い笑みが浮かんでいた。

「ですので、ライアンお兄さまに報告しておしまい、ですわ」

「あ、ああ……そうなんだ」

あのおっさん、たぶん終わったな。

リディアの言葉に、エメリアも安堵の表情を見せた。

「それにしても、バルトお兄さまにも困ったものですわ」

「そういえばあのおっさん、バルトさんを頼ってここに来たとか」

「ええ。バルトお兄さまが帰ってくると知れるなり、仕官を望む冒険者が幾人もやってきて、少し困っておりますの。どうせいろいろなところで調子のいいことを言っていたのでしょうけれど……まったく」

「そっか……なんか大変そうだな」

「主にライアンお兄さまが、ですけれどね」

「ああ、それと。門番って普通二人以上いない？　あのおっさんが詰め所に入ったら、門が無防備になったんだけど」

「はぁー……」

前を歩くリディアが、盛大なため息をつく。

「それも、バルトお兄さまのせいですわね……。無駄な出費を抑えるなどといって、いろいろと口を出しているのですわ。まったく、町の財政を庶民感覚で語られても困るといいますのに……」

うわぁ……なんだか面倒くさそうな人だな、バルトさんって。

「まぁ、冒険者として見聞を広げたおかげか、有用な進言をすることもありますので、そのあたりの調整はライアンお兄さまにお任せするしかございませんわね」

いまのところは、せっかく帰ってきてくれたのだからとバルトさんの意見をできるだけ取り入れるようにしているが、なにかしら不具合が出ればその都度修正していくだろう、とリディアは締めくくった。

そうやって話をしているうちに、俺たちは応接室のような所に到着した。

俺たちが席に着くなりメイドさんが数名現れ、手際よくお茶の用意をして去って行った。

「それで、本日はどういったお話ですの？」

「実は、その、エメリアも一緒に連れていきたいんだけど……」

「それは、行き先が同じだから同行しましょう、ということですの？」

「……いや、俺たちの仲間に加えたい」

「仲間に……？」

眉を寄せ、首を傾げたリディアが、エメリアを見る。

「エメリアさんは、冒険者になるということですの？」

「いや、そうじゃなくて」

なんと説明すべきかと思っていると、隣に座るエメリアが口を開く。

「リディアさん。私は主にあなたたちの生活面をサポートしようと思っています」

「生活面のサポートとは、お料理やお掃除といったことですかしら？」

「はい。あちらで拠点を構えるのなら、維持管理は必要かと思いますので」

なるほど、拠点の維持管理か。

俺はなんとなくエメリアと一緒にいたいと思って、どうやってリディアを説得しようか少し悩んでいたんだけど、彼女なりに考えていたんだな。なら、少しでもいい方向へ考えてもらえるよう、少しは援護したほうがいいかな。

「エメリアはさ、料理が得意なんだよ」

「あら、でしたらよろしくお願いしますわ」

「「ええっ⁉」」

あまりにもあっさりと了承し、頭を下げるリディアに、俺とエメリアは同時に声を上げてしまった。

「えっと、いいのか？」

「ええ、かまいませんわ。もともと拠点を構えた際には、ハウスキーパーなどを雇う必要があると考えておりましたもの。信頼できる方が生活面をサポートしてくださるというのでしたら、むしろこちらからお願いしたいですわ」

あ、リディアも生活面のことをちゃんと考えてたんだ……。俺はとりあえず塔を探索しつつ適当な宿屋に泊まればいいやと思ってたけど、それじゃダメなんだなぁ。

「あの、本当にいいんですか？」

「ええ。もちろんですわ」

「……私、娼婦ですよ？」

「それがどうかなさいまして？　それに、一緒に町を出ると言うことは、もうお辞めになられたんでしょう？」

「…………ぷっ……ふふふ……」

リディアの答えに一瞬呆然としたエメリアが、軽く吹き出した。

「あの、エメリアさん……？」

「あはは……いえ、ごめんなさいね。あなたがレオンと同じようなことをいうものだから、つい」

「レオンと？」

少し驚いた様子のリディアと目が合う。なんだか気恥ずかしくて、俺たちは同時に顔を逸らしてしまった。

「それじゃあ、よろしくお願いね……ああ、いえ、お願いしますね、リディアさん」

「えっと……その、しゃべり方なのですが、先ほどのように砕けたもので問題ありませんわよ？」

「いえ、ですが……」

「わたくしたちは仲間ですもの。遠慮は無用ですわ。レオンもそうしていることですし。あと、これからはわたくしのことをリディアと呼び捨てになさってくださいませ」

戸惑うようにこちらを見たエメリアに、俺はうなずいてやった。

「そうね、わかったわ。よろしくね、リディア」

「ええ、よろしくお願いしますわ、エメリア」

思ったよりもあっさりと話がまとまってよかった。

それから俺たちは、集合場所や時間など、出発日の細かい打ち合わせをおこなう。

そうして話が終わりかけたところで、不意にエメリアが、意を決したように表情を改め、口を開く。

「ふたりに、お願いがあるんだけど」

《 出立 》

いよいよクヴィンの町を離れる日がやってきた。

朝、集合場所である冒険者ギルドには、すでにリディアが待っていた。

「ごきげんよう、レオン」

「ああ、ごきげんよう」

それからしばらくして、エメリアが現れた。

「ごめんなさい、少し遅れちゃったわね」

「お、お待たせして、申し訳ありませんです……！」

そしてエメリアのそばには、もうひとり別の人物がいた。

亜麻色の髪をショートボブにした小柄な少女で、赤い瞳と頭に生えた長い耳が特に目を引いた。俺が二回目に『極楽への階段』を訪れたとき、案内してくれた兎獣人の娘だ。

「わたくしたちもいま着いたところですので、気に病む必要はございませんわ。ところで、そちらの方が？」

「ええ。ほら、ご挨拶なさい」

「は、はいです」

エメリアに促され、兎耳の少女は慌てて一歩前に出た。

「あ、あの、プリシラと申しますです。ふ、ふつつか者ではありますですが、よろしくお願いしますです……！」

「わたくしはリディア。よろしくお願いしますわね、プリシラ」

「レオンだ。前に一度会ってるね。これからよろしくな、プリシラ」

リディアのところを訪ねたあの日、エメリアが最後に言ったお願いというのが、このプリシラも仲間に加えてほしいということだった。

「にしても、なんかしゃべり方おかしくないか？」

「あー、それなんだけど……」

プリシラはかなり田舎のほうから売られてきた娘で、お店にきた当初はもっと雑なしゃべり方だったらしい。このまま客の前には出せないと、教育していくうちに、いまのような妙な口調になってしまったのだと、エメリアが説明してくれた。

「でも、お店ではもうちょっとまともだったような……」

「ゆっくり丁寧に話すと、まだ少しはまともなんだけどね」

「面目ないです……」

ああ、あの間延びしたような口調は、ゆっくり丁寧にしゃべろうとした結果なのか。

「あの、エメリアおねーさま……いまさらですけど、よかったですか……？」

不安げに尋ねるプリシラに、エメリアは穏やかな笑顔を向ける。

「いいのよ。もう、使い道もなくなっちゃったしね」

プリシラがここにいるということは、彼女は娼館を辞めたということだ。そして彼女を辞めさせるにあたって、エメリアが身請け金を支払った。そのため、エメリアは貯金をほとんど使い果たしたそうだ。具体的な額は聞いていないが、どこかの町でカフェを開くと話していた彼女の話しぶりからして、相当なものだったに違いない。

俺やリディアからも援助を申し出たのだが、エメリアには断られてしまった。

彼女なりに、なにか思うところでもあるのだろう。

「そろそろ参りましょうか。定期便の時間が近づいておりますわ」

リディアに促されて、歩き出す。

ふと振り返ってギルド内を見回すと、いろいろな思い出が蘇ってきた。

勇者を目指してこの町を訪れ、【荷運び】として塔に入るようになった。

それからウォルフとレベッカに出会い、狼牙剣乱に加入して【赤魔道士】として活動した。楽しいこともあったけど、つらいことのほうが多かったかな。

結局、狼牙剣乱はクビになってしまったけど、エメリアと出会って【賢者】に目覚めた。そしてリディアと極志無双を結成した。短い間だったけどリタやマイアとも一緒に戦うことができた。

俺とリディア、ふたりだけでクヴィンの塔を完全攻略することもできた。

それから、俺がこの町で過ごしたいろいろな場面に登場する、【受付嬢】のミリアムさんは……。

「……いない、か」

あの日以来、結局ミリアムさんと顔を合わせることはなかった。

できればあの人とも、もう少しちゃんと向き合いたかったな。

✕✕✕

駅は人と馬車とでごった返していた。

ここからはいくつもの駅馬車が各方面に走っていて、その中でも一日に数回、塔下町同士を行き来するものが、俗に定期便と呼ばれる。

ホームに着くと、俺たちが乗る予定の馬車がすでに停車していた。

馬車を引くのは、馬型のダンジョンモンスターと馬とを掛け合わせて生み出された、トレインホースという馬車馬だ。そのトレインホースが四頭立てで引く馬車は、大人一〇〇人が余裕で過ごせる広さがあるという。外からの見た目ではとてもそんなふうに見えないが、〈空間拡張〉などの技術が使われているようだ。

そのうえ走る際には、振動はもちろん前後左右の揺れすら一切ないのだという。

俺が故郷の村から出たときに乗った荷馬車は、すごい振動で尻が痛かったし、曲がるときは左右に揺れるし、走り出すときや停まるときは前後に揺れるしで、かなりしんどかったのを思い出した。

それが一切ないって、ほんと、どんな原理なんだろうな。

「おーい、レオン！　リディアー！」

ホームには、見知った顔がいくつかあった。

「リタ！　マイア！　それにみんなも！」

リタとマイア、それに爆華繚乱のメンバーが見送りに来てくれていた。

「レオン、姫さん、気をつけてな」

「レオンくん、がんばってね」

「ああ。マイアも、あとほかのみんなも、リタのこと、よろしくな」

「いや、ちょっと待ちな！　アタイ、リーダーだよ？」

「あはは、姐さんはなんていうか、ほっとけないところがあるからね」

「そうそう」

「うん、姐さんのことは私たちに任せて、レオンくんはきっと勇者になってね！」

「ああ」

「もー、なんだかなぁ……」

拗ねたように口を尖らせるリタの姿に、俺やリディア、マイアをはじめとする爆華繚乱のみんな、それにエメリアとプリシラまでもが、明るく笑い始めた。

やがて、リタもつられて少し呆れたように笑った。

「レオンくん、リディアのこと頼んだよ」

「ライアンさん、お忙しいなか、ありがとうございます」

「お兄さま、わざわざ来てくださらなくてもよろしかったのに……」

「そういうわけにもいかんだろう」

ライアンさんの両隣には、背の高い偉丈夫と、背の低いガチムチのおっさんが立っていた。

「よう、お前さんがレオンか」

背の高いほうが俺に近づいてきて、ガシッと肩を掴まれた。

「バルドだ。妹をよろしく頼むぜぇ」

バルトさんはそう言ってニカッと笑った。それは男から見ても魅力的な笑顔で、彼がいろんな人から慕われるのがわかる気がした。

「ええ、リディアのことはお任せください」

「ほう、なかなかいい面構えじゃねぇか。はっはっは」

機嫌よく笑いながら、バルトさんは俺の肩をバシバシと何度も叩いた。

……痛いよ。

そのあとバルトさんは、例の門番のことを謝ってくれた。俺もエメリアもあまり気にしていなかったが、きっちりケジメはつけさせてもらった、と言ったバルトさんの顔はちょっと怖かったかな。

「お師匠さま、わざわざお見送りいただき、感謝いたしますわ」

「おう、弟子の門出だからな」

リディアが師匠と呼ぶ小柄なおっさんは、旋風烈火のドーガさんだな。彼が現役のころ、何度かギルドで見かけたこともあった。

「お前さんならいつかやり遂げると思っちゃいたが、随分と早かったな」

「それは、幸運にもいい出会いがありましたから」

「そうか。だが、それもお前さんの実力だ。これからもその運と縁を大切にな」

ドーガさんはそう言って、リディアを労うように彼女の腕を軽く叩いた。

「ありがとうございます、お師匠さま。肝に銘じますわ」

「おう」

「それと、これからは防衛軍のこと、よろしくお願いしますわね」

冒険者を引退したドーガさんは、防衛軍の顧問に就任したそうだ。

「ふふん、任せときな。どうやら鍛え直さなくちゃいけねぇバカがいるみてぇだしなぁ」

「げぇっ！　マジかよおっさん!?」

ドーガさんの視線と言葉を受け、バルトさんがうろたえる。

「まずはその舐めた口の利き方から叩き直してやるわい」

前領主ジムさんの死、バルトさんの帰還などでなにかと不安なことも多いだろうけど、ライアンさんとドーガさんがいれば、この町は大丈夫かな。

リタやマイアもいることだしね。

「ギルちゃん、きてくれたのね」

「ほっほっほ。儂や結構ヒマじゃからの」

ギルドマスターがそんなにヒマなわけはないんだけどな……。

「あの、ギルドマスター、いろいろとありがとうございました」

この人がエメリアのもとへ導いてくれたから、俺は【賢者】になれたんだよな。

第二の人生、なんてのは少し大げさかもしれないけど、この爺さんのお陰で俺は冒険者として再出発できたんだ。いくら感謝してもしたりないよ。

それと……。

「ミリアムさんのこと、すみませんでした」

俺が不用意な発言をしてしまったせいで、ミリアムさんはギルドにこなくなってしまった。

そのことを、俺は誰かに謝りたかった。そしてこの爺さんなら、それを受け止めてくれると思ったんだ。

だから、この謝罪は完全に俺の甘えだ。

「ほっほっほ。気にするでない。お主が冒険者を続けておれば、そのうち会うこともあろう」

「そう、ですね」

彼女に対する気持ちの整理はいまだにつかないけれど、もし会うことがあれば、ちゃんと話してみよう。

「それじゃあみなさん、お世話になりました！」

見送りに来てくれた人たちに別れを告げて、俺たちは定期便に乗り込んだ。

✕✕✕

定期便は、普通の馬車が三日はかかる距離を半日ほどで駆け抜ける。

ただ、トレインホースがいくら特殊な馬車馬だからといって、四六時中走り続けられるわけじゃない。三〜四時間に一度は駅に寄り、そこで馬を交替させてから再出発する、というのを定期便は繰り返すのだ。馬の交替にはおよそ一時間かかるので、その間は駅のある町に降りて、食事や休息をとる。

定期便は夜通し走り続け、翌朝には目的地へとたどり着いた。


「クヴァルの町へようこそ」

馬車を降り、駅員の歓迎を受けて町に降り立つ。

クヴィンの町とは、随分雰囲気が異なるな。

この町は温暖かつ乾燥した地域で、男女ともに褐色の肌を露出させている人が多く見られた。ただ、中には強い日差しを嫌ってローブを纏っている人も見受けられる。どちらにせよ、全体的にゆったりとした服装の人が多いかな。

そんな町中を走る辻馬車に乗り、冒険者ギルドへ向かった。

「冒険者ギルドの雰囲気も、随分と違いますわね」

クヴァルの町に多い石造りの建物と違って、この町はレンガとモルタルで作られたものがほとんどだった。

冒険者ギルドも、そんな感じだ。

「冒険者ギルドへようこそ。本日はどういったご用件でしょうか？」

ギルドに入り、受付に行くと、黒髪に褐色肌の女性が対応してくれた。

「クヴィンの塔からきました。レオンといいます」

「リディアですわ」

名乗りを上げ、ギルドカードを預ける。

「そちらのおふた方は？」

「彼女たちは冒険者ではなく、サポート要員です」

「かしこまりました。確認させていただきます」

黒髪の【受付嬢】は、受付台の装置でギルドカードから情報を読み取った。

「極志無双のレオン様とリディア様ですね。ようこそおいでくださいました」

にっこりと微笑んでお辞儀をしたあと、彼女はギルドカードを俺たちに差し戻した。

「極志無双には専属の受付担当がおりますので、呼んで参りますね」

「えっ、専属？」

何のことかわからず問いかけたが、彼女はさっさと奥に引っ込んでしまった。

「専属って、どういうこと？」

「はて、わたくしもなんのことやら」

少なくとも俺は、ギルドの職員やギルマスからそんな話は聞いていない。

「もしかして、ライアンお兄さまが気を回してくださったのかしら」

「あー、ありそうな話だな」

なんというか、ライアンさんってちょっと過保護なところがあるからな。新天地で俺たちが苦労しないよう、ある程度事情を知っている受付担当を用意してくれたのかも知れない。

「レオン、エメリア、専属の受付って、よくあることなの？」

「うーん、高ランクパーティーにはたまにつくって聞いたことはあるけど……」

「おふたりともすごいのです！」

「いや、俺たちまだ、Cランクだよ？」

「ああ、そういえばバルトお兄さまのパーティーには、比較的早い段階から専属の担当がついておりましたわね」

「もしや、その人が？」

「ですが、バルトお兄さまはそこまで気の回るお人ではありませんわ」

「あーうん、そうなんだ」

そうやってなんやかんやと四人で話していると、こちらへ近づいてくる足音が聞こえてきた。

「お待たせしました」

その声に、俺は思わず顔を上げた。目の前に現れた【受付嬢】を前に、驚きを隠せない……。

白や黒が所々に混じるライトブラウンの髪に頭から生えた猫耳、そしてメガネ……。

「ミリアムさんっ!?」

そこには、ここしばらく見ることのなかった、ミリアムさんが立っていた。

「てへ、きちゃった」

彼女はそう言って、にっこりと微笑むのだった。

あとがき

一〇〇年に一度の災禍に見舞われるこのご時世に、本書を手に取っていただけたこと、心の底から感謝いたします……！

作者のほーちです。

今回、思っていたよりも早く二巻が出てくれてよかった、なんて声をいただいたのですが、実はもっと早く出そうなんて話もあったりなかったり……。それがこの時期になってしまったのは、世界中に猛威を振るう災厄のせいでもなんでもなく、単に原稿が遅れたから……なのかな？

とにかく関係各所、特にイラスト担当の宮社惣恭先生には多大なご迷惑をおかけしました……。そのうえで今回も素敵なイラストをありがとうございます！

ご存知の方も多いかと思いますが、本作『ハズレ赤魔道士は賢者タイムに無双する』はノクターンノベルズというサイトで公開されているウェブ小説が元になっています。通常、ウェブ小説が書籍になる際には書き下ろしエピソードなんかが入ることが多いですね。本作でも一巻ではリディア視点のエピソードを追加しました。

しかし、この二巻。実はそういった書き下ろしエピソードが……ないんです……。申し訳ありません……！

「お前が書くの遅れたからじゃろがい!!」

と怒られそうですし、実際スケジュールもカツカツだったんですが、実はこの二巻、ページ数がギッチギチなんです。

初稿を提出したあと、編集さんから「なんとか収まりました……」と報告を受けたときはホッとしたものです。なので、決して手を抜いたワケじゃありませんからっ……!!

ウェブ版からの大きな変更点は、終盤にひょっこり現れたプリシラが仲間に加わるところですね。ウェブ版だと、彼女はクヴィンの町に残ります。なので、三巻以降はウェブ版からかなり変わる部分が出てくるはず……！　楽しみは先にとっておいてください！

それから、一巻発売時にお伝えしたコミカライズ企画も順調に進んでおりますので、そちらもお楽しみに!!

それではみなさま、三巻以降でもお目にかかれるのを楽しみにしています。

くれぐれも健康には気をつけて、命を大切になさってください。

では失礼。

ほーち

ハズレ赤魔道士は賢者タイムに無双する❷

2020年5月25日 初版第一刷発行

著　者　ほーち

発行人　長谷川　洋

編集・制作　一二三書房　編集部

発行・発売　株式会社一二三書房
〒101-0003 東京都千代田区一ツ橋2-4-3 光文恒産ビル
03-3265-1881

印刷所　中央精版印刷株式会社

作品の感想、ファンレターをお待ちしております。

〒101-0003 東京都千代田区一ツ橋2-4-3 光文恒産ビル
株式会社一二三書房
ほーち 先生／宮社惣恭 先生

Printed in japan
ISBN 978-4-89199-633-8